LOCUS

L O C U S

LOCUS

L O C U S

RECREATION

R73

鬼計

Ghost Tricks

作者：徐嘉澤
責任編輯：林盈志
封面設計：廖韡
校對：呂佳眞
出版者：大塊文化出版股份有限公司
台北市105南京東路四段25號11樓
www.locuspublishing.com
讀者服務專線：0800-006689
TEL：(02) 87123898　FAX：(02) 87123897
郵撥帳號：18955675　戶名：大塊文化出版股份有限公司
法律顧問：全理法律事務所董安丹律師

總經銷：大和書報圖書股份有限公司
新北市新莊區五工五路2號
TEL：(02) 89902588 (代表號)　FAX：(02) 22901658

初版一刷：2016年9月
定價：新台幣 300元
ISBN：978-986-213-726-0

Printed in Taiwan.

鬼 計
Ghost Tricks

徐嘉澤 Chiatse HSU 著

目錄

機密檔案：000

■二〇一五年九月十四日十四時三十分

●市警局勤務指揮中心

勤務指揮中心內擺放六張辦公桌，每張桌上配置三台電腦，一台受理報案、一台掌管警車勤務管制、一台負責指揮決策支援，中心內冷氣一年四季恆溫吹送。如此舒適的工作環境並非是為了員警，而是讓那些精密電腦散熱佳，減少故障的可能。員警們各自坐在桌前，頭戴耳機，邊接收報案資訊，邊雙手在三台電腦前輪流記錄、查詢和發送訊息，像彈奏鋼琴不間斷。

鍵盤敲打聲、員警詢問報案的聲音、冷氣轟隆隆的運送聲，加上電腦主機嗡嗡的低鳴，如果不是穿著員警制服，任誰都會誤以為是哪間公司的客服中心。

「一一〇報案中心您好。」電話鈴響，胖員警放下手機，急忙吞下還在咀嚼的鳳梨酥，接起電話禮貌回應。

「我忘記帶鑰匙出門，現在沒有辦法進到家裡，怎麼辦？可以派人來幫我嗎？警察哥哥。」嗲聲嬌氣的女聲央求著。

胖員警氣定神閒又拿起手機，邊滑弄邊建議：「小姐妳好，如果被反鎖在門外，請妳找鄰近的鎖匠幫忙開鎖，費用依照門的類型不同，大約三百到五百元之間……」

女聲插話：「可是，可是人家不知道附近哪裡有鎖匠，警察哥哥，求求你幫幫忙啦！」

「小姐，請問妳這支手機有上網功能嗎？」

「有啊！」

「麻煩連接網路，google 一下『台北、鎖匠』這些關鍵字，相信會對妳有幫助。對不起，這是報案電話，請不要佔用其他人緊急聯絡的需求，謝謝妳的合作，再見。」

掛上電話，胖員警在LINE對話框內點選卡通貼圖送出，旁邊的瘦員警說：「叫你不要那麼愛吃鳳梨，偏不聽，每次跟你值班都沒好處，報案電話旺旺來。剛剛什麼電話？」

「瞎妹把自己鎖在外面，要『警察哥哥』去幫忙。」

瘦員警說：「開鎖可是我的專業，找我就對了。」

「開鎖？還真沒聽說你會這工夫。」胖員警不以為然地回。

「我最會開心鎖了，每個少女都會為我把心敞開。」

胖員警白了瘦員警一眼，沒繼續答腔。電話又響起，瘦員警說：「我來我來，一定是剛剛的美眉又打來求救。」

「有電話錄音，不要亂說話。」胖員警提醒對方。

「一一〇報案中心您好。」瘦員警接起電話，對胖員警挑眉，像在說：安啦！交給我就對了。

「快、快派救護車來，我老婆……我老婆被殺了。」電話那頭男聲哽咽。

「好的，先生，請提供你的姓名還有目前所在的明確住址，另外傷者目前狀況是流血？昏迷？或是心臟停止跳動？」瘦員警收起油嘴滑舌的表情，嚴肅地詢問。

「她頭部流了好多血，躺在地上動也不動沒有呼吸。我是吳添才，口天吳，添福添壽的添，才藝的才。這裡是怡尚苑，在索羅路三十七號，六樓之一。拜託你們快來。」

「怡尚苑，索羅路三十七號，六樓之一。好的吳先生，我們立即派員警和救護車過去，請你保持這支電話的暢通以利相關人員跟你做後續聯絡。」胖員警快速在電腦輸入資料，並聯絡索羅路鄰近的救護人員和轄區員警過去處理。

結束通話，瘦員警喝口桌上的水，嘆氣抱怨：「咳，值班到現在電話沒停過三分鐘以上，我真想問問，台北，你怎麼了？」

「不是『台北，你怎麼了』，是『你怎麼了』，一定是你昨天在這一直喊無聊的關係。」胖員警反擊剛剛的鳳梨之仇。

「是你，前天吃牛肉乾，才讓我們像牛不得閒。」瘦員警說。

「是你，大前天吃什麼芒果，才讓我們忙不停。」胖員警說。

電話鈴聲又響起，兩人互看一眼，胖員警接起電話：「一一〇報案中心您好。」

■二〇一五年九月十四日十四時五十一分
●怡尚苑大樓外

警車和救護車開著蜂鳴器衝鋒駛進豪宅中庭，鄰近的住戶聽聞紛紛從屋內探頭看，接著三三兩兩像彼此約好，圍觀在怡尚苑外。「怎麼了」、「發生什麼事」、「有人受傷了嗎」的聲音也像蜂鳴不停，員警、救護人員往豪宅內直奔。

中庭角落的健身房裡，三名女子邊騎飛輪，邊各自觀看把手上方的電視頻道閒聊，發現不速之客擾亂一派清幽，又見管理員引導一群人進電梯。

「怎麼回事？」長髮女子問。

「希望不要又是壞事，這裡的房價已經跌得夠慘了，妳們不覺得最近這大廈衰事不少嗎？」微胖婦人吃力騎著飛輪，氣喘吁吁地說。

「你們快轉到五十五台新聞頻道，記者在外面連線了。」短髮女子提醒兩人。

長髮女子和微胖婦人一同切換電視頻道，畫面中一大陣仗的SNG連線車沿著馬路並列，無視此舉可能會造成交通壅塞。

「六樓的吳太太……不會吧！天啊，現在記者真厲害，警察前腳才剛踏進來，他們就像螞蟻找到糖，一下子就全圍上來了。」短髮女子說。

「消息不靈通怎麼叫記者，當然是有內應啊。對了，上次六樓吳太太還問我哪裡有收驚抓鬼的。」微胖婦人接話。

長髮女子追問：「平常根本不見她出門，偶爾碰到，和她打招呼也不理人，竟然會主動跟妳開口說話。結果咧？」

「我說收驚的有，抓鬼的沒有啦！我問她怎麼了……」微胖婦人越說越小聲。

短髮女子問：「她怎麼回答？」

三人的頭幾乎貼在一起，微胖婦人說：「吳太太說……她家裡有鬼。」

「是她心裡有鬼，還是真的有鬼？」長髮女子說：「她該看的是精神科醫師，不是伏妖抓鬼的法師。」

「可是看她說得很認真，也不像……」微胖婦人不確定地回答。

住在七樓的短髮女子說：「我有看過……」

微胖婦人和長髮女子異口同聲說：「不會吧！真的假的？」

「真的。」短髮女子信誓旦旦繼續說著：「那一天晚上十點多，我在客廳感覺到外頭有一陣閃光，覺得刺眼要去關窗簾，順便走到陽台去瞧瞧是怎麼回事。不看還好，一看就看到一個白衣女子站在她家陽台……」

短髮女子的表情變得為難，微胖婦人和長髮女子按捺不住情緒追問：「話不要說一半，是怎樣啦？」

「當時我還以為是吳太太，才要揮手出聲打招呼，但有種陰森感讓我從腳底發麻到頭頂，白衣女子微微側過身，臉色慘白得很，我才注意到她根本不是吳太太。接著又一陣閃光，她就消失了，我趕緊退回屋內不敢再多看。好了好了，我總算說出來了，妳們都不知道我有多怕。怕說出來，話若不小心傳到哪個記者耳裡，對方如果胡亂報導一通，到時房價又跌，我就成為這裡的罪人，也不用再出來見人了。」短髮女子表情十分難看，她問一旁的微胖婦人，「對了，妳剛剛說那間收驚的在哪裡，等會就帶我去吧！」

微胖婦人說：「之前就有聽說，沒想到真的有。現在我也需要去收一下了。」

長髮女子點頭，「我看大家一起去好了。」

又幾輛警車像賽車一樣爭先恐後衝進中庭，像是等待拍照般，車內的人一下車定格兩秒，穿著印有刑警字樣的背心。一名年紀稍長的男人帶頭往前，所有人才開始行動，走進大廈前，他手指這又指那，後頭的人自動兵分兩路，一路跟著他繼續前進搭電梯，一路的人從工具箱裡拿出封鎖線將出入怡尚苑的大門給圍住，將不必要的閒雜人請出封鎖線外，留一名看守封鎖線後，剩下的人員井然有序地上樓支援。

■二〇一五年九月十四日十四時五十八分
●吳添才住家

刑事警察大隊大隊長李坤原一進屋，和早些到場處理的轄區員警說了幾句話，了解狀況後便請他們先離開。大隊長環視四周，看上去整齊乾淨，沒有雜物和裝飾，像打掃後等待租售的屋子，過分的清潔感讓人覺得渾身不對勁。他處理過太多的案件，住在這種極度整潔空間的人，都不會是什麼正常人，死者不是，生者也不會是。李坤原沒開口只用下巴、手勢、眼神指揮，後方的刑警像球員接收到教練的訊息，紛紛散去開始作業。

李坤原繞死者一圈，女人陳屍地板，面朝天、眼卻沒闔，表情痛苦猙獰，手像雞爪般蜷著，一旁的血漬紅赭黏稠，他判斷距離死亡時間應該不會太久。

「停手了，這人的體溫只剩三十四度，且背部有屍斑痕跡，應該已經死了兩、三個小時。」年紀稍長的醫護人員對一旁邊急救邊測試心跳脈搏的年輕醫護人員說。

西裝男子跪地哭喊：「拜託你們救救我老婆，拜託拜託。」

李坤原仔細打量眼前的西裝男子，貼身剪裁的西裝樣式，在這種悶熱天氣還能穿著整齊哭喪著臉的人實在不容易，連哭嚎也是有分寸的那種。有些人哭天搶地，整個人不在地上翻個幾圈就不甘心；有的人哭得死去活來，醫護人員不僅得救那些出意外或遭人殺害的傷者，還要急救哭得快斷氣的親友；有的人光哭喊還嫌不夠，頭手並用搥牆、敲地樣樣來。可是哭到五官都皺在一起了，襯衫卻沒哭漬，西裝也沒淚痕，乾淨到不像話的人實在不多。

「吳吳吳先生，尊夫人看看起來已經死死死亡幾小時，你你你是什麼時候發發發現的？」

「美齡和醫生預約好下午看診，我一點多返家要陪她過去，誰知道一進門……哇哇哇，美齡。」

「請請請請問是看什什什麼醫生？」李坤原問。

「……」西裝男子沉默。

「這裡應該沒我們的事了，交給你們處理，我們先撤退。」年紀稍長的醫護人員打斷兩人談話，一旁的年輕醫護人員蹲在地上收拾器具，收拾完隨即離去。

李坤原點頭，跟兩人致意，女法醫不知道什麼時候來的，無聲無息出現站在身旁，嚇了他一跳。瀏海幾乎把眼睛蓋住的女法醫以陰森的笑容代替招呼，隨後興沖沖地開始在屍體旁拍照取證，像摸藝術品般撫摸屍體鑑賞，接著拿各式各樣的工具測量和記錄屍體眼球顏色、體溫、肌膚彈性、致命傷部位和傷口深淺，一臉滿足且樂在其中的樣子。

「看精神科醫師還有臨床心理師。」西裝男子開口。

李坤原說：「吳吳吳先生，我們要要要保留現場的完完完整性，這裡留留留給我我我們同仁還有法醫處理，等驗驗驗屍報告出來，就知道尊尊尊夫人大概發發發生什麼事了。」

西裝男子想到什麼地抬起頭，取出懷內的攝影機說：「這是今天錄下的影片，有拍到很奇怪的畫面，我不會解釋，或許可以派得上用場。」

李坤原接過攝影機，回轉到影片一開始，一名女人躺在床上，顯示時間為 **08:57**；西裝男子從鏡頭前經過，親吻床上女人說再見，顯示時間為 **08:58**；西裝男子離開房門，顯示時間為 **8:59**；接下來的畫面大同小異，床上的女人時而動時而不動，李坤原快轉到 **12:50** 時，女人以怪異的姿勢下床或者說被拉下床，身體些許掙扎，在沒有錄製到其他人影的情況下，**12:52** 時被拖出房門，一直到 **14:44** 西裝男子走進房門，取下攝影機按下停止鍵。

李坤原問西裝男子：「你看過了？」

西裝男子點頭。

李坤原將攝影機交給一旁的副大隊長鄭信哲，交代著：「把把把攝影機當當當成證物好好收收收收起來。」

「會不會是……」西裝男子問。

「這這這部分交給刑事鑑識中中中心來來來來調查，目前我們可可以做的部分，就就就是一同回回回回警局做筆錄。」

李坤原想，自己從年輕辦案到現在，看過的案子太多太多了，離奇的案件就像織法無章的毛線，要有耐心才有辦法解開，梳理成長長一條，那時犯人就無所遁形了。

■二〇一五年九月十四日十五時三十七分

●市警局偵訊室

對於案件不該有先入為主的判斷，身為大隊長的李坤原懂，但他的直覺敏銳，像狗能嗅到埋藏於地底的骨頭，可以在諸多嫌疑人中鎖定目標。就算有些凶手說得自己多麼無辜、戲演得多麼逼真，破案結果一再證明他擁有看出犯人是誰的眼，李坤原怨嘆如果買彩券也能那麼神準就好了。李坤原也清楚直覺歸直覺，法庭上一切講求證據，沒有證據，就算知道犯人在這也無濟於事。只能不斷在他鎖定的對象身上找線索，儘管是不起眼的線頭，說不定能拉出犯人全貌。

「請請請問回家發現王美齡死死死亡之前，你你你你在哪裡？」李坤原問，鄭信哲在一旁攝影和記錄。

吳添才的律師李雲光站著三七步不發一語，外型走復古浪子路線，梳著油亮立挺的阿飛頭，穿寬領花襯衫和喇叭褲。那身惹人注目的造型在律師界鼎鼎有名，外人卻常誤以為是哪裡來的地痞流氓，但只要他經手辯護，幾乎就是無罪的保證。

吳添才看了李雲光律師一眼，見律師點頭後他才放心回答：「今天早上，用過早餐後約九點從家裡出門，九點半到公司，後來有些事情要處理，十點多因私人行程離開公司。因為要帶美齡去就診，下午兩點多進家門，誰知一回來……」

李坤原見吳添才表情難過，思緒卻清晰。繼續問對方：「請請請問是是什麼私人行程？」

「找朋友敘舊。」

「方方方便的話，請請告訴我們當當天見面的朋友是誰，讓讓讓讓我們核對相關資料是是是是否屬實。」
「這……」吳添才面有難色，待李雲光點頭，他才回答：「她叫黃玉茹，住金富大樓十三樓之二。」
「你你你和那名黃玉茹女士，是是是是什麼關係呢？」李坤原問。
吳添才吞吞吐吐說：「就朋友。」
李坤原點頭，表情卻不像認同對方所說：「你你你確定就好。另另外，請請請問王美齡是是是因為什麼疾病要要去就診？」
「她有重度憂鬱症、社交恐懼症、夢遊症、多重人格和思覺失調症，必須定期看精神科醫生，用藥物控制病情之外，還有接受臨床心理師的心理諮商和治療。」
「都都都是你固固固定帶她去去看嗎？」
「大部分是。」
「工工工作那那麼忙，不不不不會有有影響嗎？」
「我會請祕書將美齡固定就診的那一天空出來，不會影響太多工作。」
「王美齡看看看看診多久了呢？」
「大概十六、七年。」
「據據據週刊報導王美齡曾曾曾經流流流產過，算算算一算也差差不多是那那那一段時間。」
「好像是這樣沒錯，十多年前因為美齡肚子裡的胎兒不保，她變得有點鬱鬱寡歡，那時只有輕微的憂鬱症，但父親走後，美齡的狀況越來越糟。」
「嗯……王美齡沒沒沒什麼朋朋友嗎？」
「之前有，但美齡的身體和心理狀況每況愈下，那些朋友就和她斷了聯繫。」

「那那那你說王美齡看看看見鬼，又又大概是什什什麼時候？」

「差不多兩年前。」

「吳吳吳先生，你你相信有有鬼？」

「我不知道，之前我的確不相信，但……」

「但但但但是什麼？」

「我之前找過幾位師父來，他們都說這屋內有東西。」

「有有有東西？照照這麼說，你你你的經濟狀況要要要買哪裡有哪裡，為為為什麼那那麼堅堅持住住住住在那裡？」

「之前試圖搬家好幾次，美齡隔天就會回到怡尚苑的住處。警官，我真的盡力了，能看的精神科醫師和臨床心理師都看了，能找的道士、法師和師父也找了，但每次都是一模一樣的情形，你要我怎麼辦？把她一人丟在怡尚苑那，自己逃出來嗎？」

「你你你有在在家看看看過鬼？」

「攝影機曾拍到過一段鬼的影像還有碗盤飛出來的畫面之外，我沒親眼看過。」吳添才停頓了一會，想到什麼繼續說，「但對話過幾次。」

「對對對話？」

「我知道很難讓人相信，也曾跟美齡的精神科醫生討論過，醫生說是美齡的多重人格……」

李坤原打斷吳添才的話，「你你你們談談了什什什麼？」

吳添才深吸口氣後回答：「那是第一次搬家的隔天早上，起床後美齡不在身邊，我回到怡尚苑見她躺在床上，我去叫她，隔了好久她才睜眼。我說，『美齡，妳還好嗎』，她用沙啞的聲音說：『沒有用的，我跟定她了，你把她帶去哪，我就把她帶回來這，如果想把她帶出國，我就殺了她』。

「『妳是誰』，我問祂，祂哼了一聲，『我也不知道我是誰』。

「『那妳纏著美齡做什麼？』我又問，祂說，『我不知道，這女人身上有磁力，把很多人都吸來』。

「『很多人？』我問，對方回答，『很多』。

「『為什麼要把她帶回來這？』對方說，『因為這裡最舒服』。」

「那那那是你第第一次和和和祂們的其其中一個交交交流？」李坤原問。

吳添才點頭。

李坤原轉身問李雲光，「你你你你相信他他他說的這這一切？」

「當律師首要的就是要相信自己的當事人，不管警方、檢察官或法官信不信，我是真信了。」

李雲光無賴般回答。

李坤原聳聳肩，問：「那那那和其他多多重人格又又說了什麼？」

「在準備第二次搬家時，我騙美齡由於臨床心理師下週出國所以要提前就診，其實是要帶她去某間佛堂那借住。美齡坐在化妝檯前動也不動，我去拉她哄她都沒反應，後來美齡像用腹語說話，她的嘴開得小小，聲音卻像磁軌壞掉的錄音帶，她說，『沒用的。躲去那也沒用』。」

吳添才看起來筋疲力盡，繼續說：「我問祂，『什麼沒用』。

「祂回答我，『除非你想要她死，不然把她拘禁在哪都沒有用』。

「之後又搬了幾次家，沒見她掙扎過，但隔天美齡就會回到怡尚苑。」

李坤原搔頭問：「沒沒沒試過把把她鎖鎖在出出不來的地方？」

吳添才苦笑著：「嗯，試過，那一天美齡把頭撞得全是傷，為了讓身體穿過那一小扇窗把骨頭都弄斷。連送她住院的隔天，她又回到……」

李坤原點頭。

「後來我放棄了，只要美齡能活著就好，只是這次我不知道為什麼，是美齡的多重人格，還是真的有鬼會這麼做？」吳添才嚎啕大哭。

「平平常王美齡在在在家裡的生活是是怎樣？」李坤原邊問邊觀察吳添才，哭法還是跟初次見到時一樣節制有度。

「每天像行屍走肉，會自己料理我幫她準備的食物，我回到家時，她總是靜靜地在化妝檯前、在床上、在沙發上看著無聲電視。」吳添才揉揉眼看了李雲光一眼，「說實話，我不知道是因為被鬼纏身、憂鬱症還是多重人格中的某位人格特徵？」

李雲光站起身說：「警官，還有對案情有幫助的問題要詢問嗎？他只是報案者也是被害者的親屬，實在不需要接受那麼多精神折磨。沒有的話，下午五點我的當事人在公司有一場會議，他現在看起來相當疲累，不如讓他回去好好休息，等下次問題彙整好了，我們再配合。另外，我希望下次發問時專業點，不要盡說這些怪力亂神的東西，了解這些似乎對案情一點幫助都沒有。」

李坤原還有好多疑問需要吳添才來回答，但不能太急，他必須找到吳添才藏好的那條線，才能把全貌給拼湊出來。

「謝謝謝謝吳先生今今天的配合，請請請節哀順順變，另外我我再請人去跟吳吳吳先生拿其他影片，方方方便嗎？」李坤原伸出手。

吳添才點頭並與李坤原握手，李坤原感受到電流竄過全身。

他肯定真正的鬼不是別人，而是眼前的男人。

機密檔案：001

■二〇一五年九月十四日十七時零二分

●警局內

警局內員警們擠在一台電腦前，畫面中的女人小聲囈喊著夢話，「不要過來」、「拜託」、「救命救命啊」，翻個身又睡去。影片裡明明除了女人外沒其他人，下一瞬間卻被看不到的力量拉下床，女人沒有醒，雙手雙腳乏力掙扎，像被拉上岸許久的魚，毫無生氣地拍動魚鰭。接著女人被拖行到房門外，沒人知道消失在畫面外的這段時間，女人發生了什麼事。

「不會吧！這是什麼狀況？」有人先開口問。

「你們不覺得有隻手拉著她的頭髮嗎？」

「哪裡？哪裡？」

「會是鬼嗎？放慢速度再看一遍。」

影片重播，大家聚精會神要找出看不到的鬼，突然後方「碰」一聲，有人被突如其來的聲響給嚇得大叫出聲，只見大隊長李坤原殺氣騰騰走到電腦前，將光碟取出，說著：「這這這是重重要的證物，不不不不是讓讓你們取樂的影影片，都都都不用辦辦公了？事事情都都做完了？還有時間聚聚聚在這邊，開開開開同樂會嗎？給我注注意一點！」

一群人趕緊鳥獸散各回其位，李坤原對始作俑者的鄭信哲說：「阿哲，你你你進來。」

「是。」阿哲答。

阿哲行經小馬座位旁，只見他低頭閉眼，對著阿哲雙手合十，似乎祈禱阿哲平安無事。阿哲推了小馬的頭一把，說：「還沒死，別拜了，少落井下石。」

一走進辦公室，李坤原中氣十足開口罵：「你你你以為是『鬼鬼影追追追』節節目嗎？這這這是重要的證證物，不不不不是讓你你這樣玩的。」

「老大，你誤會了，有句話不是說『三個臭皮匠勝過一個諸葛亮』嗎？只要大家共同集思廣益，說不定可以發現影片的破綻，找出這樁謀殺案的真凶。」

「不不不要以為靠靠靠你那張嘴，就就能『三三三人成虎』，把死的都說說說成活的。要要找影片是是是不是人為合成，是要找找專業人士來來來來判斷，不不不是像三姑六婆一樣捕風捉影。影影片如果流流流出去，就給我注注意點。明天提出攝攝攝影專家的鑑識報告給給我，有有有聽到就就出去！」

「是，老大。」阿哲慶幸逃過一劫，才要離開。

李坤原叫住阿哲，說：「對對對了，上上次你承辦的那那那那個 27.5G 的影影片……」

「老大，你放心，那證物我保護得很好，誰也不會給。」

「蠢蠢貨，拷一份給給給我，我來來幫你找找可疑的線線線索。」

「是。」阿哲點頭，退出辦公室。

李坤原將整個人陷入椅內，疲累的身體有了依靠，頓時才覺得輕鬆。他若有所思地看著手中的光碟，不是不願意相信有鬼，只是警官教育中，在在要求他們要大膽假設小心求證，從來沒人會把靈異鬼神列入假設之一，縱使有離奇的部分也是歸類在巧合。李坤原自然經歷過不少那些巧合，但只能當成茶餘飯後的話題，夠他退休後上鬼話連篇之類的節目一百次都能不重複，卻無法成為法庭上的證據。

■二〇一五年九月十四日二十三時三十二分

●警局內

小馬低頭盯著手機上的遊戲，螢幕畫面正中間擺著一道門標示著數字15，左右上方各有一條橘色拉繩，右下角是個大橘球，左下方有顆容易被忽視不起眼的黑色物體。試著拉拉左右的橘色拉繩，再點點15號門，門沒有反應。將手機左斜右傾，大橘球滾到左邊又回到原處，點門依舊老樣子。按下藏身左下的黑色物體，才知道是顆炸彈，等待著被人發現和使用。

將炸彈擺置在門前，再用前幾關得到的火把點燃炸彈，畫面「轟」的一聲，門沒被炸開，倒是被炸黑的門左右兩側由上而下出現許多「＜」、「＞」的符號，小馬按照線索左右左左左右右依序拉下繩子，15號門便自動開啟。

深夜時間，警局內的員警有的聊天、有的看報、有的打盹，也有埋頭案件卷宗的。老舊電視機彷彿是個安靜的魚缸被放置在一旁，二十四小時播放著無聲新聞，畫面偶有跳動和雜訊，沒人觀看自然也就沒人在意。深夜的警局沒有白日的緊張感，員警們彷彿是來串門子不像上班，大家等待著天亮、等待著早日偵破手上的惱人案件、等待著下一批人來接班、等待著回家大吃一頓或好好睡上一覺，等待著與親朋好友相聚早餐時光或是午餐約會。

「玩玩玩玩什麼？那那麼專注？不不不用上班了是是是不是？」拉長且結巴的語句從後方傳來，熟悉的聲音讓小馬慌亂地將手機收起，一轉頭才鬆了口氣。

「你是九官鳥嗎？文學老大的聲音嚇人。」

「我我我在問你你話，是不不不會回回答嗎？」阿哲繼續學舌把戲。

「無聊耶你。這是叫作『DOORS』的密室脫逃遊戲啦！」
「密室脫逃遊戲？那是什麼東西？」阿哲恢復原本的聲音語調問。
「就是玩家利用現有的線索和工具，打開緊閉的門進到下一個關卡。」
「這麼簡單？那有什麼好玩的？」
「練習推理幫助破案啊。」
「這種小case交給我就對了。」阿哲搶過小馬的手機，畫面中間是16號門，左右有兩盆栽，門前趴著一個禿頭男子，門上有個圖示符號「☎＝！」和一條紅色槓子，阿哲用手點畫面中擺置左右方的盆栽沒有異狀，點趴著的男子就會聽見他哀嚎一聲，再點工具櫃的火把碰盆栽和男人，門依舊緊閉。

阿哲放棄，將手機還給小馬說：「欸，16號門故障了，到底誰會去玩這個無聊的鬼玩意？對了，最夯的熱門影片看了沒？」

小馬挑挑眉毛，口氣輕佻地問：「傳說中那部27.5G的無碼影片？上次你不是……」

阿哲阻止著，「拜託，別亂說話，我要給你的是素人自拍影片，跟那則新聞事件一點瓜葛都沒有，老大才剛警告過我，可別害我了。」

「我了解，開玩笑的，這件事只有三個人知道，一個是你、一個是我、一個我不能說。今天要分享什麼好影片？」

「如如如果真的有第第第四個人知知道，你你你就死死定了。別別害我丟丟丟了飯碗。話說回來，真的想看最夯的熱門影片？」阿哲穿插著學舌的把戲，神祕兮兮地賣關子。

小馬沒回答，在胸前豎起大拇指，一切盡在不言中。腦裡卻想著阿哲把無碼影片分享給他之外的誰？

阿哲看看左右，「反正夜班也沒什麼事做，不如就現在來看吧！」

說完，阿哲拉張椅子擠進小馬身旁，預備將光碟片放入電腦，小馬急忙阻止：「欸欸欸，這種影片怎麼好意思在大庭廣眾下放？燒給我，我回家慢慢看。」

「這種影片就是要在這種深夜時間看，兩個男人一起看更有氣氛，你手放下，給你看你就安靜看，不要吵到別人就好。」阿哲將食指置於嘴前說。

「不好吧，沒聽過這種影片……兩個大男人……」小馬話還掛在嘴邊，電腦已將光碟吸入讀取。小馬嚥了嚥口水，影片檔自行運作，畫面從一片白牆開始，看起來像停格，小馬沒耐心地問：「你是不是片子沒有燒好？壞軌了。」

阿哲阻止小馬發問，說：「快到了快到了……」

影片裡有雙手憑空自白牆伸出，接著是長髮披肩、著白衣的「人」現身，穿過右側的白牆後消失。

「靠，鬼門才剛關就讓我看這什麼鬼東西。」小馬驚惶失措地低聲問。

「不要吵，就是鬼東西，還沒結束。」阿哲邊說，畫面右側的白牆又穿出同樣一隻鬼東西，動作緩慢步步逼近鏡頭前，側頭看著鏡頭，彷彿思考什麼。「碰」的一聲，攝影機似乎被鬼東西給推開而橫倒在地上。

「嚇死我的毛，這是什麼最夯的熱門影片？是日本最近推出的靈異A片系列嗎？也太逼真了。不過A片而已，有必要那麼重口味、那麼講究、那麼下工夫嗎？話說回來，實在看不出來你現在放的這部影片夯在哪裡？」

「雖然我對那系列的影片也很有興趣……」

「你對哪種影片沒興趣？你上次弄來的《金粉奴隸》系列已經讓我倒盡胃口。」

「不過，這可是正港的鬼影實錄，和台光金控總裁吳添才之妻王美齡之死有關，這只是上集，中集和下集等我回來再一起看。」阿哲說。

「你說的是今天下午的新聞？」

阿哲癟著嘴，一副不置可否的樣子，沒有回答就走到那群聊天的員警前，對其中一人說著：「走啦，開工囉！」

小馬心中咒罵阿哲總知道怎樣挑起他好奇的胃口，拿起手機接續剛剛的關卡，好讓自己分散注意力、忘記中下集的事。將手機畫面朝下，一如面朝下趴著的男人，紅色槓子變成綠色，再點16號門，門口便開啟。黑色的門內到底躲藏著什麼？是逃亡的路線，還是逼近核心的路徑？無人得知。

■二〇一五年九月十五日十時三十三分

●警局偵訊室

李雲光律師走路大搖大擺，進警局如入無人之境，黃玉茹低著頭在李雲光身旁，像被討債還不出錢的人。與其說是他陪同黃玉茹來偵訊，倒像他強壓著她來。

李坤原大隊長問：「李李李律師，昨天下午一一一場，今今今早又一場，間隔那那麼短的時時時間，你你你不累嗎？是有有有那麼缺錢嗎？現現現在應應付得來，之後就就就不見得得得了。」

「案子趕快結束，你我都輕鬆，我幫你把黃玉茹帶來了。」李雲光像個小混混，仰著頭一臉不耐地說。

「案案案子能不能能結束，也也也不是靠靠我就就就能決定，千千奇百怪的命案我見見多了，看看看過一個男人的老婆被毒毒毒蛇咬咬死，他卻卻在老婆的葬葬葬禮上拿拿攝影機自自拍，哭哭哭著說『老老婆，妳死死死得好冤，竟然被被毒蛇毒死』。」

李雲光「嘖」了一聲：「不要說這些無關案情的話來影響我當事人的情緒。」

「他他他把死死者的手手臂抬抬抬起來，讓讓攝影機清楚拍拍拍到毒毒蛇咬傷的痕跡，這這這是一般正正常人會會會做的事嗎？最最後調調調查結果……」

「警〜官〜」李雲光拉長音出言阻止。

「只只只有心心裡有鬼的人，才才才會做做出這種引引引人注目或或或企圖避人耳目的小小小小把戲，好好啦，黃玉茹，請請請問妳妳和吳添才是是什麼關關關係？」

「朋友。」黃玉茹抖著嘴唇說。

「關關關於這一點，妳妳倒是跟跟跟吳添才很很有共識。案案發當天，吳添才從從從早上十十點多待在妳妳妳那到下下午一點多？」

黃玉茹點頭。

「所所以妳妳妳可以為為為他做那那段時間的不不在場證明？」

黃玉茹不遲疑地猛點頭。

「偽偽偽證罪是是很重的喔！」

李雲光站起身，像圍事擋在兩人間，說：「警官，你在恐嚇我的當事者是不是？從剛剛開始就一堆廢話，是看人家小女生好欺負？還是瞧不起我？」

「NO、NO、NO，這這這不是恐嚇，是是好心提提提醒，黃玉茹，我我我當警察那那麼久了，我很很清楚，一一個人的信用是是有限的。不確定對對對方沒沒有說謊之前，我我我們都都會合理懷懷懷疑他了，如如果他他說了一個小小謊，就就就算微微不足道、無無無傷大雅，但但接下來無論他他他說說什麼，我我們都不不不會相信了。」

李坤原故意忽略有「流氓律師」之稱的李雲光，繼續說：「那那那那麼最最後幾幾幾個問題。那那那天下午，吳添才幾幾點從妳妳妳那離開？」

「下午一點四十幾。」

「吳添才每每次都那那個時間離離離離開嗎？」李坤原意有所指地問。

黃玉茹搖搖頭，沒打算解釋。

「王美齡知知知道吳添才在在外面有有有小三的的事嗎？」

黃玉茹緊抿著嘴，李雲光大吼：「請針對案情發問，這問題我的當事人拒絕回答，下一題。」

「妳妳妳是預預謀犯罪？還還還是不不不不小心失手殺殺殺了王美齡？」李坤原繼續問。

「真的是對牛彈琴，沒見過那麼『盧』的人，今天我們是以證人的身分來，不是嫌疑犯。警官，專業點行不行？不要故意刺激我的當事人，很好玩嗎？我的當事人等會還有要事，恕不配合問訊。走。」李雲光一起身，原本坐著的椅子被震倒在地。

「我我我還以為她待待在家裡等人來來就好了，原原原來還還有事要做啊？是是是很重重要的事嗎？」

「你……」李雲光氣得雙手握拳，似乎不在乎這一拳掄在李坤原臉上會有什麼麻煩。

李坤原堆滿笑容說：「剛剛好，我我我也有事要要處理，就就就是仔仔仔細地調查這這個案子，你你們先先先請吧！」

李雲光頭也不轉地離開偵訊室，不顧站不穩無法移動的黃玉茹，李坤原前來幫忙，攙扶黃玉茹的瞬間，就明瞭黃玉茹不是凶手或其一。出門口前，李坤原說：「奉奉奉勸妳一件事事情，不不不管王美齡的死妳妳妳知不不知情，離離離離吳添才遠點，妳妳才會安安安全。」

「你的建議太多了，我們走吧！」站在門口等待的李雲光一手強拉黃玉茹離開。

李坤原望著兩人離去的背影，嘆息說著：「如果是鬼殺了王美齡，難保下一個受害的不會是妳，傻女孩。」

偵訊室的燈閃了一下，像在附和李坤原的話，他抬頭看燈管一眼，關上那盞故障許久的燈，緩緩走出偵訊室。沒有人可以驗證無人的空間裡有什麼或沒什麼，什麼正在發生或什麼都沒有。

空無一人的偵訊室裡，燈管啪地一下又亮起。

■二〇一五年九月十五日十七時零一分

●警局內

小馬和阿哲站在李坤原的辦公室裡，裡頭的冷氣讓兩人直打哆嗦，這辦公室的溫度比外面氣溫低了五到十度，端視冬天或夏天來決定。李坤原遞出一疊資料對兩人說：「你們將將將所有關關係人的資料給調查清楚，這這這案子說說說大不大、說說小不小，殺殺殺人事大，但但世上每天有那那那麼多人死掉，所所以事小；吳添才背背背景特殊，所所以事大，可可是無論誰犯罪都要被繩之以法，所所以事小；最最最最後一件事，不不要把案子做做做大了，要要化小。外外面那些媒媒媒體是豺狼虎豹，如如果捅出出婁子，你你你們就有大大麻煩，知道嗎？」

「是。」阿哲接過資料，和小馬一同退出辦公室，阿哲邊走邊模仿李坤原口吻：「什什麼大？什什麼小？『鬼鬼殺人』加加上流社會，這這根本是大大案，你說說週刊和狗仔會不不不愛嗎？我猜報紙和週刊都都會詳細報導所所所有關係人的資料，還還需要我我我們去調查嗎？」

「老大都這麼說了，還是趕緊去做吧，別抱怨了。」小馬聳肩回答。

「『李組長眉頭一皺，發現案情並不單純』……」阿哲皺眉搖頭，又模仿起電視裡類戲劇旁白的口吻。

「還有時間可以說笑，案發現場有拉起封鎖線了嗎？」小馬問。

「不要說封鎖線，我連他家門口都要貼上符咒了，呃……我是說封條。」

「等會我想過去看一下現場。」

「你這個瘟神，不要過去攪局了，老大只有叫我們調查這些關係人的背景，可沒要你現場查案，況且只要有你在，就像金田一和柯南這兩個東京雙煞一樣麻煩不斷，我可不想擔這個責任。」阿哲快步走，不打算理會小馬。

小馬小跑步跟上，「拜託，我被禁止出任務很久了，偷偷帶我去看一下。你沒聽過『魔鬼藏在細節裡』？說不定我可以發現蛛絲馬跡。」

「就算你是福爾摩斯投胎轉世也一樣，我不想被老大殺。老大說他升官前你都得乖乖坐在警局內，免得又惹出什麼亂子，讓他升不了官。你知道阻礙老大官途，就是影響我，老大一日不走，我就坐不上那個位置。」

「拜託拜託，一下下就好，我保證不會惹麻煩。」小馬央求著，心中卻想自己雖從不主動去招惹麻煩，但麻煩總是自己尋上門。

「一下下？保證不惹麻煩？」

「一下下。保證不惹麻煩。」小馬肯定地回答。

「真的一下下？」

「就一下下。」小馬猛點頭。

「那關係人的資料？」

「我來就好。」小馬急切地說。

「不賴皮？一手包辦？」

「打勾勾。」

「都幾歲了還打勾勾！那晚餐也算你頭上了。」阿哲笑著，伸手比出「六」的手勢。

「那最夯影片的中、下集可以交出來了吧！」小馬問。

「買蔥還要人家送菜喔？晚餐牛排。目前只有下集。」

「颱風天時蔥價可比菜貴。晚餐義大利麵。中集哪兒去了？」

「再加一份披薩。中集是下次的籌碼。」

「好，成交。賤人。」

■二〇一五年九月十五日十八時四十五分
●怡尚苑大樓內

阿哲和看守封鎖線的員警打過招呼，領著小馬進到案發現場。阿哲拿出手電筒在一片漆黑處找電燈開關，光一來黑暗瞬間消失。小馬一眼看去屋內家具走極簡風，家飾除了白色還是白色，近百坪的豪宅內乾淨俐落，沒有多餘擺設。小馬持著特製具有全視角的攝影機仔細拍攝，桌子、沙發、窗簾，甚至連牆壁的細節都不放過，走到一處小馬突然停了下來。

「拍攝到鬼出現的地方就是在這裡。」

「噓，不要講那個字，等會跑出來怎麼辦？用代號，這裡是不是拍到『鳥』的地方我不知道，這邊牆壁和那邊牆壁幾乎都一樣，我哪看得出來。」阿哲緊張說著，「快一點好不好，你的一下下很久誒，每次都這樣，快。」

「所以攝影機是架在這邊。」小馬沒有理會，繼續比對位置，自言自語：「為什麼非得把攝影機對準這片牆不可，像是知道這……『鳥』會從這穿牆而出，不合理啊！

「如果按照一般模式來拍，『鳥』的大小應該只有這樣，為什麼要刻意拉近鏡頭，這也沒道理」小馬退後幾步，站到當時攝影機的大致位置，用手比擬著大小，接著轉身到主臥房。

阿哲寸步不離跟在後頭，「拜託你快一點好不好？」

「是男人就要慢慢來，那麼快做什麼，那麼沒有『凍頭』？」

「你還年輕，我這年紀很吃力，心臟快停了。」

「你不要擔心，才比我大三歲而已，心臟不會差到哪裡，真的停了我再幫你CPR。」小馬邊回應邊環顧四周，房間像醫院的病房，一張大床外就是衣櫃和梳妝檯。房內被雪籠罩般，白茫茫的一片，沒有其他色調的物品。他站到王美齡遇害時攝影機的位置，計算床和門口的距離。

「她就是從這裡被拉下床，消失在螢幕外。如果『鳥』要殺人，在這裡殺就好了，為什麼要把她拖離畫面才殺了她？」

「『鳥』片都是這樣演的，你是沒看過嗎？走了啦！我快不行了。」

「再忍一下，我快好了。電影是演給人看，那是嚇人用的，這又是演給誰看的？」小馬蹲下，摸著大理石地板上的刮痕。

「噹！噹！噹！」原本處在全身緊繃狀態下的阿哲，聽到客廳突然響起的鐘聲大叫了一聲：「啊！」

「出來了？」小馬抬頭問。

「嚇到撇了一點尿出來，再不走我就挫屎在褲底了。」阿哲大口大口吸著氣。

「也快過頭了吧！其他房間還沒看……」

「下次再說，下次再說，我真的快不行了，我有腸躁症，一緊張腸胃就會不好。」阿哲的雙腳已經呈現內八。

「好，走走走。如果王美齡在這，只要親口問問她，案情一下子就能水落石出。」小馬認真說著。

「拜託你不要說這些『鳥』話，如果她真的出現了，我會活活被嚇死。」

時鐘繼續滴答滴答地走，阿哲兩手緊推小馬的背逼他離開，兩人走出封鎖線後，滴答聲還是跟在兩人身後沒停過，滴答滴答。

「你有沒有聽到什麼怪聲音？」阿哲問。

「什麼聲音？」小馬停下腳步。

「剛剛還在，現在消失了，滴答滴答的聲音。」阿哲說。

小馬搖頭。

兩人一走，聲音又跟了過來，阿哲停下說：「你聽。」

小馬跟著停，腳步尾隨的滴答聲也跟著停止。

「沒有啊。」小馬聳肩說著。

「邪門，走慢一點。」阿哲要小馬跟著他一起慢動作，抬起腳又放下，左腳右腳左腳右腳，像躡手躡腳的小偷。

「滴……答……滴……答……」聲音是從小馬腳底冒出，他抬起腳，底下卡了小石頭，一與地面接觸便發出聲音，阿哲狠狠瞪了小馬一眼。

小馬將它取下，兩人頭也不回快步搭電梯離開。

留在地面的小石頭，突然間不知是被風吹動還是被誰狠踢了一腳似的，滾得老遠才停。

■二〇一五年九月十五日十九時四十二分

●警局內

「到到到底是是誰對外透透透露這樁命案的辦辦案進度和細細細節的？誰誰誰是內賊？不不不然八卦週週週刊有辦法巨細靡遺報報導出來？當當事人身分那那那麼敏感，死法又那那麼離奇，要我們怎怎怎怎麼跟全國人民交代不不不不是鬼殺殺了王美齡？你你你說說看。」李坤原坐在辦公室內問阿哲。

「老大，換個角度想，這些記者也是在協助破案啊，你看你看，資料都詳列在上頭，我們省下多少工夫呀！」阿哲嘻皮笑臉說著。

「想想想死啊你，只只要這案件沒沒破的一天，幾幾幾個月內沒被記者追追問到天天天荒地老、海海枯石爛，我我我我就不信。小馬，不不不然你你說說看。」

「老大，你的辦公室好冷，冷氣不能開小一點嗎？都是納稅人的錢。」小馬說。

「養養養你們兩個，才才是浪費納納納稅人的錢，連件小小小小事都辦不好。明明是人人殺人事件，硬被新新聞媒體捕捕捕風捉影成鬼鬼鬼殺人事件。凶凶嫌精心策畫，刻意將所所所有罪證導導導向黃玉茹，我我們卻拿凶嫌沒轍。到到底有什麼線線線索可以破解犯犯犯案手法揪出凶嫌？你你你你們也說說點意見。」

阿哲看小馬，小馬看李坤原，李坤原看著阿哲，目光像飛鏢在三人間一丟一接。

李坤原打破三人僵局問：「說說說點話可可以嗎？等等會就就就要召開記記者會了，不是要要我照週刊上的報報導說說說明吧！看看看來我這位子難難保了。」

阿哲舉起右手，往前踏出一步，自信開口說：「這不是鬼殺人事件，是人殺人。」

「廢廢廢話，我我剛不是說說說過一模一樣的話了，說重重重點。」

「重點就是，如果是鬼殺人，直接在床上殺王美齡就好，不用花工夫拉出房門，加上一般人如果睡夢中被拖拉下床，一定死命掙扎，但王美齡只是雙手像游泳輕微擺動，身體不受控制。至於證據，再給我一週的時間，就能雙手奉上交出來給老大您。」阿哲把小馬的說辭全都用上。

「就就就給你一週的時間。」李坤原轉頭，用鷹隼般的眼神死盯著小馬並特別囑咐：「還還有，拜拜拜託你，在在在辦公室裡作作業就好，不不不要東東奔西跑，尤其是案案案發現場，絕絕對不准去，不不不然又招惹一堆麻麻麻煩事要我善後，知知道沒有？需需需要什麼，叫叫阿哲跑跑跑腿，反反正他能做做做的事也也不多。」

「是的，老大。」小馬像獵物動彈不得，勉強開口應答。

「老大，新的影片，精彩的。」阿哲遞過光碟。

李坤原一臉疑惑，問：「277777.5G？一片裝得下？之之前不不不是給過了？」

「新的市面流出版，容量少，不過一樣精彩。你會喜歡的。」

「Sure?」

「我保證。那我和小馬先走了，老大您慢慢欣賞。」

「無無無聊，東東東西放著就行了，你辦案有有那麼認認真就好了。」李坤原先是中氣十足地說給誰聽一樣，後以只有阿哲聽得到的音量說：「你你你再縱容小馬到到命命案現場，我我我一定會把你們調調調離現職，不不要害小馬也也害了自己。」

一出辦公室，小馬問：「為什麼只有老大有，我沒有？」

「你是我的好兄弟好麻吉，當然有、肯定有、一定有，而且你忘了今年有五倍嗎？早準備好了，請笑納。」阿哲拿出另一片光碟。

「如果鑽石自動掉下來會更好。」小馬接過光碟。

「話說回來，鑽石真從天上掉下來，那麼小一顆也看不到。」

「你的鼻屎那麼小顆我都看得到，鑽石掉下來也不會漏接。」小馬指著阿哲鼻孔，「最好不要又是那個什麼出現鬼的影片。」

「不一樣的，沒有鬼，我保證。」

「那就好，但你的保證一點都不能保證。」

小馬坐回辦公位置，阿哲的手機聲響，急忙到外頭去接，小馬放進光碟讀取資料，電腦畫面出現櫥櫃上的盤子彷彿被武功高手從後方用內力一震，朝鏡頭方向飛來。

「幹！」小馬咒罵了聲，又把影片重看一次，試著找出比鑽石更小的線索。

■二〇一五年九月十五日二十時整
●記者會

「大隊長，請問這起案件真的是鬼殺人事件嗎？現在坊間傳得沸沸揚揚。還是凶手故布疑陣的把戲？」S台眼鏡女記者搶先發問：「如果是凶殺，那麼犯人是吳添才還是黃玉茹？還是檢警已經掌握到他們聯手犯案的證據？」

李坤原正襟危坐地發表：「這這這起案件已經進進入司司法程序，所所所所有的內容不不不便公開，很抱歉。」

「大隊長，透露一點可以嗎？凶手到底是人還是鬼？」男記者接著問。

「怎怎麼會是鬼？不要開玩玩玩笑了。凶手部分就就就真的無無無可奉告，正正詳細調查中，相信很很快就就就會有結果，給社社社會大眾一個交交代。」

「大隊長，現在全國上下都很關心這起案情，據說現場有拍攝到鬼殺人的影片，是不是能提供給我們？」T台的女記者穿著爆乳裝，嗲聲嗲氣撒嬌著。

「這這這消息從哪裡聽聽來的？空空空空穴來來風。」李坤原盡可能把眼神集中在T台女記者的眼睛，就在視線忍不住要下移之際，又有聲音傳出。

「大隊長，你要不要發表一下鬼穿牆出來、被害人在睡夢中從床上被拖出房門，還有櫃內的盤子瞬間掉出來的看法？」C台高壯男記者舉起手中的截圖問。

「這這這，你你你們怎怎麼有？」李坤原驚訝地問。

「大隊長，發表一下意見好嗎？什麼都無可奉告，要我們怎麼寫新聞稿？你們給的樣本新聞稿根本沒記者敢用，誰會對這麼制式化的回答有興趣。」S台眼鏡女記者抱怨。

「謝謝謝謝大家，還還是請請請各位靜待司法調調查，這這絕對不不不是什麼鬼殺人事件，也也沒有大家所說的影影影片存在。真真真有鬼要殺人，不不需要那那那麼麻煩，何何何必在鏡頭前把被被害人拖下床又拉拉出房門？大大家說是是是不是？」

「大隊長，所以證實我們拿到的這影片是真的囉？是在案發現場拍攝的嗎？」眼神犀利的D台男記者抓到李坤原話裡的語病。

「我……我……我……是是是說如如果，好好了，謝謝謝大大家的指教，今今今天記者會就先到這。」

李坤原快步從記者會後方的側門離去，大批警員在台前圍成人牆阻止記者追問，阿哲和小馬在後門接應。李坤原一上車就氣憤地問：「你你先前給給給的是什麼鬼鬼影片？櫃子內的盤盤子瞬瞬間掉下來，什什什麼精精彩的？鬼鬼扯一番。」

阿哲又拿出另一張光碟片出來，低聲說著：「真的很精彩啊！老大，我這裡還有記者會中你沒有的鬼穿牆影片，你要不要？」

「你你到底還還還有多少？一次交交出來。還還還有，這這些都是證物，為為為什麼記者們幾乎人人人手一份？」

「老大，記者那麼神通廣大，怎麼拿到手都不會讓人意外，我發誓不是我這邊流出去的。」阿哲趕緊跳出來澄清。

「不不不是你，那那那是鬼，還還是我？」李坤原看車外有記者追在後方，「對對對了，你你們相不相信這這這世上有鬼？」

小馬安靜沒有回話。

阿哲低聲咕噥著：「拍攝的人又不是我，說不定流出影片的，就是『那個人』，反正不是鬼也不是我。」

「你你你要說就就說大聲一點，是是怕我年年年紀大，故故意考驗我我的聽力，是是是不是？如如果是『那個人』流流出去的，又又又是為什麼？你你你解釋給我我聽聽看。」李坤原問。

「製造話題，博取外界好奇，和同情，藉機，影響，辦案進度。」阿哲在車上大聲吼著回答。

「我我我也沒聾，不不用那那那麼大聲。」李坤原也大喊回應。

坐在另一側窗緣的小馬摀住耳朵說，「你們兩個冷靜一點，我不認為是『那個人』做的，倒覺得是『另外一個人』所為。目的是讓嗜血的媒體找出影片破綻，就會覺得『那個人』滿口謊言，就算最後此案證據不足，也能用輿論壓力逼迫法官對『那個人』處重刑。」

阿哲恢復正常音量說著，「所以不是『那個人』做的，而是『另外一個人』幹的，那『另外一個人』又會是誰呢？」

「不不不不要再繼續『那那那個人』和和『另另外一個人』了，不不管是哪哪哪個人，我我都要把流流流出影片的人和凶手給給揪出來。」李坤原把話題畫下休止符。

小馬默默看著李坤原，李坤原不自在地問：「這這這樣看看我做做什麼？」

「那老大你相信這世界上有鬼嗎？」小馬拉回最初就離題的談話內容。

「你你你信就就有，不不信就沒沒沒有。」李坤原氣定神閒說著。

「對了，老大、小馬，你們不覺得車內的冷氣冷到不像話嗎？」阿哲問坐在左右的兩人，李坤原和小馬各自看向窗外不再開口。

「真的很冷的說。」阿哲又低聲咕噥著。

■二〇一五年九月十五日二十一時三十二分
●警局內

「大家辛苦了!我先走一步。」小馬不像其他人需要趕著回家、趕著出遊、趕著飯局、趕著電影,趕著一切的一切,就算輪班時間已過,他仍從容地整理完檔案才離開。

搭上人潮擠促的捷運,他想眼前的每個人都有自己的故事,那些犯人是經歷什麼過程才把自己的故事寫成一敗塗地?是情非得已?還是早有心理準備?認為自己罪該萬死?還是覺得可以逃過法律制裁?看著整車的人,小馬覺得這世界那麼祥和,會不會下一瞬間有誰腦袋裡的哪根理智線突然斷裂,持刀、持槍、持毒氣或炸藥闖進來大開殺戒,在場乘客的人生就瞬間豬羊變色,再無翻盤可能。

母親的理智線又是在什麼時候斷掉的呢?

小馬沒有答案。

這問題從沒停過,他擔心自己會不會也有失序的一天。

小馬仔細觀察捷運上所有人,在腦中跑過如果跟這家人在一起,會過怎樣的生活?如果那兩個哥兒們是自己朋友,現在聊的會是什麼?如果和那三個女人認識,她們怎麼述說自己的情人、丈夫和孩子?最終他想的是如果父親、母親還在,他就有立身之處,不需要再玩想像成為他人的遊戲。

坐到捷運終點站,乘客紛紛下車,小馬一人走出捷運。從好幾層深的地穴逐步往上鑽出地面,抬頭看天空,月亮被隱藏在雲後,微微滲著光。能看得到月光的夜裡,小馬就感到安心,就算只有一點點也好。遠方有狗野吠,他也好想拉開喉嚨跟著大吼。月隱的日子讓他害怕,尤其是沒有月亮、沒有風、沒有星星的夜晚，容易讓他再次失足跌落黑色的記憶泥淖中。

「我回來了。」小馬打開家門對空蕩蕩的屋內大喊。無人回應。一向如此。客廳擺著神明桌，桌旁牆上掛著父親與母親的遺照，兩人臉上沒有表情，小馬不知道他長得像誰，如果哪天死後擺上黑白遺照在父母遺照旁，或許有人會說這家人長得真像也說不定。他雙手合十低頭鞠躬，心裡向父母問好。背包丟在沙發，脫下外套和襯衫後赤裸上身走進房間，有人躲在門後發出「嘩！」的一聲。

「換點新招式好嗎？鴨子小姐。」小馬冷冷地說。

「口齒清楚一點，雅子不是鴨子，跟著我唸三遍，雅子雅子雅子。還有啊，你配合一下假裝被嚇到不行嗎？」突然出現的短髮女孩說。

「哇，好可怕，這樣可以嗎？妳不乖乖待在自己家，又想來偷襲我嗎？看到男人裸著上身就情不自禁撲過來嗎？」小馬推開雅子，從衣櫃取出乾淨衣物。

「拜託，我也是有選擇的好不好，只是從背後嚇你並沒有撲過去好嗎？撲你？哼！想太多，本姑娘還沒有到飢不擇食的地步。我媽叫我送食物來，一鍋香噴噴的滷肉，連白飯都一併附贈，看我媽多『感心』！食物放廚房了，要幫你加熱嗎？」

「順便幫我煎個蛋，我先洗個澡。」

「要不要再來瓶啤酒？很會使喚人耶，李馬傲先生。」

「那妳快去巷口的便利商店幫我帶一手。」

「真的一點都不客氣。下午過來時，看你冰箱空空如也，早就幫你補滿貨，不過你的聚寶盆又快見底了。」雅子指著桌上魚缸，裡頭沒水也沒魚，零錢像砂石積在下頭，輔以發票和收據做裝飾。

小馬從皮夾掏了三千元往魚缸裡丟，「喏，妳看，聚寶盆又發功了，妳快去準備我的消夜，還是妳想繼續待在這，看我脫褲子去洗澡才甘心。」

「少往自己臉上貼金，誰要看，哼。」雅子說完走出房門。

小馬將外褲褪到膝蓋，門突然被打開，雅子問：「蛋黃要全熟還是半熟？」

■二〇一五年九月十五日二十二時零九分

●小馬家浴室

水聲嘩嘩，熱氣蒸騰，腦海浮現警官學校教授所說的話，「科學時代啊，不要讓我聽到你們私底下講那些煽動人心的鬼話啊，會養成你們的壞習慣，以後辦案不順，不是求神就是拜鬼。偵查中若凶嫌出意外或死亡，就穿鑿附會說鬼來報仇。遇到案情有重大突破，又對外大聲嚷嚷今天剛好頭七或是死者有來託夢。日有所思夜有所夢，懂不懂？不是死者來託夢，而是睡覺時大腦潛意識在處理我們白天解決不了的事，很多前一天我們還覺得很難的事，隔天突然開竅，就是這個道理。所謂死者託夢，簡單來說就是睡覺時把白天看到的、經歷到的、聽到的線索在自己內心進行推理小劇場，只是藉著死者的形象來說出解答。我不敢保證有沒有鬼這件事，但敢說窩居在人心的鬼才是最惡毒的。你們要知道，只要是人就有破綻，我們要做的就是在細節中抽絲剝繭，把藏在裡頭的魔鬼給揪出來。」

小馬將傍晚時在王美齡家中所見的場景和物件都再細想一遍，屋內的乾淨模樣讓他聯想到小時候，母親有潔癖，整天神經質地整理家務，就算地板櫃子一塵不染仍要擦過一遍又一遍。時間過剩的母親會將衣服燙過，確認沒有一絲皺褶才收妥。母親強迫自己也強迫別人遵循她的規矩，家裡自成小行星，所有物品必須安置在固定軌道上，父親與他亦成衛星，繞著母親運行。他每日生活順著母親的安排，髮型維持在固定長度，指甲也是，襪子內褲樣式七日均同，像活在同一天，沒有未來。

母親不許家中有任何不需要的物品，冰箱沒有隔夜食物，料理一上桌沒吃完就立即丟棄，他怕自己哪天一旦不被母親需要也會被拋棄。母親討厭不聽話的孩子，他戰戰兢兢配合母親所有的要求。

後來，母親失序，一切也開始瓦解。

父親一開始用不被發現的距離脫離軌道，最後以離心力快速甩開備受牽制的引力往他方而去。母親說父親外面有了女人，氣炸的母親用剪壞父親上班的制服與父親宣戰，父親沒有與母親正面衝突，隔天穿著便衣出門。晚上父親回來得晚，身上飄著肥皂水的舒爽氣息，衣物和早晨出門時不同，這是父親的反擊。母親日夜提醒小馬要記得自己的父親是個為了外面的野女人而拋家棄子的男人。

關於父親和母親的回憶總是支離破碎，像少了幾塊拼圖，他也不確定自己的記憶是否可靠，或是自己想像出來的。

母親無法控制父親，轉而虐待自己身體，將指甲刀往指內肉死命剪，修長的指頭上沒有指甲，粉紅色的指肉顯露出來，乾掉的血液形成一層薄膜就像指甲油。每當母親用那雙血紅的手揮他過去，他就怕，尤其手上又拿著理髮剪和指甲刀要替他整理儀容時，每一刀都密切咬合著他皮膚與頭髮與指甲的縫隙，距離再近一些，皮膚和指肉就會被刮落下來。自己只能閉眼緊咬著牙，讓母親將他身體多出的任何一毫一釐給剪去。

在父親和母親最激戰時，母親的身後跟了一個女人。原本有潔癖的母親像發條損壞的娃娃整天癱坐著喃喃自語，任由家裡腐爛。流理台、洗衣槽擺著發酸發臭的碗盤和衣物，他努力代替母親維持一定秩序，卻不知怎麼修好母親，也不曉得如何趕走附在母親身後的女人。

父親對母親的一切視而不見，將個人物品一件一件往一樓房間搬，並警告母親，「這房間你不准進來，再敢剪壞我的制服，就別想我會再踏進家門一步。」

進不去父親世界的母親，將家中的物品從小的、簡單的開始破壞，窗簾、日曆、茶碗餐具、相框……原本完整的家變得那裡空一塊、這裡缺一角。小馬記得那天自學校返家，電視機碎裂散落在地，所有桌面、牆上的擺飾也無一倖免，平時素顏的母親一反常態化了一臉濃妝坐在昏暗的家裡，動也不動像個假人。他打開燈，看見滿目瘡痍，不敢多問，避開地上的障礙物到儲物櫃取出打掃工具默默清掃。天色一點一點暗下去，地上的破碗盆、碎玻璃、廢紙和木屑還是像無窮無盡般鋪滿地上。

七點，回過神的母親恢復小馬熟悉的神情帶他外出用餐。返家後，他與母親將垃圾打包收拾。母親身後的女人對著他笑，越笑就越潛身進母親身子裡多一些，那天開始，他才真正害怕母親。父親那晚不知道是返家看見一地凌亂後又離家？還是沒回家過？

那天過後隔幾週，沒有月亮、沒有星星、無風的晚上，他記得下午回家後吃了母親為他準備的下午茶點，上樓後就昏昏沉沉睡著。不知過了多久像冬眠幾個月被餓醒，剛甦醒的身體彷彿不是自己的，吃力地下床東倒西歪走出房門，扶著牆到樓下，冰箱內空無一物，腕上手錶滴答滴答響著。已經凌晨兩點多，早過了晚餐時間，他不知道自己那麼能睡。飢餓讓他鼓起勇氣到樓上輕敲母親的門，母親沒回應，小馬打開門看，母親不在。再到樓下，父親房間虛掩著沒關，他想父親回家了。小心翼翼地打開門，厚重的窗簾將外頭的光線全隔絕在外，一片漆黑的房間裡，什麼都看不到。

打開燈，母親和父親各自坐在床緣沒有說話，他以為兩人又在冷戰，準備退出房門時才發現有另一組父親和母親一起壞掉在床上，滴答滴答滴答滴答，紅色水流順著母親垂在床外的手滴落下來。

還是，他先看到壞掉的父母親躺在床上，才看到各自坐在床緣的父母呢？

那些細節他記不清，印象中好奇走近，坐在床緣的父親似乎趕著出門辦事，站起身，穿過迎面而來的他。父親才要再往前一步出房門，卻似乎受到一股力量牽制，讓父親無法跨出半步。

「爸！」小馬大喊，父親沒有回應。

「李馬傲先生，你到底洗好了沒，熱好的飯菜又要冷掉了，電和瓦斯都不用錢嗎？快出來吃飯。」雅子隔著門在外頭喊。

關上水龍頭，小馬用手抹抹濛上水霧的鏡子，看著鏡中的臉，表情像是被凍僵。父母過世後，他成為活著的死人，忘了自己還能笑，日日必做的功課就是在鏡前練習笑容，讓自己看上去像個正常人，才能不被誰關注、不被誰同情、不讓誰擔憂。

■二〇一五年九月十五日二十二時二十二分

●小馬家廚房

「好吃嗎?」雅子問,桌上擺著一盤荷包蛋、一碟炒青菜、香味四溢的滷肉一大鍋,白飯一碗和一瓶啤酒。

「嗯!」小馬津津有味地一口菜一口蛋往嘴裡塞。

「今天吹什麼風?平常不是嫌東就是嫌西,難得見你那麼誠實。」

「可見妳廚藝有在進步,要感謝我給妳機會練習。」

「要感謝的是我沒有男友,不然怎麼會把時間浪費在這裡。」

「不是有句俗諺說『時間就該浪費在美好的事物上』,妳很有眼光。」小馬扒了一口飯外加滷肉,邊嚼邊說:「如果有人願意和妳這種不幸體質的人交往,妳才該感謝對方。我幫妳數數那些和妳交往過的男友:食物中毒的兩個、跌下樓梯摔斷腿的一個、走在路上被車撞的三個、騎車開車撞人的四個,十個裡面沒有一個不是落荒而逃的。」

「是啦,我就是史上最不幸的美少女。」

「不用加個『美』沒關係,有廣告不實的嫌疑,而且這年紀也不是少女,是近三十歲的敗犬了。」

「去死啦!任誰聽了都會覺得說明與內容物相符,本美少女就算虛歲也不過二十四歲,正值女生的黃金年齡,不要給我亂添歲數,害我行情下跌。還有,什麼敗犬,憑我交往過十個男友的資歷,想也知道是我不想交,不是交不到。反而是你自己,沒見你交過女朋友也沒看你帶女孩回家過,難怪連你叔叔都懷疑你是同……」

「對，不用懷疑，我就是寧缺勿濫，絕不會寧濫勿缺。看妳交往過的那些對象都不是什麼好貨色，劈腿的、有婦之夫的、想詐騙妳的……妳天賦異稟，總是容易招惹到爛桃花。為了別人好，也為了自己好，沉澱一陣子也不錯。」

「李馬傲，你說誰寧濫勿缺？」雅子搶走小馬的筷子，「我要把這些飯菜都拿去餵狗，也不要進你肚子。」

「雅子大人，息怒啊，是小的寧濫勿缺，是我是我。」

雅子聽到答案，滿意地將筷子還給他，只聽見小馬不服氣地又小聲嘀咕：「就是寧濫勿缺，才有辦法吃得下這些東西。」

「什麼？」雅子瞪著他。

小馬快速塞了一堆飯菜進嘴裡，說：「沒什麼。對了，能幫我感應『那個』嗎？」

「『那個』啊，你什麼時候開始對『那個』有興趣？你不是無鬼神論者嗎？你是最近開竅了，能感應還是能看到？」

「殘念，都沒有。只是想確認一件事。」

「我拒絕。」

「為了我破例一次行不行？」小馬央求著。

「為了你？你又不是我的誰，也沒啥好處，幫你幹嘛？」

「幫我，送妳一個吻。」小馬嘟起油亮亮的嘴。

「無聊，誰要你的吻。」雅子夾了鍋中的滷肉往小馬的嘴裡塞。

「啊！燙、燙、燙！那妳要什麼？」小馬大口吐氣好散去食物熱度。

「我要你的人。」

小馬一聽，噴出嘴裡的滷肉，說：「小姐，雖然女生主動是好事，但妳太直白嚇到我了。」

「白痴喔，我需要人來幫我油漆房間，改風水招桃花，不然要你幹嘛？」

「妳是指妳的狗窩？」

「是香閨。」

「好啦，成交。說真的，不會很勉強吧！」

「看在你要獻出自己的分上我是不勉強，雖然不喜歡和『那個』接觸。」

「不用接觸，只求雅子仙姑幫我看一下這個就好。」小馬拿出相機和錄影機。

雅子瀏覽過照片和影片，將相機和錄影機還給小馬，說：「這屋子是沒有『那個』，不過已經成形得差不多了。」

「什麼意思？」

「人死後三魂七魄四散，除非帶著怨念自殺、被殺時心有不甘、有人一心一意想見到死者，還有死亡地點剛好是靈氣匯集所在等條件，才能讓魂魄有機會聚集成『那個』，甚至一直跟著對方，否則七日內就煙消雲散。除非……」雅子遲疑著。

「除非什麼？」小馬問。

「……」雅子沉默。

「除非什麼啦？雅子仙姑快說咩！」小馬追問。

「有些道士可以施法讓魂魄聚形，有些人與生俱來這種能力，就像我能感應到『那個』一樣。令人擔心的是，具備這種能力的人在有意識或無意識中讓魂魄變成『那個』。」雅子話中有話地看著小馬。

「這麼神奇，如果我有那種能力，第一件要做的事就是呼喚死去的爸媽，問他們過得好不好。」小馬說。

「很抱歉，七日內有效，過期的就沒辦法。少想這些有的沒的，繼續當你的無鬼神論者就好，免得惹禍上身。」

「惹禍上身？」小馬不解地問。

雅子突然抓起小馬的左手仔細看著，「總之，我勸你不要跟這案情有太深的關係。有線沾黏在你手上。」

「什麼線？」

「老實說，今天你去過現場了，對不對？說到這，你們老大不是不准你接近案發現場嗎？我要去告狀。」

「拜託，別這樣。快說線，什麼線黏在我手上？」

「很細很細的，像蜘蛛絲的線，黏在你的小拇指。像你這種天生倒楣鬼最好少去那些地方，從以前到現在都一樣，去到哪都沒好事。」

「這拿得掉吧？」

「去廟裡或教堂都可以，燒燒香或聽聽聖歌求主保佑也行，阿拉我沒研究就不知道有沒有效。記住這段時間不要再靠近那裡，緣斷了，線自然就跟著斷。你如果再接近那，『那個』就會藉著線緊緊跟著你。」

「如果『那個』是因他殺而死，凶手身上也會有線？」

「不會。」

小馬喝口啤酒，又夾了蔬菜塞進嘴裡，問：「為什麼？」

「吃飯就吃飯，話那麼多，嘴裡有東西不要說話啦！老師沒教過你是不是？」雅子走到冰箱替自己開一罐啤酒喝著。

「上雅下子大師說一下啦，替弟子開示開示嘛。」小馬雙手合十鞠躬。

「剛剛不是說人死後魂魄是散的，需要時間去聚集，除非凶手再回到現場，『那個』才有辦法纏上他。」

「被線纏上會怎樣？」

「輕微一點的，『那個』透過線可以和你溝通，傳達祂想做的事或想要的東西。」

「妳的意思是像小時候我們用養樂多空罐兩端綁著線通話那樣嗎？哈囉？有人在嗎？那嚴重一點的呢？」小馬問，邊舉起右手的小拇指靠近嘴邊說，大拇指當成話筒放在右耳旁。

「嚴重的不是一點，是兩點，你好好記清楚。」雅子正聲說著：「之一，『那個』死亡前的不甘和恨意會滲進你的腦，包括死亡當下的過程和痛楚，一般人誰能承受死亡的感受？所以可能會讓被附身的人死於心臟痲痺。之二，就是被附身，一直到祂完成心願才會離開。但留在世上的『那個』都是怨念極深的，你想，祂們附身在別人身上要做什麼？不是報仇就是殺人，如果真被纏上，怎麼死的都不知道。」雅子說完後猛灌啤酒。

「所以『那個』和活著的人一樣可以思考？」

「我師父曾說『那個』分為四種，一種只出現在固定地方、重複相同動作；一種是有執念，達成祂的心願就會消失；另一種是被人養出來的，會保護也會完成飼主心裡想的事。雖說如此，不管哪種都沒思考能力，祂們的行為比較接近本能反應，要注意的是，祂們的本能包括想再活一次，附身就是最簡單的方法。」

「欸！少了一種，不要以為我沒在聽好不好？」

「第四種就不用提了，連我師父都沒遇過。」

「上雅下子大師，求求妳不要再賣關子了，話沒說徹底就像在凌遲對方一樣，痛、痛、痛、痛、痛！」小馬雙手摀著左胸，裝痛喊著。

「你少來這套。」雅子用手推了小馬的頭一把，「第四種是因為修仙失敗走火入魔變成的，有些陰廟祭祀的就是那些。我師父說祂會先給你甜頭，再看你痛苦或墮魔，所以一再告誡我，永遠不要對那些現身在人面前自稱是神的傢伙許願。」

「原來大師還有師父啊！那敢問尊師是？」

「哈、哈、哈！瞎扯的你還當真。」雅子大笑著。

「不會吧！小姐。虧我那麼認真，只差沒做筆記了。」

「不過你被線纏住，是真的。」

「算了，不管真假，反正我看不到也感應不到。可以請妳多幫個忙嗎？」小馬搔搔後腦勺。

「要求很多耶！你不知道我這個資深美少女的邀約滿檔嗎？」

「拜託拜託，幫我做一份案發現場實景的立體模型屋，我想破解犯人的詭計。」

「你都忘記自己有『麻煩製造機』的稱號，還要深入險境？而且我是室內設計師好嗎？要我做這種像學生作業的模型？」

「好啦，仙姑、大師、資深美少女，我保證妳幫我做出來，我就不接近那裡。」

「相機還有錄影機給我。」雅子伸手，提醒著，「我再提醒你一次，你是天生的麻煩鬼，有你在的地方準沒好事，別靠近那裡了，知不知道？」

雅子沒說出口的是，師父曾告訴她小馬具有讓「那個」成形的能力，只是他自己不知道，加上能力被封印而忘了許多事。雅子怕小馬恢復了能力卻在下意識裡讓「那個」聚形越快越具體，最後會害人害己。

「妳真的很適合轉行耶，連我都被妳唬得一愣一愣。」

「我才不想跟那些東西打交道。」

「幸好妳還願意跟我打交道。」

雅子瞪了小馬一眼，「哼，你也是髒東西啦！那麼晚了，孤男寡女共處一室很危險，我要回去了。」

「是我危險才對吧！」小馬坐在椅子上說。

雅子走近小馬，彎下腰把唇緊貼在他嘴上。小馬張大眼不敢動，眼球斜看左方又轉向右方，像在確認沒其他人在這。

「對，你會危險，我怕自己會情不自禁愛上你，你也知道我前面十個男友，食物中毒的兩個、跌下樓梯摔斷腿的一個、走在路上被車撞的三個、騎車開車撞人的四個。另外，他們的共通點就是都會活撞鬼。對了，這個吻就當成幫你做模型屋的預收款，剩下的等完工後再支付。」雅子說完轉身就走。

「欸、欸、欸。」小馬招手叫住雅子。

「怎樣啦！趕快說。」站在門口準備穿鞋的雅子轉頭問。

「碗不用幫忙洗一下嗎？」

小馬說完換來巨大關門聲響作為回應，他用手指摸摸自己的唇，傻傻笑著。接著意識到什麼似的，驚恐地環視屋內，確定沒誰在，吐口大氣後，站起身將桌上的碗盤收到洗碗槽裡。突然像有人扯動他左手指，小馬將手舉起平放在視線處，有蜘蛛絲像魚，游在半空。

■二〇一五年九月十五日二十三時整
●電視台棚內

「『深夜十一點，新聞深一點』，今天我們要探討的社會事件是近日剛發生、轟動全台的鬼殺人事件，首先先來歡迎我們的特別來賓胡言兌。」紀姓主持人說。

「主持人、各位觀眾朋友大家好。」胡姓名嘴說。

「特別來賓侯賈文。」

「主持人、各位觀眾朋友大家好。」侯姓名嘴說。

「特別來賓呂芙娉。」

「主持人、各位觀眾朋友大家好。」呂姓名嘴說。

「台光金控總裁吳添才的妻子王美齡死亡至今已經第二天，據流出的影片畫面顯示，王美齡疑似是被鬼給殺害，警方目前對於這事件有什麼看法呢？讓我們先來看這段稍早時的新聞畫面。」紀姓主持人說。

新聞畫面出現李坤原大隊長主持的記者會內容，畫面結束後，紀姓主持人轉向胡姓名嘴問著：「言兌對於警方的說法你怎麼看？是不是警方隱藏了什麼關鍵線索？或是這是一宗無解的鬼殺人事件？」

「是的，保杰，電視機前的觀眾，首先來看我手上這張表。」胡姓名嘴豎起桌上的一張大紙板，繼續說：「在一八一七年的美國田納西州紅河鎮的貝爾農場曾經發生過驚天動地的鬼殺人事件，還曾經被改編成電影。在美國的維基百科上還有清楚的 Bell Witch 條目，貝爾女巫。

「我們可以把這裡的女巫對照成鬼，女巫在貝爾住家發出很多超自然現象，例如移動物體或是製造聲響讓人心生恐懼，新聞畫面盤子從櫥櫃飛出來就是這樣的情形。許多奇怪的事都圍繞在貝爾的小女兒貝絲媞周遭，導致她精神異常。據我手上資料所知，王美齡生前多次去私人精神醫療診所就診，但精神狀態不見好轉，幾乎不出門。

「最後，農場的主人約翰．貝爾被女巫殺害，所有的靈異現象也跟著消失。王美齡到底是不是被鬼所殺害，目前我們不能斷言，至少知道歷史上曾有這麼一個『貝爾女巫』的案例發生過。如果王美齡真的是被鬼所殺，檢警如何來破案？我想這案件最後會不了了之，不然我們來等著看，幾個月後檢警仍會像縮頭烏龜一樣躲著說：『關於案情我們還在調查，基於偵查不公開原則，一切無可奉告』。」胡姓名嘴對著鏡頭每個表情、手勢、嘴型都非常用力。

紀姓主持人說，「謝謝言兌，雖然現在已經是科學辦案的時代，很多事物還是無法單靠科學來證明，也不能全盤否定它的存在。關於台灣的著名鬼屋，我們請賈文來跟觀眾分享。」

「謝謝保杰，各位觀眾請看旁邊的螢幕。」賈文走到舞台旁，後方的螢幕顯示出台灣地圖，上方標示著幾個紅點。

「台灣著名的四大鬼屋有嘉義民雄鬼屋、基隆鬼屋、台中烏日鬼屋，還有台南的杏林醫院。其中最邪門的莫過於台中烏日的這棟鬼屋，據說四十年前要建造這房子時，沒落富商承諾要娶酒家女做二老婆，並向她借款來蓋屋。屋子是蓋好了，但後來沒落富商沒有依約娶酒家女。大家都知道，在台灣習俗中想死後化成厲鬼報仇，肯定得穿一身紅衣自殺，代表血債血還。於是酒家女氣憤地跑到這屋子的主臥裡穿紅衣上吊，一開始沒落富商不以為意繼續住在那，後來半夜常會在耳邊聽到女人的哭聲，他就嚇得趕緊將屋子脫手讓人。據說這沒落富商有次晚上去麵攤吃麵，他點一碗但老闆煮了兩碗給他，他奇怪老闆怎麼端出兩碗麵。老闆跟他說：『你就只顧著自己吃嗎？旁邊那位穿紅衣的小姐就不用吃嗎？』

「幾年前，那裡發生一場火災，說也奇怪，屋內很多地方被燒焦，只有當初酒家女上吊自殺的地方，像什麼事都沒發生過一樣，牆上和地面沒有火燒痕跡。烏日鬼屋成為很多年輕人和電視節目喜歡來深夜探險的地方。

「台灣鬼屋的傳說大抵上都是這種類型，多是女鬼，都遭男主人負心或背叛。我們知道台光金控前總裁王勝豪生前，除了陳女士與他走得較近，他在外還有許多紅粉知己，未婚子女的傳言更不在話下。現任台光金控總裁也不遑多讓，和黃小姐走得很近，據說對方也懷了他的孩子。是不是王勝豪或是吳添才曾經對誰負心或是做過什麼虧心事，才讓不乾淨的東西纏上他們，打算讓他們家破人亡也說不定。」最後賈文露出比鬼還可怕的笑容，陰森森地對著鏡頭嘿嘿嘿笑著。

紀姓主持人說，「謝謝賈文，王美齡離奇之死，到底是鬼作祟殺人？還是單純的精神耗弱？抑或是殺人事件？這部分我們來聽聽芙姱的說法。」

「保杰，根據我所收集的資料，你還記得前年爆發王美齡父親王勝豪疑似性侵過年幼的她而畏罪自殺的醜聞嗎？當時我們做過一系列的追蹤報導，從那時開始，王美齡的精神狀況越來越差，還有人爆料說王美齡曾經不幸小產過而沒有妥善處理，導致嬰靈作祟。

「最奇怪的是王美齡那本記載著年幼時父親曾對她性侵的私人日記本，竟然會落到記者手上，雖然該名記者澄清是在王家丟棄的垃圾中尋獲，但在垃圾堆中尋找出來的新聞，還被戲稱為『垃圾新聞』好一陣子。也因為這事件，吳添才在公司裡的地位一鼓作氣往上爬，取代岳父王勝豪成為新任的台光金控總裁。

「那陣子還蒙上吳添才偕同王美齡逼宮的陰謀論，最後性侵案以王勝豪受不了輿論壓力自殺無疾而終。我們現在應該注意的重點在於王美齡是否被有心人士利用？以及王美齡的遇害是否因知道太多事情而遭人滅口？」芙婍推推臉上有稜有角的方形眼鏡，貌似理性地分析。

「謝謝芙婍帶我們從另一個視角來看待這個事件。近日出現許多目擊者指證歷歷曾看過怡尚苑有鬼出沒，真相究竟如何，之後節目中我們會請台灣風水、命相和靈學的專家，以更多元的觀點來與各位觀眾分享，廣告後請繼續鎖定『深夜十一點，新聞深一點』。」

機密檔案：002

■一九九五年八月二十日十四時十五分

●機場外

二十九歲的吳添才拖著兩個大行李箱下客運，抬頭張望，尋找出境指標，沒有人可以想像他費了多少工夫才走到這一步。大學時家教打工、代寫作業、夜班打雜，一天的時間被徹底兌換成一分一毫的金錢；服兵役時所有假期都在原文書和軍隊中度過，同袍的邀約活動從不出席外，返家省親也一併省去，避免不必要的開銷；退伍後投身職場，工作之餘，還能以優異的托福成績申請上美國的研究所，並取得公費留學的資格。

他想逃離過去，把人生重新洗牌，如果可以，希望不再踏進這國度一步。

吳添才討厭自己的童年、討厭死掉的父親、討厭活著的母親、討厭貧窮的自己、討厭那些靠父母親庇蔭去國外蘸個醬油就沾沾自喜的蠢蛋。他不知道自己喜歡什麼，擁有的全是討厭。

吳添才正要走進機場建築物，瞄見一台高級轎車停在下客處，吳添才站在原處，看司機急忙出來將右後車門打開，一名穿著惹人注目的女孩現身，司機又繞到左後方開門，車內另一名男人緩緩走出。吳添才一眼就認出男人是台光金控公司的總裁，那張臉出現在報章雜誌和媒體許多次。他帶著恨意盯視前方的男人，他討厭那些輕易就能幸福的人。司機打開後車廂，取出一只小巧精緻的手提行李安置在地上，回到車內等待。

女孩親暱地勾著男人手臂，吳添才原以為女孩是男人的小情婦，但聽女孩開口說：「爹地，送到這邊就好了。」

「怎麼可以，爹地不能跟妳一起飛過去幫你打點一切，已經十分過意不去，怎麼能只送到這，當然要親眼看見寶貝女兒進海關才安心。」男人幫女孩拉行李，兩人往機場入口處走。

吳添才以不被發現到的距離跟著前方兩人，聽女孩說：「爹地，你可別忘了，我是在美國出生拿美國護照的，又不是第一次去，而且有阿姨在那幫我打點一切，就別擔心了。」

「就是你阿姨在那邊我才擔心，想當初她不顧家人反對，嫁給留學認識的外國同學，加上她寵妳過頭，根本壓不住妳，肯定事事順妳的意，到時被哪個野小子拐跑了，叫我怎麼不擔心？」男人捏捏女孩鼻子。

女孩繼續嬌嗔著說：「會跑早就跑了，還等到現在啊！」

「不一樣啊，在台灣有爹地嚴格把關控管，想跑也不能跑。一旦到了國外爹地不在妳身邊，沒人能看緊妳……」

「大小事我都會跟爹地一五一十報告，好不好？」

「爹地姑且相信妳。」

吳添才站在一旁觀看，女孩挽著男人的手步入出境大廳，他側著頭想，這是家庭的樣貌？他對父親有恨，母親對他既愧疚又討好，甚至防他怕他躲他，父親過世之後，雖然和母親生活在一起，但更像自己一人獨活。

他見女孩與男人揮手告別獨自進到海關，才想起自己手上還有兩箱裝著未來兩年所需的行李，為什麼女孩可以這麼輕盈，一只小皮箱就能出國念書，自己卻得把沉重的生活拎在身邊。吳添才自然知道女孩不夠的、所需的，只要有錢就能解決一切。錢是神之手，可以輕輕托起人，讓人走路如風輕盈；也是惡魔之手，將生活壓實成重石般教人背負，使人舉步維艱。

吳添才當下發誓要成為雲端上的男人，將金錢的束縛自身上全部去除，要呼風就來風，想喚雨就有雨，再用金錢打造專屬的權力宮殿，做這宮殿裡唯一的王。

■ 一九九六年四月一日十三時四十分

● 校園草坪

天空無雲，風徐徐吹拂，許多人分散在草坪各處或坐或躺，日光直逼而來，青春無敵更無懼艷陽高照。只見黃皮膚與棕皮膚的男子走進一小簇人中微笑點頭，東方臉孔男子表演把戲換來掌聲和歡呼尖叫，彷彿嘉年華般的喧嘩聲就像吹笛手的笛聲，將越來越多人往那黏攏，不遠處的女孩和金髮女性友人 **Jennifer** 也因好奇而走近。

吳添才對著人群說：「接下來這個魔術表演需要一個女孩，一個……」底下已經有人迫不及待地舉手。

他放慢速度，「一個……和我有點緣分，能讓我感應到她在想什麼的女孩。」

吳添才環視四周，「我想就是妳了。」

他挑選一名只上淡妝、混在一群精心打扮的夥伴中並不起眼的女孩，女孩看看 **Jennifer**，**Jennifer** 慫恿著她向前進行遊戲。

「請問怎麼稱呼？」吳添才問。

「**May**。」女孩答。

「好的，**May**，請妳先檢查我手中這副牌。」吳添才攤開一疊撲克牌，女孩一張一張看，想找出暗藏的機關。

「沒問題吧？」吳添才問，女孩搖頭。

「那麻煩從裡頭抽出一張牌，把它收好不要讓我看到，可以嗎？」

女孩照做，用左手將牌緊壓在胸前。

圍觀的人增多，像一堵厚實的牆將吳添才和女孩圍住。

「May，現在我要透視妳的心，來解讀妳手中那張牌是什麼。另一隻手可以借我一下嗎？」吳添才說，女孩伸出右手。

吳添才牽著女孩的手，周遭的人不停鼓譟，女孩的脈搏也跟著熱鬧不肯安穩，過一陣子，吳添才皺著眉，「我現在能感應到牌的花色，但數字不太明顯，這樣好了，我先猜猜花色，應該是紅心吧！」

女孩只是笑，沒有回答，手上脈搏卻加速跳著。

「麻煩再幫個忙。」吳添才說：「手離大腦太遠，感應很耗時，可是休息時間快結束了，可以讓我的額頭貼著妳的額頭來感應嗎？只要一秒鐘就可以了。」

「一秒鐘？」女孩問。

「就一秒鐘。」

「好！」女孩閉著眼，頭向前傾，吳添才額頭一輕觸到女孩就立即分開，對層層人牆宣布答案，「是紅心Q。」

女孩訝異地將手中的牌翻開舉高，是紅心皇后，在場的人再度響起熱烈掌聲。吳添才微笑著說：「不知道大家相不相信命中註定這件事，我恰巧準備了一個小禮物給我的真命天女，可以將兩手掌併攏朝上嗎？」

四周的觀眾踮起腳尖探頭看究竟是什麼禮物，女孩還在遲疑，Jennifer在一旁催促，女孩才將手掌置於吳添才的拳頭底下。突然一顆顆紅色的東西落在女孩手內，仔細看才知道是毛茸茸的小紅心球。

「一、二、三、四……」觀眾幫忙喊，直到十二才停止。

「太不可思議了。」女孩說。

「對了，我剛剛和妳額頭接觸的時候，不小心感應到妳另一個想法，介意幫我從口袋裡拿出一樣東西嗎？」吳添才雙手舉高說。

「可能要仔細一點。」吳添才做足表情調侃地說。

Jennifer 幫忙收過那些愛心小球，女孩的手探進吳添才大衣口袋內翻找，「沒有東西啊！」

「裡面沒有任何東西啊！」

「妳保證？」

「你在耍我吧！」女孩問。

「沒有找到？」

「我的天，真的沒有。」女孩放棄這尋寶遊戲，一臉羞紅地將手伸回來。

吳添才把手放進口袋，掏出一本小說，遞到女孩面前。

「這怎麼可能？剛剛口袋裡明明什麼都沒有。這是什麼？」

「我感應到妳想看這本書，所以跟上帝情商借了時空之門，將這本書偷偷從某處借了出來，不過記得兩週內要看完，不然我會受到處罰。」吳添才笑著說。

「我不知道你是怎麼辦到的，但讓人佩服。說實話，昨晚你在圖書館偷聽我和朋友們的對話吧？」

「昨晚我在籃球場一整晚，我好友 Jack 可以作證。」吳添才將一旁的拉丁裔大男孩 Jack 拉過來。

「我相信他就算在籃球場也有辦法偷聽你們說話，因為最近他正在苦練分身術，Ninja！」Jack 邊說邊在手中結印，用力吼著最後的 Ninja 兩音節。

「好吧！或許是上帝偷偷告訴你，我和朋友聊了什麼。那最後一個問題，我現在想的又是什麼？」女孩出了個難題。

「不介意再借額頭一次吧，這次需要久一點的時間，大概十秒，可以嗎？」

「沒問題。」女孩挺直腰，站直身，仰起頭。

「放輕鬆一點，妳要卸下心防，如果太防備，思緒會傳不過來。肩膀還是有點僵硬，來，讓它自然垂下就好，表情也放鬆，閉上眼，自然地呼吸。」吳添才輕柔地引導女孩。

午後陽光正好，兩人在綠草地上額頭相抵，像一幅戀人畫，周遭的人見證雙方的愛。底下卻有人掃興地開始倒數，十、九、八……午休結束的鐘聲響透校園，圍觀的群眾等待魔術師的答案。吳添才的唇像鳥，輕輕啄了女孩的唇一下就分開。

「這就是答案，下午的課快要開始了，如果我答錯，再請妳用餐賠罪；如果是我答對，和我吃飯約會當作獎賞。今晚八點，城裡的那間中國餐館見，碰面後再告訴我答案。可以嗎？」

在場的人有的鼓掌有的報以噓聲，吳添才像摩西過紅海般，人群自動讓出一條通道，女孩站在原地看著吳添才離去的背影。

「May，準備上課了，那個魔術師的目標就是妳，不然哪有不管答對或猜錯，都得和他共進一餐的道理？走了。」Jennifer 拉著王美齡的手要她清醒。

「太厲害了，無法解釋。」女孩還在驚呼。

「他就像青春期男孩，盡玩些精力旺盛的無聊小把戲，最好別理他。May，我是認真的。」Jennifer 不以為然。

「不，我要想辦法破解他魔術底下的祕密。」女孩接過 Jennifer 手中的小球放入外套口袋，走路時小紅心球也隨自己的雀躍步伐，在口袋內跳動不已，像靜不下來的心跳。王美齡對於用金錢建構出來的生活感到理所當然且無趣，但魔術表演的驚奇加上魔術師的不按牌理出牌，讓她感到新鮮，尤其是那小小的、突如其來的吻。

或許這是跳脫自己舊有人生的好機會，女孩如此想。

■一九九六年四月一日十四時二十五分

●教室外通道

「Genius，拜託一下，要搭訕也找漂亮點的，這女孩太普通了。」Jack不解地問，「還大費周章安排這些，值得嗎？」

「她普通嗎？」吳添才說：「我是T-I-A-N-C-A-I，不叫Genius。」

「再普通不過了，還是因為你獨愛亞洲臉孔的女孩？雖然我不懂亞洲人的美學觀點，她應該也不算出色吧。」Jack不以為然地回答：「『Genius』可是心理學教授贈你的封號，他不是常在你發言之後，說『Oh my genius』，之後變成『You're a genius』。」

「我覺得她很特別，對我很重要。」吳添才繼續說：「就是因為老師這麼說，所以你們才用『Genius』來取笑我，不是嗎？」

「喔不！我無法理解『Genius』的眼光，實在看不出那女孩的特別之處，不過你高興就好。」Jack聳肩說：「這已經不是玩笑了，所有課堂上的教授都這樣稱呼你。」

「那是因為你沒有看女孩的眼光。拜託，叫我Tiancai。」吳添才停下腳步問，「你相信一見鍾情嗎？」

「相信，不過對我來說只會發生在漂亮女孩身上。」

「可是我不信。」吳添才說，繼續往前走。

身後的Jack攤著手，嘴裡喃喃：「搞什麼？所以剛剛問那句話……意思到底是什麼？欸，說一下嘛！就說你們這些東方人個個都是哲學大師，真搞不懂你們，愛打啞謎又愛賣關子。」

「你應該多看看別人的內在。」吳添才轉過頭說：「不要只欣賞女孩的外表。」

「『我的 Genius』，政治系的那個肥大嬸 Susan 如何？很有內在，你知道的，她家是畜牧業，從小喝牛奶長大，據說做料理和點心一把罩，成績也是班上最好。不管你是指哪個內在，我想她都當之無愧。」

「交往當然要選漂亮的，我十分同意。如果考量到未來，就要選有用的。」

May 是吳添才在機場上注意到的那名女孩，他從沒想過看不見的主宰者如此巧手。半年前在候機室看不到女孩蹤跡，登機時刻只見她悄然走向頭等艙的通道。機上十多個鐘頭的飛行時間裡，他與女孩始終隔著兩層布幔，一層布幔是一層階級，他無法跨越，更無法窺見女孩一眼，找不到絲毫機會創造交集，吳添才認清兩人各處金字塔的頂與底。飛機停妥後，乘客依序下機，吳添才不想對命運服輸，把握機會看女孩往哪去，雙腳一踏上地，便使勁奔跑穿越前方重重人群。最後，他被困在行李提領大廳，等待兩只大行李箱出現。女孩沒有那些重負需要等待，一下就消失了。

再見到那名女孩是在校園，她穿著樸素藏在人群，和機場時的打扮大不同，吳添才隔一段距離跟著，直到女孩走進經濟學院的系館為止。他揣測女孩有足夠的金錢去打造一個誰也無法將視線從她身上移開的世界，之所以甘於平凡，就是想擺脫那些會被錢蒙蔽雙眼和內心的人

吳添才從來不相信神，但那天，打從內心感謝那位看不見的主宰者。就算如此，他仍不信神蹟會無故從天而降，反倒心底服膺想擁有就要自己創造。所以他創造神蹟，擺脫了習於暴力相向的父親；創造神蹟，讓母親瘋了進療養院，自己爬升為家中的領導者；創造神蹟，讓周遭的人對他一路走來的表現刮目相看。

這次他要創造的神蹟，就是奪得女孩的芳心。

■一九九六年四月一日十九時二十五分
●宿舍

王美齡面對鏡子打扮，淡妝搭配黑色小禮服，和平常穿著T恤牛仔褲的模樣著實不同，耳朵佩戴耳環、胸前也掛著項鍊，精心裝扮好赴吳添才的邀約。Jennifer 站在後方說著：「May，拜託，不要去參加那個什麼鬼飯局了，和我們去城裡的披薩店吧，今天是聯誼之日。」

「謝了，女孩，我對那些男孩沒太大興趣，他們喜歡運動熱愛肌肉，穿著貼身的衣服要所有人將目光放在他們的身體上。」王美齡照鏡，確認自己的穿著符合完美標準。

「妳今天很不一樣，幸好平常不是這種打扮，不然妳的姐妹會應該就是另外一群『童話故事的公主們』，而不是我們這群配角了。」Jennifer 嘴裡塞著一根棒棒糖說。

「我們可是『冒險故事的探險者』，裝得美美等人救，太不符合我們的形象。這種約會服裝是騙男孩用的基本配備，哪騙得過妳這種聰明的女孩，就別逗我了。」

王美齡懂得社會判斷人的標準，盡可能讓自己樸實，減少那些男孩的阿諛奉承。自己只有兩年的自由，不能將時間浪費在那些沒眼光的男孩身上。當初費了好大工夫，才說服父親讓她獨自在外生活，順道擺脫父親千方百計安排的相親。她要決定自己的將來，不是誰賦予她的。

「說到聰明，妳確定真的要赴約嗎？太聰明的男孩都是殺人魔，妳記得我們一起看過的恐怖片嗎？殺人魔只有裝笨的，沒有真正笨的。跟著我們，妳聽我說，比較安全，多年後妳會感謝我今晚做的一切。」Jennifer 隨手拿起一支筆，作勢要刺殺人的樣子。

「不，我覺得他很迷人，殺人魔哪有那麼開朗的？」王美齡一口拒絕，從櫃子內細選外出小包。

「不！好吧，就算他不是殺人魔，妳也別忘了今天是什麼日子，他們說不定只是尋妳開心，等飯吃到一半就有電視節目跳出來說著：『驚訝吧！我們是整人特別節目，來，這是實境秀，跟全國的觀眾朋友說哈囉』。」Jennifer 邊說邊扭動身體表演，「妳就只好苦笑，對著鏡頭說：『哈囉，全國的觀眾，你們開心嗎？我很開心。因為現在你、你、你，你們都知道我是笨蛋了』。那個時候他的表情才會是最迷人的，懂了嗎？」

「好吧，如果真是這樣我也認了，我會大方承認我是笨蛋，才會被這把戲給騙了，可以了吧！不管妳怎麼說我都要去，別阻止我了。可以搭妳的順風車到城裡嗎？」

「可惡，本來打算把我喜歡的那位肌肉男讓給妳，妳和他約會過就會改變妳對男人的偏執，他不僅有肌肉有腦袋，也很開朗，只是我不知道他會不會變魔術這種小手段。算了算了，沒有受過傷的女孩不會長大成女人的，預祝妳趕快變成女人吧！」

「既開朗又有腦袋的肌肉男，妳留著好好享受吧，妳這女人。別再把話題繞在我身上轉了，我知道自己想要什麼和不要什麼，祝妳今晚收穫滿滿、玩得開心，可以出門了嗎？」

「是的，那走吧！晚上要平安回到這睡覺喔！」Jennifer 拿著車鑰匙走出房門。

王美齡出門前又看一眼鏡中的自己，怕穿得那麼正式會不會嚇到那位魔術師，又怕對方誠心邀約，若隨便穿著出席也不得體，於是邊跟著 Jennifer 下樓，邊將耳環和項鍊收進皮包裡。

■一九九六年四月一日十九時五十五分
●中國餐館前

黃色房車停在中國餐館前，Jennifer搖下車窗，探頭對站在門口的吳添才說：「哈囉，邪惡巫師，我把公主綁架來了，收下你的祭品吧！」

吳添才揮手招呼，跑到另一側車門旁替王美齡開門，「晚安，公主。」

「晚安，邪惡巫師，這是我朋友Jennifer。」王美齡指著車內的Jennifer介紹，Jennifer表現出驚恐模樣說：「饒了我，邪惡巫師。」

「不好意思，我想你看得出來我朋友是drama queen。」王美齡帶著歉意說。

「晚安，Jennifer，我叫Tiancai，我要感謝妳幫我把公主帶來，或許妳會喜歡這個。」吳添才雙手搓揉後，一根圓形棒棒糖出現在手裡。

Jennifer看了一眼，說：「抱歉，『天才』邪惡巫師，早聽聞過你在學校的風雲事蹟，這是你的魔法棒嗎？我不喜歡草莓口味，拿走吧。」

「好吧！裡面總該有妳喜歡的。」說完，吳添才從王美齡的肩膀、頭髮、手臂、腰際等處掏出了檸檬、奇異果、哈密瓜、香蕉等不同口味的棒棒糖全丟進車內的副駕駛座內。

「謝啦，非常精彩，我想你在糖果裡下了魔咒，無論如何，我會代替我的朋友們謝謝你，反正受詛咒的會是他們，我不會吃的。」Jennifer對吳添才說罷，撇過頭問王美齡，「幾點結束？我來接妳。」

「我可以送她回去。」吳添才提議。

Jennifer不理會吳添才，「十點？十一點？」

「沒關係，我搭計程車回去。」王美齡說。

「不行，我會擔心妳，今天妳是我專屬的公主耶。」Jennifer說，「就算要我將好不容易把上手的白馬王子給丟到一旁，我都要趕回來保護妳。對了，補充一點，白馬王子有肌肉又有頭腦。」

「Jennifer，不，我不需要別人保護，我會搭計程車。Tiancai可以幫我記下車號，確保我平安，可以嗎？」

「算了，看來公主被你的巫術給迷住，你騙得了公主，但騙不了所有人，我家代代可是非洲部落的祭司，我看得出你邪惡的一面，也聞得到你身上散發出的臭味，我會揪出你的惡魔尾巴，等著瞧。」Jennifer以誇張的表情說完後開車離去。

「抱歉，Jennifer她人很好，只是有點小題大作，我不知道為什麼她會那麼針對你。」

「不用在意，她是真心替妳著想，有這樣的好朋友很讓人羨慕。」吳添才示意往餐廳裡走。

侍者引導兩人就座，王美齡先開口：「所以，要揭曉謎底了嗎？」

「什麼謎底？」

「整人節目的攝影團隊藏在哪裡？」

「什麼整人節目？」吳添才問。

「今天還是四月一日愚人節沒錯吧！很多人不會放過這個好日子。」王美齡笑著說。

「從這一刻開始，這日子對我而言充滿了意義，我終於知道為什麼不是其他日子而是今天，原來老天爺在愚弄我。」吳添才認真地說。

「什麼意思？我不懂。」

「讓我可以和暗戀許久的人一起坐在這，有機會對她表白。」吳添才深情款款說著。

「好了好了，我認輸了，別讓我出糗了，是打賭輸了的懲罰遊戲嗎？電視台節目？可以把攝影團隊叫出來了，拜託。」王美齡東張西望，「藏在廚房裡還是櫃檯後方？那張畫後面肯定有隱藏攝影機吧！」

「我的魔術變不出攝影團隊，但可以變出其他東西。」吳添才從口袋掏出十元美金，對著餐廳內拉奏的琴師揮手，手風琴和小提琴師慢步過來。

「Moon River，謝謝。」吳添才說。

手風琴師邊演奏邊用渾厚嗓音唱著：

Moon river, wider than a mile,
I'm crossing you in style someday.
Oh, dream maker, you heart breaker.
Wherever you're going, I'm going your way.
Two drifters, off to see the world,
There's such a lot of world to see.
We're after the same rainbow's end,
Waitin' 'round the bend
My huckleberry friend,
Moon river and me.

奏唱完畢，其他桌客人招呼琴師過去，吳添才想起什麼，問：「抱歉，肚子餓了吧？點些什麼？熟悉中華料理嗎？」

「等等，你不會以為我是日本人或是菲律賓人吧？」

「不不不，完全沒有預設立場。我從小在台灣長大，對中華料理有相當的了解，本來想推薦幾道料理，好賣弄……」

「什麼，台灣？我的天啊，我也是台灣人，現在可以用中文交談了嗎？」王美齡興奮又害羞地說：「你好。」

「妳好。」

兩人靜默兩三秒，吳添才先開口：「轉換語言頻道有點不太能適應，我再自我介紹一次，我叫吳添才，口天吳，添飯的添，才華的才，從小就有添飯的才華。」

「吳……添……才……」王美齡一字一字說，像要把名字烙印在腦海裡。「我姓王，美容的美，年齡的齡，王美齡，叫我 May 就好了。」

「我喜歡美齡勝於 May，學校太多人這樣稱呼妳，我不想跟別人一樣。不介意我稱呼妳美齡吧！」

「哪個都是我，沒有問題的，所以天才巫師到底變了什麼戲法？」

「解謎之前，不先點餐嗎？」

「既然確定不是整人節目，沒有攝影機在拍，那我就可以不計形象地大吃大喝了。」王美齡笑著注視桌上的菜單。

點完餐點，王美齡開啟話題問：「你是台灣哪裡人？」

「台東，妳呢？」

「台北。不會真的是巫師的後裔吧？」

「興趣而已，魔術只是增加生活樂趣，用來拉近人與人之間的距離。」一說完，從手裡憑空生出一朵玫瑰遞給王美齡。

他沒說的是過去為了生活，從高中起扮小丑、表演魔術到路邊發面紙，大學開始家教、夜間打工、充當教授的助理，只要能掙到錢的活他都肯幹，跟生活樂趣一點關係也沒有。

「說說你怎麼知道我在圖書館找那本書呢？」王美齡低頭聞著玫瑰花香。

「我在圖書館打工，負責將書歸位以及處理預借書籍的工作，假如有人預借的書回到館內，就通知對方取書。我注意到妳常窩在圖書館二樓財經區，專注看書的樣子很吸引人，只是不知道該怎麼開口。謎底揭曉了，就這麼簡單，跟魔術一樣。」

「為什麼我在你的口袋裡摸不到那本書？」

「魔術如果說穿就不有趣了，是吧！保留一點神祕感。可以換我發問了嗎？」

「嗯。」王美齡點頭。

「最後的心電感應，是答對還是答錯？」

「你的魔術那麼厲害，你說呢？」

「不管對錯，我只知道『Wherever you're going, I'm going your way』。」吳添才開口告白。

「我想在場的同學應該不會有人對於投籃感到困擾吧？只要把球從手上朝籃框的方向丟出去就可以了。不用管投籃成績如何，沒人以為這堂是體育課吧，不計入成績的，所以請盡可能放輕鬆。如果你是神射手，我在職業球團擔任心理諮商的工作，可以幫你推薦到ＮＢＡ。現在，請到三分線的位置準備，每人十球，計算實驗前的進球率和之後的差異。」來自日本的本田教授說。

學生輪流上場，進球數最高的有五球，最差的零球，吳添才入了兩球。記錄完進球率後，所有學生移動回教室內。

本田教授站回講台上，說：「很多個案來進行心理諮商時，可能會透露他們看到一些靈異現象，大多數可以用科學來解釋。大家可能曾有過這個經驗，看到窗外有怪東西飄在半空或是從窗外一晃而過，根據研究顯示其中有百分之九十五不過是掛在窗外的衣物或是室內走過的人影反射，但人的大腦無法在第一時間去判斷，或者恐懼去證實自己所見，所以會認為那是，鬼。」

他看著講台下的學生，繼續說：「找出讓個案安心的合理解釋，是我們的工作之一。首先我要你們學會專注在事物的真實核心，不要讓外在的因素影響你們。」

本田教授取出一張紙板，上面有四行字。

第一行的字依序為「red」、「blue」、「orange」、「green」，填充的顏色為紅藍橘綠。

第二行的字依序為「orange」、「blue」、「green」、「red」，填充的顏色為橘紅綠藍。

第三行的字次序為「blue」、「purple」、「green」、「red」，填充的色彩分別是綠紅紫藍。

第四行的字次序為「orange」、「blue」、「red」、「green」，填充著藍色、紅色、綠色、橘色。

「這張圖會讓我們的大腦語言與符號系統發生極大的衝突。有人想接受挑戰嗎？遊戲很簡單，例如第二行的『blue』為紅色，第三行的『green』為紫色，只要告訴我填充的色彩是什麼就好。」本田教授解釋規則。

學生踴躍舉手，本田教授的手指跳動交錯指著紙板上的字，考驗學生們是否能正確說出顏色，而非字義。即使將紙板平置於桌上，要能正確說出字母內的顏色都有難度，更何況要跟上本田教授的速度。就算這是美國數一數二的學校，學生資質大都優秀，但也幾乎都在四、五關就落敗。一些人再度挑戰，仍以失敗告終。

本田教授望向吳添才說：「Genius，換你表現？」

「我的榮幸，可以開始了。」吳添才應答。

本田教授剛開始不疾不徐，吳添才輕鬆以對，最後本田教授以最快的速度在紙板上移動，仍考不倒吳添才。

「Genius 不愧是 Genius。」本田教授說。

「不是的，教授，我的母語是中文，只要把那些單字當成是容器不要去理會，專注在顏色上就好。」

「你說得沒錯，但很少人做得到這一點，你能做到這一點，代表……」

「代表什麼？」底下有同學開口問。

本田教授說：「代表 Genius 是個危險人物，他把本性藏在外表底下，或者他本性底下藏著連自己也不知道的人格，我開始對你有興趣了。」

「我來修教授這門課，就是為了多了解自己。我和教授的想法至少有個共通點，我對自我探索也深感興趣。假設如教授所說，我是個危險人物的話，剛好向教授請益該怎麼將那部分的人格給壓抑或疏導。」吳添才打趣說著。

本田教授聽了那些話卻覺得刺耳，彷彿是吳添才對他下了戰帖。做完幾個小實驗，帶學生回到球場，籃框的四周被圍上高過一般人身高的布幕。本田教授自信滿滿地說：「我跟你們打賭，如果有人投進一球，我提供午餐一份，包含三明治、咖啡、水果和甜點；兩球，我贊助三百元的晚餐約會費，無論哪間餐廳，只要開收據給我就能兌現，兌換時間不限；三球，在謎底揭開之前能說出為什麼你能投中，除了午餐和晚餐的獎勵之外，這門心理學課程不用來上課我也會給你學分，大家好好加油。」

學生們大聲歡呼。一個輪過一個奮力表現，沒人投進，甚至連籃框都沒有碰到。大夥望向吳添才，等待天才出手救援，只見他單手抵住籃球然後使勁一甩，「碰」的一聲，結實地撞到籃架。接著站定擺好投籃架式。吳添才每一球都比其他同學費力丟，前面四次投籃，球球都碰到籃架，第五球總算入袋，同學大叫歡呼。

本田教授說：「不錯，你賺到一頓午餐。」

第八球也順利入袋，本田教授的臉色鐵青，在場同學的歡呼聲把校園給震響，彷彿出征的戰士凱旋歸來。最後的兩球，吳添才看起來氣力用盡，球輕飄飄落在投籃位置的不遠處。

「Genius，說說看投進的訣竅是什麼？」本田教授問。

「教授，祕訣就是籃框在那，丟過去就對了。」吳添才的食指以拋物線的方式指著前方的籃框。

本田教授示意協助實驗的人員將布幕取下，學生們才發覺籃球架被置換成近一點五倍的大小，三分線的距離被拉遠成全場。若沒有看破這點，要在這麼遠的距離將球投進，幾乎是不可能的任務。加上受試者將注意力放在籃框，會用舊有的想法來判斷投籃的力道，而不會想到籃框與距離都被移花接木過。

課堂結束，所有學生散場離去，本田教授叫住吳添才，「很多人會被課堂上那些小把戲所騙，我相信騙不了你，就像你騙不了我一樣。你的破綻就是，最後兩球的力道和之前表現明顯不同。不管怎樣，天才就是天才，你贏了賭注，隨時可以兌換所有的獎勵。」

吳添才只回答謝謝，沒說破那兩球就是特意做給本田教授看，唯有讓敵人誤以為摸透己方，才能讓敵人懈怠輕忽沒有防備。

「一週年快樂。」吳添才舉杯，王美齡坐在對側。

「隨意吃吃就好了，你打工那麼辛苦，還特地破費來這。」

「謝謝妳願意和我這窮小子交往，約會地點不是美術館、圖書館，不然就是公園，偶爾奢侈一下也不為過。」

「這一餐讓我付吧。」

「當然不可以。」

「你瞧不起女孩子嗎？」

「不，不是瞧不起女孩，我把寵妳還有給妳更好的生活，當成目標來努力。妳知道我不是那種會打腫臉充胖子的人，如果超出我所能負擔就不會去做，這絕對是經過評估且在我能力許可之內才會做的事。所以，好好享受今晚，因為妳值得這一切。」

「的確如此，謝謝你那麼看重我，我很高興。」燈光把王美齡的臉烘得酡紅。

服務生將小餐車推到桌旁，上頭擺置大鐵盤、瓷盤、托盤蓋、長叉、刀子、點火器和一小杯酒，吳添才站起身說：「這位女士，請讓我替妳服務，這一道焰燒橙皮是我們餐廳的招牌甜點。」

「什麼，不會是你親自動手吧？」王美齡不可置信地看著吳添才。

「在圖書館打工之前，我也做過這間餐館的服務生。」

吳添才說完便掀開托盤蓋取出盤內香橙，將大鐵盤置於地面，左手將長叉從香橙底部貫穿而出，右手拿桌上又薄又利的刀子，俐落地將橙皮順著圓，刨下綿延不斷從天而落至大鐵盤的螺旋狀果皮。接著取桌上一小杯香橙酒順著橙皮倒，最後點火器一燃，橘紅藍火焰熊熊燒著。吳添才將橙皮取下放置瓷盤上，在橙皮上撒下如星晶瑩的糖粒，烤出一層酥脆的焦糖後蓋上托盤蓋，微微鞠躬說著：「我的公主，請用。」

王美齡打開托盤蓋，底下只有一朵含苞的玫瑰花，剛剛的焰燒橙皮不見蹤影。

「謝謝你的玫瑰。」王美齡將玫瑰置於鼻前聞著香氣，她喜歡吳添才給她的驚喜，這是用錢也買不到的貼心。

「玫瑰借我一下，可以嗎？」吳添才伸出手。

王美齡將花交過去，吳添才說：「我剛剛跟花神許了兩個心願。」

吳添才走到王美齡椅子旁，單腳跪在地上，「第一個，是希望這朵玫瑰花能為妳盛開。」話才說畢，原本含苞的玫瑰花在瞬間慢慢地往外開展，王美齡根本無法相信魔術能做到這種地步，寧可相信這是魔法。

「第二個願望呢？」王美齡問。

「妳要先找到藏在花裡的祕密才行。伸手摸摸玫瑰花正中間，花瓣下的位置。」

王美齡往花心觸摸，取出一枚精巧的戒指，她猜測到吳添才接下來會說的話，自己的眼淚已經為下一幕做好準備。

「嫁給我。」

「愚人節的玩笑？」

「如果妳拒絕，我就當成是愚人節的玩笑。」

王美齡點頭，吳添才替她戴上戒指，說：「Wherever you're going, I'm going your way.」

離開餐廳前，吳添才要了收據，打算兌換從本田教授那贏得的獎勵。他腦海浮現某個童話故事，一位年輕人用撿來的稻稈換來橘子，接著好運骨牌連續倒向年輕人，緊接著用橘換布，布換馬，最後用馬換來廣大田地。

吳添才期待下一次的以物易物。

■一九九七年九月二十日二時四十四分
●吳添才租賃處

「啊！」吳添才整個身子從床上彈起，大口喘氣，試著分辨所處之地是夢境還是現實。

聽見王美齡半夢半醒問：「又做噩夢了嗎？」

「對不起，吵到妳了，妳繼續睡，我去喝口水。」他用手拍拍王美齡的肩，起身到浴室倒了一大杯水，從上方的藥櫃取出止痛藥配水服用。

吳添才討厭做夢，那會讓他頭痛，尤其有關父親的事。父親入夢次數頻繁，彷彿從來不曾離開。夢裡父親對他拳腳相向，是國中時每週會上演二、三次的真實戲碼。父親為朋友擔保，對方欠了一屁股債逃跑，父親承擔千萬債務，使家中原本就不多的資產瞬間化為烏有，父親從此往酒裡逃、色裡躲。酒後的父親變成另一個人，原本沉默不語的父親藉著酒成為野獸，清醒後又抱著他認錯痛哭。他已經無法分辨哪個才是真實的父親，如果自己喝了酒，是不是體內也會有沉睡的小獸竄出，一如父親？

他向母親求救，但酒醉的父親誰也不認，只要母親插手介入，就會換來自己滿身傷。母親不敢再過問只能躲開，隔天替他上藥的同時，不忘叮嚀他別對任何人提起。

「深呼吸，吐氣。深呼吸，吐氣。閉眼，睜眼。世界就不一樣了。」母親教他吐息，要他多忍耐，並說了一個很棒的故事給他，讓他有勇氣繼續活著。大意是他們誤闖進別人的夢境，只要對方醒來，他們便能逃脫此地。

他問母親為什麼對方還不醒？母親說美夢不會讓人清醒，噩夢才有辦法。母親教他趁夜黑無人時拿刀刺向對方心窩，那人醒了，他們也能從夢裡解脫。他告訴母親自己辦不到。母親說夢境中做什麼都沒關係，沒人知道，也不會有人在乎你在夢境裡殺了誰。

吳添才服過藥後，看鏡中的自己，回想剛剛噩夢裡的家就像小時候一樣，無父無母只有鬼。自己被迫鎮夜與鬼玩躲迷藏，他躲床板下、躲衣櫃、躲廚房角落、躲浴室、躲樓梯間，死命地躲在所有能容身的縫隙，卻始終是輸家，不管躲哪，都會被酒醉的鬼給揪出來毒打。最後，他選擇睡在客廳沙發，鬼一進門就會找到他，那麼災難可以早點開始和結束。雖然抱著傷但換得早早入眠，好過陪鬼玩一夜的躲貓貓。

某夜挨打過後，他想想母親的話有道理，下定決心逃離對方的夢。童話故事的美好結局就是他擊退了父親、控制了沒有用處的母親。明明過了那麼多年，父親卻還在夢境中扮鬼繼續糾纏他，直到天亮或自夢中驚醒，才得以解脫。縱使睜眼都是全新的一天，過去種種卻如鬼魅般驅趕不走。

吳添才望向浴室窗外，天色昏暗，看起來離上帝之手將籠罩大地的黑布抽走還有好一段時間，吳添才不打算再去睡，要讓誤闖他夢裡的父親尋不著他。

這次換他困住父親，不讓鬼逃脫。

■一九八〇年十一月二十八日二十三時三十五分

●吳添才老家客廳

用過晚飯後不久，男人接到電話就匆匆出門，女人從櫥櫃內拿出酒，趕在男人回來前先醉倒。幾個小時後，女人醉醺醺上樓，十四歲的吳添才知道女人會熟睡到隔日。再晚一點，酒醉的男人會摸黑進屋，強迫他陪著玩鬼抓人的躲迷藏遊戲。無論怎麼躲，都會被當鬼的男人從黑暗裡揪出來，他瘦小的身子成了沙包，男人的拳頭如暴雨落下。他用手護住頭，把自己蜷起來像僵死的蟲，等一切結束。

重複的遊戲讓吳添才生膩，他想既然是活在別人的夢裡，做什麼都沒有關係，今晚該有點變化。他取來睡覺用的小毛毯鋪放在通往二樓的最上幾階，緊貼著樓梯的邊邊角角，黑暗中誰也不會發現毛毯的存在。他給自己體內的小獸餵一點酒，又一點，再一點，要牠生牙要牠長爪，要有利齒要有銳鉤，一口就能咬破敵人喉嚨、伸爪就能劃破敵人胸膛。

關上所有的燈，他要等待，等天亮，夢魘就會結束，他和母親就能逃脫回到現實生活。

為了這天，吳添才在白日時翻遍鄰近的木頭堆積場所，那是夜婆最習慣的躲藏處，抓了好幾隻還在睡夢中的夜婆關入老鼠籠內。牠們將翅膀緊貼、縮著身子，彼此窩在一起。他曾與同學聯手，從層層木頭隙縫中揪出夜婆，握在手中的夜婆的體溫像小燈泡般溫暖，掌心傳來小鼓般的心跳震動。他和同學角力誰比較勇敢，可以趕在對方之前將手中的小小夜婆捏斃，同學的手直抖，夜婆趁隙掙脫逃飛而去。吳添才緊握拳頭，手中的夜婆發出老鼠叫聲般地「啾」了一聲，瞬間燈熄鼓停。

吳添才張開微微發抖的手，不是害怕，是興奮著死亡可以那麼簡單。

此刻的他坐在二樓階梯處，女人早就醉倒進入夢鄉，男人甫進家門鬼吼，「阿才，你佇叨位？」

「阿爸，阿爸。」他知道男人迫不及待要玩鬼抓人，於是以對方聽得到的音量像人魚誘惑來往船員般地喊。

「幹恁娘，躲在樓上幹什麼？下來。」男人在一樓命令著。

吳添才聽男人腳踩客廳地板的聲音零零落落，確定對方醉了。

「阿爸，阿爸。」他又喊。

男人隨著吳添才的聲音，像覓食的狼漸漸逼近獵物。

「阿爸，屋子裡好像有什麼？」他在二樓睥睨著奮力往上的男人。

「有什麼？你現在就給我下來。」男人撐著身子，抬頭望。

「有鬼，阿爸你沒有看到嗎？這屋子有鬼。」吳添才冷冷地說。

男人聽他這麼一說，緊張地巡視四周，又壯起膽子說：「鬼恁祖媽，少在那邊給我假鬼假怪。拎北就是鬼啦！」

酒醉得站不穩而緊抓扶手的男人，一步步顫頊地往上，在最後幾個階梯，吳添才攤開雙手掌心往下甩，對男人說：「阿爸，鬼來了。」

數隻夜婆從他手中振翅往男人飛去，吳添才蹲下身，冷不防地用力抽起地上毛毯。踩在上頭的男人連翻帶滾地往下跌，爬不起身，只能呻吟求救，「阿才，阿才，把阿爸扶起來。」

鬼抓人，被抓到的成為鬼。

「阿爸，這屋內真的有鬼，你有看到嗎？」

原本逃脫的角色變成找出躲藏的人。

「你不要說五四三的話，我的腳骨好像斷了，趕緊叫救護車來。」

男人抓到他，便換他當鬼。

「阿爸，這屋內真的有鬼，不是你，是我。」

這回他抓到男人，換對方當鬼。

「深呼吸，吐氣。深呼吸，吐氣。閉眼，睜眼。世界就不一樣了。」吳添才像唸咒般，說完後雙手緊緊揪住男人頭髮，用盡全身力氣將對方的後腦勺往地板撞擊。

「砰」的一聲，暗黑無光的屋內靜了下來，吳添才不想再思索下一回合的遊戲他該當人還是鬼。男人不在，這晚總算可以抱著小毯子回房間床上好好睡，等天亮睜眼後，世界都會不一樣，他和母親可以自別人的夢中醒過來。

至於那些夜婆躲去哪？

他想，一定也在屋內尋得一處安眠了吧。

■一九八〇年十一月二十九日八時四十四分

●吳添才老家客廳

聽到母親大叫，睡眼惺忪的吳添才起來，看到父親躺在地上，頭部周遭泛出血來，無論母親怎麼叫，父親動也不動。

「媽……」

「怎麼會這樣，你阿爸到底是怎麼回事？」

牆上的鐘滴答滴答響，吳添才裝出一臉惶恐問：「媽，妳……不記得了嗎？」

「什麼？」

「阿爸半夜喝醉從外頭回來，說要和妳離婚，妳和他站在二樓樓梯那推拉吵架，我躲在房內偷看，還在猶豫要不要阻止，就看見……」

「你亂說什麼？我昨晚喝完就去睡了，哪有爬起來。」

「媽，妳在夢遊，好幾次妳在客廳走來走去，不管怎麼叫，妳都沒反應，像被鬼附身一樣，嘴裡還喃喃自語著『我要殺了他』。」

「我？夢遊？殺誰？」

「媽，沒關係的，說不定夢遊殺人不算犯法，不要擔心。」

「我哪有殺他！我沒有殺他！」母親瘋狂地喊。

「媽，人家說日有所思、夜有所夢，會不會是妳睡夢時的潛意識做的。當時，我怕摔下樓的阿爸爬起來打我，就躲到房間裡不敢睡，媽，妳真的不記得了？」

「是我殺……不……是推你阿爸的？」母親的表情驚恐，「這不可能啊！」

「我們當成阿爸自己喝醉摔下樓，那就跟媽沒有關係了。」吳添才建議。

「對，對，對，一定是這樣沒錯，我沒有推你阿爸，是他喝醉從樓上摔下來，你會說嗎？如果警察問你，你會不會說？」

吳添才遲疑地看著母親，母親抱著他，「阿才，你阿爸自己跌下去，你千萬不要亂說話。如果媽進了監獄，誰來照顧你？你知道不知道？媽只剩下你，你也只剩下媽了。快回答媽，如果警察問你，你要怎麼說。」

「阿爸喝醉回家，爬樓梯時不小心摔倒，早上起床才發現阿爸躺在地上動也不動。」

「好兒子，這才是我的好兒子。」母親抱緊他，邊說邊擦乾淚，「來，再練習一次，如果警察問你，你要怎麼回答？」

「阿爸每天都喝得很醉才回家，那時我和媽媽已經睡著了，可能是阿爸上樓時不小心摔倒，今天早上我和媽媽才發現阿爸躺在地上動也不動。」

「對對對，乖兒子，記好啊，那媽現在打電話叫救護車。」

吳添才在原處看母親站起身到一旁哭哭啼啼打電話，請電話另一端的人快派救護車來救援，他才知道母親戲演得真好，或許母親和他等的都是同一天。吳添才眼神朝下，看不會動的父親躺在自己腳邊，他知道父親扮鬼抓他或他扮鬼抓父親的遊戲真的結束了。

才準備離開，兩腳卻被定住般動彈不得，死透的父親仰天睜眼望著他，伸直兩手緊抓吳添才的腳踝不讓他離開。他忍住不叫，心中默念：「深呼吸，吐氣。深呼吸，吐氣。閉眼，睜眼。世界就不一樣了。」

睜開眼，才發現父親死亡的姿勢似乎不同於昨晚，但哪裡不一樣，他也說不上來。

■一九八〇年十二月六日二十三時十五分
●吳添才老家客廳

桌子、沙發、電視等所有的物品被堆到角落，客廳正中央擺著棺木，裡頭躺了面無表情的男人，一旁的收音機唱誦著佛經，南無阿彌陀佛南無阿彌陀佛南無阿彌陀佛南無阿彌陀佛，一句一句像催眠。夜已深，沒有弔唁的人，吳添才和女人坐在屋外風吹處，手不停歇地摺著紙蓮花。

「媽，我去廁所一下。」

女人沒有回答，手微微發抖，那是需要酒的訊號。

客廳燈火通明，吳添才走近棺木，斜頭看躺在裡頭的男人，突然動手把男人的眼睛撐開，要對方連死都不瞑目。轉進廁所，燈管從以前就暗了半管而昏暗不明，小解完洗手兼洗臉醒神，抬頭，鏡內出現男人死白的臉。他沒驚恐沒尖叫，若無其事地離開廁所，心想不過是一場想像練習。他想像男人隨時會現身牆角、天花板、床邊……家中各處，每練習一回恐懼就少一些，就算真有鬼出現也嚇不著他了。

吳添才從廚房取來一瓶啤酒和杯子走到外頭，見女人手中開出一朵又一朵的紙蓮花，「媽，喝一點。」

女人望著酒，沒有說好也沒說不，摺蓮花的動作卻停了。

「媽，妳好幾天沒好好睡了，喝一點後去休息，我來顧就好。」

時鐘滴答滴答，吳添才的話似有魔力，女人嘴裡喃喃著：「喝一點嗎？我可以喝一點嗎？」

「嗯，喝一點沒關係的。」他替女人倒一杯酒。

「就一點。」女人拿起酒杯，咕嚕咕嚕一杯下肚，吳添才又幫忙斟一杯，第三杯第四杯，直到酒瓶見底。他去冰箱拿另一瓶、接著一瓶、再一瓶，直到女人開始滿口醉話。

「你說你阿爸會不會來報仇？」

「鞋子？」

「聽說把死人的鞋脫下來，沒有鞋子穿的鬼會顧著找鞋，自然不會來報仇。」

「嗯，棺木裡的鞋子，把鞋子藏起來就好了，要藏在阿爸找不到的地方。」

「好。我就去把他的鞋子給藏起來。」

女人站起，搖搖晃晃走到棺木旁準備行動，吳添才急促喊著：「媽，妳看妳看，阿爸的眼睛睜開了。」

女人一看，嚇得跌坐在地，雙手合十喃喃說：「對不起，對不起，對不起。你是自己摔死的，和我沒關係，你好好走就好，不要人走了還這樣嚇我、這樣糟蹋我。夫妻就算是相欠債，該還的我也還清了。」

「媽，不要怕了，我把阿爸的鞋脫了。」吳添才將棺木內的鞋子丟在地上。

「對不起，對不起，對不起。」女人繼續低頭懺悔。

「媽，先睡吧，鞋子我來藏就好。」

他扶女人上樓睡，在她耳邊輕柔地說：「深呼吸，吐氣。深呼吸，吐氣。不要擔心，我會在旁邊，妳安心睡，不會有事的。」

女人一下就睡著，他走到樓下將丟在棺木旁的那雙鞋子拿到外頭沾土弄濕，用雙手套進左右腳，一個腳印一個步伐地踏在往女人房間的路徑上，將鞋子正對女人的床鋪擺置。

他想，這樣繼續下去，女人離瘋也不遠了。

此後，他不但無父，也將無母。自己就是一家之主。

吳添才下樓經過棺木，看見男人正坐在棺木內，眼睛睜得極大，脖子九十度地轉向他。吳添才對著棺木內的男人笑，笑他一個死人什麼都不能做，他要男人知道活著的人才是最可怕的。

吳添才將念佛號的收音機插頭拔掉，代表光明燈的電燈也關上，要讓男人永遠困在這，哪兒都去不了。

只有他有資格從這屋裡逃出去。

■一九九七年十月八日十二時二十二分
●餐廳

「寶貝女兒，你在說什麼傻話，讓妳出國讀書不是要妳擅作主張決定自己的婚事。」王勝豪帶著怒氣說。

「爹地，不要這樣。他是個好人……」王美齡對父親撒嬌。

「好人？妳才幾歲？知道什麼是好人？什麼是壞人？」

「爹地，真的，他很認真，在學校年年拿獎學金，短短兩年就雙修金融和心理學位，學校每個教授都用 Genius 稱呼他，很多大企業希望他加入，年薪已經出價到二十萬美金。」

聽完這番話，王勝豪的口氣才稍顯委婉，「寶貝女兒，妳又不是不知道我們家的背景特殊，他和妳在一起還不是為了家裡的錢？」

「爹地，陳阿姨和你在一起也是為了錢嗎？」

「妳這孩子怎麼這樣，幸好陳阿姨沒來，不然聽到妳這樣講，說有多難過就會有多難過……」

「爹地，我在學校很低調，沒人知道我的事。和他交往以來，我從來，一次，也沒有，透露過我們家的任何訊息。況且他希望我們住在國外，只是他擔心你。」

「擔心我？關我什麼事？」

「他說爹地只有我一個女兒，如果我被帶到遠方生活，久久才回台灣一次，你會捨不得，所以要我好好跟你溝通。」

「我不准，溝通什麼，妳給我留在台灣就是了。」王勝豪招呼侍者將餐點收下，舉起紅酒品嘗。

「爹地，我也想留在身邊陪你，但我已經下定決心要嫁給他。」

「寶貝女兒，妳才幾歲？拜託不要再說這些話了，對方身世來路不明。」

「爹地，我都二十五歲了，不再是過去那個你說什麼，我就一定照做的小女孩。如果爹地不想好好聽我說，那我也不跟你溝通了。原本打算請爹地在公司幫他安插職位，這樣就能兩全其美，沒想到你還是那麼固執，我……我……我……」王美齡啜泣著。

在吳添才打算回台灣向王勝豪提親前，王美齡才告訴吳添才，父親是台灣數一數二台光金控公司的總裁，讓她單獨來國外讀書已經是父親的容忍極限，遑論同意她和一個自己都沒見過面的男人結婚並在國外生活。

吳添才驚訝地望著她許久，才開口：「換成我是妳父親，也不會肯的，而且妳也放不下妳父親吧。」

王美齡點頭。

「Wherever you're going, I'm going your way.」吳添才說：「我願意跟妳一起回台灣。」

「那等於要你放棄國外的工作，這……」

「如果妳父親能替我在公司內部安插個小工作，我會用工作表現讓他接納我，或許這是最好的方式。為了妳好、我好、妳父親好，也為了孩子。」

「什麼孩子？」王美齡不解地問。

「妳父親如果照妳說的那麼固執，一定不會同意我們的婚事，除非告訴他，妳懷孕了。」

「這……」王美齡猶豫，畢竟從小到大和父親最親，從沒對父親說過這麼大的謊。

「這是最好的方式了。」

「好，好吧！」當時王美齡這麼回答。

「我看他是有目的才接近妳。」王勝豪不以為然說著。

「爹地，我已經跟你說得那麼清楚了，如果你還是這樣認為，那我們保持距離比較好。你要嘛就來國外參加我和添才的婚禮，不來就算了，或是你就當沒我這個女兒吧。你對他有太多偏見，我對爹地很失望，他明明是一個優秀人才，且事事為人著想，還被你誤解成一個用盡心思來接近我的惡人。爹地，你不要把我和他的姻緣當成是商場的爾虞我詐好嗎？還有，我已經懷孕了。」

王勝豪才察覺女兒滴酒未沾，「懷孕了？懷孕了？妳……」

「好吧，我認輸，妳叫他先回台灣再談婚事。」王勝豪嘆了口氣。

「我們一起回來的，他先回台東家鄉看他母親。」

「他家裡還有哪些人？」

「他父親在他國中時因意外而過世，家中只剩他和母親兩人。」

「嗯！改日一起用個餐吧，多些了解才有機會成為一家人。不過爹地把醜話說在前頭，他如果沒妳說的那麼好，我是不會出席這場婚禮的。」孤兒寡母的背景對照女兒和自己，王勝豪也心軟了，反正這種小伙子，到頭來還不是會識時務地乖乖接受他的安排。

王美齡聽出來父親已經讓步，繼續撒嬌著說：「爹地，你不要怪他，我知道你是出於擔心，不會同意我們的婚事，所以……懷孕的事，是我決定的。」

「妳這個傻女孩。」

王勝豪心疼女兒單純，把世界想得過度美好，像被人豢養的動物不知道遠處躲著狩獵者虎視眈眈，他只想保護好女兒。男人沒一個是好東西，他不是，那個叫吳添才的肯定也不是，不然獨自在外頭拚出一番事業不是更能讓他刮目相看，何必要女兒來說情。

他要陪女兒口中的好男人演這齣戲，只要對方露出破綻被揪出馬腳，才能讓心愛的女兒死心，重返自己身邊。

■一九九七年十月八日十四時整

●療養院

「媽！」吳添才坐在病床旁，手持刀子削蘋果。

女人躺在床上，手裡緊緊抓著一雙鞋，睜大眼直望天花板說：「怎麼那麼久才回來？叫你出門買個東西，你是跑去哪裡玩了？」

「沒有啊！媽，吃蘋果。」吳添才將水果刀刺入蘋果丁湊到女人嘴邊，像釣魚般，女人張嘴大口吃，嘴唇咬下蘋果與刀的距離就差那麼一點點。

「你阿爸呢？又去喝酒了嗎？」

「阿爸交代我不要跟妳說，他和羅伯、敏叔還有阿軍仔去小吃部。」

「小吃部！他以為只有他會喝嗎？我的酒呢，幫我買來了沒？」女人問。

吳添才從袋子裡取出兩小瓶藥酒，一瓶自顧自地喝起，一瓶把蓋子旋開置於女人鼻前，讓她用力吸酒氣。女人受不了誘惑，坐起身就要搶，他動作迅速將藥酒封好收回袋內。

女人哀求著：「乖兒子，給媽喝一口，一口就好。」

「阿爸說他要來帶妳了，酒不能給妳喝。」

「帶我，什麼帶我？帶我去哪？我不要去，我不要去啊！」

「妳猜阿爸會帶妳到哪？當然是陰曹地府。妳都沒看到嗎？阿爸就站在妳後面，眼睛睜得那麼大，他來找妳要鞋子。」吳添才邊說邊睜大眼看著母親。

「啊啊啊，我不要，我不要去啊，你酒給我喝，我要喝，我要喝。」女人歇斯底里地叫，伸手要搶袋子。

醫護人員聽見聲音趕緊進到病房，吳添才整理好表情又恢復成良善無害的模樣，用手摀著臉痛苦地說：「我媽狀況一直都這樣嗎？為什麼一見我就要酒喝？還有，不是說過不要再讓她抱著鞋嗎？」

「先幫她注射鎮定劑，快！你母親已經很久沒有這樣了，可能是見到你太興奮，情緒才這麼激動。」醫生邊交代護士邊對吳添才解釋，「把鞋拿掉她會更失控，整天哭喊著有人要來抓她。」

一名護士死命地抓住女人的手將她固定，一人幫忙注射鎮定劑，才一下子女人就微瞇著眼攤在床上不再掙扎，像躺在砧板上的魚任人宰割。

「讓她休息一下吧！」醫生說。

「謝謝！謝謝！」吳添才點頭致謝。

待護士走遠，他湊在女人耳朵邊說著：「妳把阿爸從樓梯推下去，還記得嗎？妳有聽到什麼聲音嗎？好像是阿爸的腳步聲？對，沒有錯，那是阿爸走過來的聲音，他在問妳把鞋子藏在哪裡。」

女人緊閉著眼、蜷著手、全身發抖，將鞋子緊緊擁在懷裡，連出聲的力氣都沒有。吳添才喜歡看女人活在噩夢裡，這一次換他見死不救，像過去女人做的一樣。

「對，不要害怕，妳教過我的，還記得嗎？深呼吸，吐氣。深呼吸，吐氣。閉眼，睜眼。世界就不一樣了。喔！對不起，妳現在無法睜眼，那世界還是一樣，快躲好，免得被阿爸追上了。」

陽光從窗戶外斜射進來，一切看起來清朗美好，吳添才用力搶過女人緊抓的鞋，收進自己袋內，神采奕奕地哼著歌離開。

吳添才與一名婦人甫進入王家客廳，王美齡隨即上前來招呼，牽著婦人的手到沙發坐。吳添才介紹彼此，「這是我媽，這是美齡。」

「吳媽媽您好。」王美齡禮貌問候。

「別那麼見外，叫什麼吳媽媽，簡單點，叫媽就好了。」婦人輕拍王美齡的手。

「媽！」

「真乖真乖，兒子啊，你去哪找那麼漂亮的女孩？你看看，長得討人喜歡又貼心，這是我們家上輩子燒好香。美齡，告訴媽，我們家添才有沒有欺負妳？有的話要跟媽說，知道嗎？媽一定幫妳作主。對了，妳父親呢？」

「已經通知我父親了，您和添才先喝點茶。」這是王美齡第一次見到吳添才的母親，好相處，又健談，笑容更是沒間斷過。儘管如此，氣質和談吐卻略顯浮誇，和退休的國文老師似乎搭不上邊。

「啊，不好意思，讓你們久等了。」王勝豪攙著陳女士走出來。

吳添才和婦人站起身點頭致意，吳添才說：「伯父你好，我們剛到而已。」

「不要客氣，請坐請坐，大家坐。」

「本來應該早點過來拜訪，但添才這孩子說什麼都執意回台東一趟，要先在父親牌位前報過平安才肯來。我電話中跟他說了好幾次不用那麼麻煩，我代替他燒香跟添才他父親說一聲，我再來台北會合就好了。可是這孩子是牛脾氣，一旦下了決定，脾氣拗起來誰都擋不住。添才在牌位前把美齡的照片拿出來，說要讓父親看看未來的媳婦，見這孩子這麼有心，我也不好意思念他耽誤到王先生的時間。如果孩子的父親還在……」婦人低下頭，用手摀嘴沒再說。

「媽，不是說好別談這。」吳添才也紅了眼。

「添才那麼看重家庭，是好事啊，哪有耽誤到我什麼時間。反倒是添才一來，女兒就不黏我了。」

「爹地。」王美齡趕緊換位置，擠到王勝豪旁，緊緊挽著父親的手。

王勝豪繼續說：「妳一人把添才養大也著實不容易。」

「是這孩子爭氣，從他父親過世後，我忙著學校教書，添才不僅幫我把家務處理好，課業也從不用我擔心，連出國都是公費，沒拿過我半毛錢。我這個做母親的什麼忙都沒幫上，反倒是添才這孩子辛苦了。」婦人邊拭淚邊說。

「媽，妳別這麼說。」吳添才遞出手帕給母親。

「不過這孩子也有不對的地方，還沒結婚，就……一點規矩也沒有。王先生，是我家教不好，沒有管好兒子，真是對不起。」婦人站起身來深深一鞠躬。

王勝豪趕緊拉著婦人的手要她坐下，「妳的心情我懂，孩子都成年了，我們這些做父母的還是會擔心。」

「王先生，我罵過添才，跟他說如果我是人家父親也不會把女兒嫁給你，不是怕門不當戶不對，而是怕女兒嫁給你受苦。添才上個月打電話給我，跟我說美齡懷孕，話筒那頭支支吾吾。我問他怎麼了，他才說美齡是王先生的掌上明珠。不要說添才這孩子，連我這大人都嚇傻了。我急忙問他為什麼之前都不知情？添才說美齡只告訴他家裡有做點小生意，這……這……這……怎麼會是小生意？咳，王先生，當我多想，就怕你覺得他意圖不軌或擔心美齡受騙。這孩子的為人我很清楚，添才絕不是這樣的人，也沒這個心眼，今天與其說來提親，不如說是陪著添才來謝罪。」

「伯父，對不起，我從來沒想過要佔美齡便宜，我們一直是以結婚為前提交往的。」吳添才跪下。

王勝豪皺眉，覺得這戲未免太過隆重。

王美齡緊挨著父親說，「爹地，是我不對，怪我沒跟添才說清楚。話說回來，爹地，如果我一開始就跟添才說我是你的女兒，或許他跟我在一起才真的有所謀。但我發誓，添才真的從頭到尾都不知道，直到我懷孕，他說要來提親，我看紙包不住火，才告訴他的。」

王勝豪冷眼看跪在地上的吳添才，他了解越反對女兒，女兒只會離他越遠，沒有必要為了一個不認識的男人氣走女兒。王勝豪說：「爹地沒有反對，只怕將來結婚典禮上，別人笑話新娘挺著比她爹地還要大的肚子。對了，我聽美齡說你要放棄國外的高薪，打算回台任職，想好要在我們企業擔任哪個職位了嗎？」

「我曾在美國銀行實習一陣子，如果可以，想嘗試台光銀行營業員的工作。」吳添才抬頭回答。

「美國年薪二十萬美金的財務分析師工作你不做，來做月薪兩萬多台幣的營業員？」王勝豪直想看穿吳添才到底玩什麼把戲，若吳添才志氣不夠雄大，將來無法成就大事，把女兒從吳添才身邊奪回來也是遲早的事。

「如果我選擇國外工作，美齡勢必跟著我，伯父只有美齡一個女兒，美齡也捨不得伯父一人在台灣。我想了許久，應該以美齡目前的狀況為重。若在美國待產，我可能忙於工作加上她身邊沒有熟悉的親朋好友，難免寂寞不安，所以決定回台生產。我在國外進修財務投資和風險控管，對國內銀行的業務也有興趣，不僅能從基層服務了解客戶的需求，更能比較國內外金融商品的優劣，再開發有潛力、有特色、能吸引投資者的產品。我會在公司尋求表現，也會努力讓其他企業來挖角我，三年內我有把握可以追上國外當初開給我薪資的五六成。再來，孩子也稍長一點，那時會留在哪都難說。」吳添才挺直腰桿跪在地上，不卑不亢地說。

「嗯！不僅有自己的想法也顧及到別人感受，又能家庭與事業兼顧，這樣很好，不愧是美齡看上的人。」王勝豪總算拉起跪著的吳添才，表面誇獎，但心中覺得自己把對方看小了，竟然可以輕易地把一切合理化，「那婚事的日期有決定了嗎？」

婦人搶話，說：「我有看過，年底前好日子只剩下三個，十月二十三日太趕，隔年的一月二十七日我又怕美齡的肚子已經遮不住，十二月十二日如何？還有時間可以準備婚禮，肚子也不至於……只是我人在台東可能無法幫忙籌畫。」

「沒關係，我請陳阿姨幫他們籌畫婚禮就好。美齡，妳說好嗎？」王勝豪望向自己身旁的女伴，又看看王美齡。

「這可是王家盛大的喜事，美齡，放心交給陳阿姨來處理。」那名盛裝打扮坐在王勝豪身旁的陳女士堆滿笑容說。

陳女士明瞭這是王勝豪給她表現的機會，讓她藉籌辦婚禮與王美齡關係更親密，也能以女主人之姿招呼所有婚禮賓客。或許，只要讓王勝豪滿意，下一場就會是自己的。

「伯父，我和美齡討論過，婚禮方面簡單隆重就好……」吳添才說。

「我們王家嫁女兒是要多『簡單隆重』？錢的事情你不要擔心，我這邊會處理。」

「爹地，你不要誤會，我們希望在兩人能力範圍內舉辦婚禮，不想太鋪張高調。」

「這一點我反對，我王勝豪的女兒要嫁人，到時業界的人還有所有媒體都會到場，如果婚禮照你們的方式來辦，不知情的人會以為我對女兒刻薄，或是認為美齡嫁得不好，說不定媒體還會寫我們王家沒落了。要我把面子往哪裡放？婚禮我堅持交給陳阿姨處理，這一點不妥協的話，前面所討論的，就當沒講過吧。」
婦人趕緊跳出來打圓場：「添才，王先生都願意把美齡託付給你了，趕快謝謝人家，不要在這節骨眼耍什麼孩子脾氣。美齡，剛剛妳都願意喊我一聲媽了，那就聽媽勸，媽知道你們年輕人的心情，但結婚一事牽扯到周遭許多人，這點我與妳父親站在同一邊，就讓你們陳阿姨幫忙處理吧！結婚這事不要讓妳父親面子掛不住，至於婚後，你們小兩口要怎樣低調生活就怎樣低調。」
「謝謝伯父成全我和美齡的婚事，也勞煩陳阿姨多費心婚禮的事。」吳添才站起身來九十度鞠躬說道。
「我把美齡當成是自己女兒一樣，能幫得上忙高興都來不及，哪有什麼費心。」陳女士滿臉笑意說著。
「好啦，就這麼說定，你要好好照顧美齡，公司的職務也照你所說，下週起就可以來上班了。依你的學位和履歷，本想任你當銀行副理，怕公司內部會因為你突然空降，不相信你的能力也不服你。我考慮再三，去底下磨一陣子也好，順便看看是否如你誇下的海口，能達成目標。」王勝豪下了最後的結論。
吳添才和婦人起身告辭，走出街角坐上計程車，婦人的表情透露出不屑說著：「這家人真難搞耶，難為你了，尤其是那個什麼陳阿姨，一副女主人的嘴臉，我看她終究會白忙一場。」
「是您辛苦了才對，鞏小姐，這角色不容易吧！」
「有錢就容易。」鞏小姐將綰起的頭髮放下、眼鏡拿下，從皮包裡拿出小鏡子開始化妝。
「說好的錢。」吳添才遞過一個紙袋，「之後還有一場也麻煩您了。」
「如果你母親能親自來就好了。」
「她現在精神不佳，怕會嚇到美齡和她家人，多虧傳哥請您幫忙。」

「都幾年了？病情都沒好轉嗎？」

吳添才神情落寞地搖頭。

「咳，辛苦你這孩子了，認識以來就見你三頭六臂地忙，偶爾也該放鬆一下，不妨等會來店裡喝一杯吧！」鞏小姐的手放在吳添才的大腿上。

「今天先不要，夠折騰人了，晚點還要趕火車回台東陪我母親。司機不好意思，前面捷運站前停車，謝謝。」

「你真孝順，如果我有兒子像你一樣就好囉。」

「我怕把鞏小姐叫老了。」

「剛剛都不怕把我叫老，現在就怕。好啦，我也要先回家休息。」鞏小姐收回手，想起十幾年前讓還是大學生的吳添才在她經營的酒店做少爺，當時的他比誰都勤奮，所有員工下班了他還不走，執意做最後的清潔整理，再陪她搭計程車回家，才又轉搭清晨公車返家。在多少夜裡，自己的右手他的左手，藏在司機後視鏡看不到的地方緊緊握著。

計程車停靠捷運站出入口旁，吳添才先下了車，九十度地朝車內的鞏小姐鞠躬致敬，「謝謝，婚禮時見。」

「別忘了大紅包。」鞏小姐揮手再見。

「一定的。」

吳添才關上車門，心想二十萬雇用鞏小姐權當臨時演員費，加上二十萬美金的年薪，可以換取前途無限的將來，是筆值得的交易。就像《傑克與豌豆》中主角用牛換取豌豆，遭人訕笑是傻子，當他得到寶物歸來時，過去瞧不起他的那些人就笑不出來了。

吳添才站在原地，吐了一口好長好長的氣。雖然今天一切如他所精算地順利進行，但明天呢？

後天呢？未來呢？不管如何，只能前進，這是自設的目標，縱使到達終點的過程，有人被傷害也是無可避免的。他對犖小姐說謊要回台東只是避免兩人獨處，他習慣對任何人說謊，包括過去在犖小姐店內打工時，所有的貼心舉動都只為了換得更高的報酬。他把自己裝成純情男孩，犖小姐就無怨無悔地付出，他讓犖小姐以為身在魔豆藤蔓上的天空之城，自己卻悄悄在豆藤下揮動斧頭斷了她的美夢。

「前進，不能站在原地！」吳添才催眠似地跟自己說。

走在人來人往的大路，吳添才從不認為自己會跟這些平凡路人一樣，他會爬到很高很高的位置，就像從樓梯上睥睨著樓梯下的父親一樣。

他可以站得那麼高，像神。

宴會廳內賓客陸續就座，休息室內Chris幫王美齡做最後的整理，他是陳女士透過關係請來專門幫明星打理的著名造型師。早在兩個月前提親結束後，陳女士就趕緊敲定對方檔期，用高於出席演唱會梳化的單場價碼邀請。Chris長相斯文，衣著整齊，在許多小配件和小地方用了工夫，像是襯衫口袋的民族風圖樣、下襬收攏的腰身和不規則的剪裁、低調奢華風的名牌皮帶，以及印製在皮鞋側邊少見的浮水雕印。

王美齡換好婚紗坐定後，Chris像過動的小精靈從腰間工具包取出各式各樣的道具，在新娘的臉、頭髮、微露的酥胸、脖子以及兩隻胳膊上做文章。王美齡直視眼前大鏡子，久違的妝髮經Chris巧手裝扮，讓她像一尊需人細心照料的陶瓷娃娃，自己對鏡中人都感到陌生，她心想吳添才見到她這身模樣恐怕也認不出來，可能會誤以為王家臨時反悔所以狸貓換太子。

「美齡，妳很不夠意思耶，交男友都保密到家，哪裡認識的？」

「美齡她不愧是喝過洋墨水的，思想和做法都很前衛，不僅閃婚還奉子成婚。」

「對啊！今天初見新郎的廬山真面目，怎樣？怕我們好姊妹搶妳男人嗎？」

「之前妳爹地安排的相親還有我們邀約的聯誼活動，想進一步認識妳的男人都被妳婉拒。到底是何方神聖能擄獲我們台光金控總裁的千金？哪家集團小開？還是有什麼過、人、之、處？」

其中一名女伴開口先問，其他女伴也加入拷問行列，嘰嘰喳喳圍繞著王美齡，Chris用手勢要那些好奇發問的女伴們後退，不要再接近他的工作範圍。

「沒有保密，我們在國外認識交往兩年，不算閃婚吧！每次回國我都來去匆匆，連跟大家碰面的機會都少之又少，況且他要忙研究、實習和打工，我大都一人返台，又要怎麼跟大家介紹。不要說你們，連我無話不談的爹地都是他來提親前三天才知道有這個人的存在。他只是一個普通人，單親家庭，父親早逝，母親是退休老師，他的過人之處除了腦袋之外就是變魔術。」

造型師示意要王美齡抬高脖子，拿起粉撲將下巴和脖子的顏色弄勻，又在臉頰刷上珠光，臉上細微處做雕工般的精緻美妝作業，讓新娘看起來精神以及五官更立體。王美齡將專注力放在Chris輕巧的手法，她知道化妝能使人煥然一新，卻不知道可以新到像是脫胎換骨。

「你們決定蜜月要去哪裡了嗎？全世界各大城市妳都來回不知道幾遍了，去哪應該都很無趣吧！看來只有北極和亞馬遜森林可以讓妳有新鮮感了。」

「對了，妳不是懷孕了嗎？怎麼身材一點都沒變，還挑那麼貼身的婚紗？」

「虧妳未婚懷孕也能通過妳爹地那一關。」

「妳說他是普通人，那從事什麼工作？還有，妳說實話，他到底哪裡吸引妳？不要對我們這些好姊妹打官腔啊！不然等會典禮上我們就為難新郎，讓他無法輕易抱得美人歸。」

「話說回來，新郎提親時，沒有被妳爹地生氣的樣子給嚇到？」

女伴們見新娘有問必答，便問得更起勁，礙於Chris散發出來的氣勢，只敢隔著兩步的距離發問。

「蜜月是安排去布拉格，我們在牆上釘了張世界地圖，他說讓飛鏢決定我們蜜月的去處，幸好不是北極也不是亞馬遜森林，不然我挺著肚子在那求生更加辛苦。至於為什麼看起來身材沒變還有婚紗貼身，就要問我身後的大功臣，看Chris幫我上的新娘妝就知道他沒什麼辦不到。如果妳們打算結婚，Chris絕對是你們最佳選擇，我是指新娘妝。」

「我？Sorry，May 的這場婚禮是我婚禮造型生涯的首作也是告別作。May 的體態好，是懷孕也顯瘦的體質，一個多月前訂製這手工婚紗時，我也怕婚禮當天 May 可能會穿不進，原本私底下想請婚紗公司不要把尺寸抓那麼緊，但這禮服美就美在由上而下逐漸縮減的線條，一路延伸到拖曳在地的魚尾裙，改了就少了些味道。今天的婚禮我比新娘緊張一萬倍，為了讓 May 能順利套進婚紗，我把專用剪刀、布料、縫紉機……所有想得到的工具材料都擠進我後車廂內，準備當場展現我修改禮服的高超實力。結果肚皮沒大、刀也沒動，害我白操心一場，也少了表現的機會。」

沒人知道王美齡假裝懷孕是為了讓王勝豪心軟而同意這門婚事，她趕緊接話：「肚裡寶寶知道他媽咪愛漂亮，所以乖乖不敢作怪。回到剛剛關於新郎的話題，他雙修心理和財經，在銀行實習做財務分析師，目前回台當銀行行員。提親時，我爹地沒嚇到他，反倒他的表現讓我爹地刮目相看。至於未婚懷孕，這是險棋一招，妳們這些好孩子不要學啊，免得被妳們爹地媽咪怪罪是我帶壞妳們。」

「好了，各位在場的女孩們注意時間，不要再發問了，因為等我補完口紅，新娘就嚴禁說話，這樣才能以最完美的形象出場，噓。」Chris 的嚴肅表情是驅趕那些女伴不斷發問的最佳良方，她們只好移動到另一間休息室內。

Chris 彎腰靠近王美齡右耳說：「畫完口紅不能說話是假的，看妳回答的表情越來越為難是真的，當我多事，但新娘維持愉快且平靜的心情才會最漂亮。我怕再不阻止，她們可能會追問你們一週幾次？最愛的體位？妳知道小女孩們總愛那些辛辣問題。」

王美齡以為自己將情緒隱藏得很好，但還是被敏感的 Chris 給瞧出，不免擔心陳阿姨或父親早就看破她拙劣的演技和心情。

「謝謝你的幫忙，不過那些問題是你想問的吧。」王美齡以玩笑企圖化解不安。

「知道了還不快乖乖照實回答？一週幾次啊，一次？兩次？還是很多很多？還有，最愛的體位是什麼啊？」Chris 配合說笑著。

同時間，主桌前犟小姐穿著大紅衣服、別著鮮紅花朵，扮演吳添才的母親，與王勝豪及陳女士站在一旁寒暄。雖然犟小姐與吳添才真正的母親年齡相似，盛裝後看上去硬是比實際年齡少上十來歲，吳添才覺得犟小姐跟十多年前初識時一樣動人。吳添才就近對三人說：「爸、陳阿姨、媽，典禮要開始了，我們先坐下再慢慢聊吧！」

吳添才需要一個母親的角色可以參與這場宴會，犟小姐就算是舊識，但用錢處理代表誰也不欠誰，能將兩人距離隔得老遠並切割得一清二楚。吳添才請傳哥另外安排一些人，扮演他那些從不聯絡也不出現的親戚出席這場婚宴。他了解王勝豪，提親那天王勝豪對他家人的種種細節沒細問，婚禮過後，自然也不會對他們有任何興趣。王勝豪眼中除了自己和女兒外，其他人一點都不重要，連坐在身旁的陳女士都像擺飾品，只能無聲地襯托王勝豪。

大學時吳添才四處家教賺取生活費，認識許多形形色色的家長，經營八大行業的傳哥就是其中之一。傳哥的孩子敏弘正值國三叛逆期，在家與雙親不睦，在校人際關係不佳，傳哥經人介紹聘請吳添才，與其說是家教，不如說是陪伴敏弘，至少還有人可以聽敏弘說話。隨著家教次數增多，他與敏弘關係也漸佳，除了聽敏弘訴苦還幫他出主意，邀敏弘同班或其他班上無法支付補習費的同學一起來家中上課。吳添才請敏弘母親準備豐富飲食，上課中穿插遊戲讓敏弘與他人互動，舒適的環境、美好的食物和愉快的氣氛，孩子們逐漸落入吳添才設下的圈養陷阱。補習的人數從三人到五人到十多人，此後敏弘在校在家都有一票可以談天玩樂的朋友，加上成績逐漸提升，高中考上傳哥壓根都沒想過的第三志願，還為此放鞭炮設宴席慶祝。

吳添才儼然是那些孩子的地下老大，他們比愛自己的父親更愛吳添才，他要求敏弘對父親要有禮、要關懷、要笑，敏弘聽從命令，傳哥見敏弘與自己親近，先去祖宗牌位前上香道謝，更打從心底感謝吳添才。傳哥賞賜手下從不手軟，對吳添才的滿意度也表現在家教費上，幾乎是上班族一個月的薪資，吳添才為了瞭解更多社會面貌，透過傳哥安排到他底下的「企業」上班。

吳添才邊打工邊繼續教導敏弘，大學放榜結果敏弘考上私立學校的法律系，傳哥備妥兩百萬在桌上，對吳添才說，「我知道你想出國讀書，這些錢你好好用，將來有任何問題，我能幫的就會幫到底，千萬不要客氣。」

犨小姐是傳哥店裡的媽媽桑，打工期間熟知犨小姐交際手腕過人，應對進退自有一套，任何醉客和蓄意鬧事的酒客在犨小姐面前都給收服得乖巧。某日，要負責最後清潔並幫犨小姐叫計程車的員工因急性盲腸炎住院，他臨時接替對方工作。打烊後他一人清掃，犨小姐去廁所將一夜的酒給催吐出來，回到休息室再出現時換裝成另一個人。犨小姐卸下臉上的妝和不必要的飾品，只有一副粗框眼鏡讓她勾人魂魄的眼睛有藏身之處，她將頭髮束起，穿著像是正要外出晨跑的休閒外套、棉長褲和運動鞋。吳添才初見犨小姐這身裝扮好像看到年輕時的母親，是因為臉上不禁流露出來的疲態？是因為髮型讓他想到母親常束起馬尾方便做家事？還是曾在相本裡看過年輕的母親有類似的裝扮？

那天起，吳添才不到店鐵門拉下絕不離開，打烊工作也轉由他負責。他每日觀察變裝後的犨小姐，不管那天她戴眼鏡或不戴、綁馬尾或不綁，抑或穿著不同形式的衣服返家，吳添才越來越認為精神病院裡要人照顧的那名婦人是自己幻想出來的、是假冒的，犨小姐才是他親生母親，記憶中的悲慘童年不過是自己無聊幻想出來的惡戲。

犨小姐誤解了吳添才的情感，他的陪伴只是要彌補不曾存在的母子時光，最後犨小姐帶吳添才回家。赤裸的兩人在漆黑房內抱在一起，吳添才邊舔舐鞏小姐的乳頭邊喊著：「媽媽，抱抱！媽媽，抱抱！」

她醒了，將燈打開，熟透的裸身女體映入吳添才的眼內，那是欲望的身體不該屬於母親，吳添才也醒了。他不再把鞏小姐當成母親，而是一個渴愛、欲性的女人，他用青春正盛的熾熱肉體燒熔了鞏小姐。

後來，每當自己有肉體需求便找鞏小姐，鞏小姐無力抵抗吳添才的誘惑，把身體和心都給賠上。反之，對於鞏小姐的主動邀約，吳添才一貫冷漠不理會。他討厭女人，認為總有一天她們會為了討好誰而對他置之不理，就像母親討好父親，對他被家暴的事默不吭聲。

吳添才討厭想起這些往事，畢竟過去無法被塗改，能做的就是改變未來。

未來，就差一步。

典禮持續進行，雙方家長上台說話，鞏小姐沉穩地拿著麥克風對底下的人說：「添才的父親不在，多虧他能好好讀書，求學路上沒讓我擔憂過。這幾年他在國外……」

鞏小姐說得動容，把自己也把底下的賓客弄得頻頻拭淚，連吳添才眼眶都紅得徹底，在台上摟著鞏小姐安慰著，語畢，底下的人大聲鼓掌。

吳添才如願以償獲得一場成功的婚禮。

■一九九七年十二月二十四日二十時五十二分
●旅館房間

兩人的蜜月地點當然不是射飛鏢決定，是陳女士安排，王美齡沒有太多意見，從小就習慣有人幫忙打點一切。從踏出家門口，司機已經備妥車等待，從來不需要懂時刻表，總有懂的人會處理生活大小事。上機下機，出海關就有專人接送，把自己當成一只行李，任人抬起、運送、放下，就會到達目的地。

吳添才第一次見識到金錢的無所不能，兩人像王子公主般被對待，過去無數次的想像降臨在身上，再也不用斤斤計較機票轉機幾段最划算、大小行李會不會超重、不斷向空姐索討機內的餐點和酒來降低搭機成本等芝麻綠豆事。他想到那年他窩在侷促的經濟艙內，連通過艙與艙的走道，想藉機與王美齡搭訕的機會都沒有。頭等艙與商務艙與經濟艙各有一扇簾子，當時的他沒有「錢」作為通行證，簾子另一方就是無法踏進的境域。誰會相信當時的窮小子在兩年後能娶到台光金控總裁的獨生女，那是通往新世界的通行證。

旅館內，王美齡沒有蜜月的喜悅，焦慮地在房間裡來回踱步，問：「婚禮是順利完成了，蜜月結束後，我要怎麼跟爹地解釋自己沒有懷孕。」

吳添才要王美齡坐在他身旁，摟著她深情地說：「別擔心，我們從現在起趕工拚一個就好了。」

「如果這兩個月還是沒有懷孕怎麼辦？」

「我有朋友在大醫院做婦產科醫生，請他開個小產證明，妳就配合住院幾天，演演戲給別人看就好，沒人會知道這些的。」

「為什麼你的鬼點子那麼多？」王美齡嘆氣說著：「我從小幾乎沒瞞過爹地什麼重要的事，只要想到這謊言會讓爹地有多難受就不敢多想，我很過意不去。添才，反正都完婚了，我們誠實跟爹地說好不好？」

「好。」吳添才點頭。

「真的？」王美齡訝異問。

「真的。反正妳還是王勝豪唯一的寶貝女兒，我在妳爹地眼中成了唆使女兒說謊的大惡人。妳爹地最恨人家騙他，我猜此後不會再跟我有任何瓜葛，不會見我，我會被排除在妳的家庭聚會之外，如果我的缺席能換得妳爹地的諒解，我們不如現在就告訴他。」吳添才拿起床邊的電話給王美齡。

王美齡的手無力舉起，儘管想用良心換取諒解，但吳添才說得沒錯，當初自己同意欺瞞父親換來婚禮，沒有道理要對方承擔可以預期的苦果，她決定放棄對父親誠實的機會。

「對不起，是我不對。不會有下一次了。我，吳添才，對天發誓，從今以後絕對不會再讓我親愛的老婆對任何人說謊，不然就不得好死。」吳添才見王美齡遲疑，立刻雙手合十低頭認錯。

「幾歲的人了，還亂發這種毒誓。不過記住自己答應我的話，不要再讓我難做人。」

「是的，老婆大人。」吳添才翻過身將王美齡擁近，耍嘴皮說：「我會努力讓妳好『做人』的。」

「哼，我才不理你。」

窗戶外飄著雪，廣場的鐘聲響起，噹噹噹，室內溫度舒適，一切安好，平安夜的布拉格安靜得很，店家緊閉不營業，只有聖誕燈飾將無人的街道裝飾得繁華繽紛。吳添才把王美齡當成禮物，將她身上衣物一件件拆開，裸身的王美齡躲進溫暖被窩，吳添才跟著鑽進，像兩隻小獸躲入洞穴彼此偎著，等待寒冬遠去。

假裝存在的孩子只是計畫的一部分，若王美齡真有了孩子，他在王家的地位會瞬間崩壞，成為多餘無用之人。王勝豪肯定會讓有自己血統的孫子接班，王美齡會將越來越多的愛給孩子，終有一天自己會被他們棄之一旁。

吳添才要王美齡繼續專注於他，要王勝豪對他刮目相看，他要從這個家開始，贏得整個世界。

就算哪天王美齡真的懷孕，吳添才也打定主意不要她肚中那個假想敵。

機密檔案：003

■二〇一五年九月十六日十一時零三分

●怡尚苑外

「記者現在所在的位置是位於發生靈異鬼殺人事件的大樓前，這起震驚全國的事件，據說有同棟住戶曾親眼目睹女鬼出現在死者王美齡住家的陽台，讓我們聽聽目擊者怎麼說？請問一下，妳看到女鬼出現的時間是？」女記者范怡芳問。

短髮女子說：「我親眼看見『那個』是在晚上十點多，身穿白衣的『那個』飄在吳太太家的陽台，還盯向我這邊。」

微胖的婦人湊話，「吳太太生前還問我哪裡有收驚抓鬼的，所以我敢肯定說，吳太太是被鬼害死的。」

長髮女子找不到話可說，擠在鏡頭前猛點頭，彷彿目睹和耳聞的人是自己。

「謝謝現場民眾接受我們的採訪，這一場鬼殺人命案到底何時才會水落石出呢？將畫面交還給棚內主播。」范怡芳維持住凝重表情，直到攝影機上的紅燈結束，隨後與友台的女記者接續連線前的討論，猛聊哪裡的服飾正在大打折。

新聞畫面上大鬈髮、臉部表情僵硬的熟女主播，不知道動過多少工夫才能將喜怒哀樂都漿成一個樣子說話，「謝謝怡芳。吳添才是國內台光金控的新任總裁，據說案發當時吳添才在友人家中洽談生意，王美齡女士身受精神疾病所苦在家休養，卻遭不幸，目前警方正密切調查中。現在讓我們來看一下命案時攝影機所錄下的畫面。」

新聞依序播送三則畫面，一是鬼穿牆而出、二是死者睡著被拖拉下床、三是廚房的靈動現象。

畫面結束，大鬈髮熟女主播繼續說：「不知道電視機前的觀眾有什麼看法？我們再來連線給記者范怡芳，試著從其他民眾的角度來看這事件。怡芳麻煩妳了。」

「是的，主播，在訪問現場民眾之前，根據可靠消息人士指出，現在正排隊買便當、戴鴨舌帽的那位先生，就是怡尚苑的主委。我們決定近距離的採訪，聽聽看他怎麼說。」范怡芳在馬路旁連線，一說完立刻小跑步到便當店前。

「先生，先生，現在還是上班時間，偷偷溜出來買便當沒有關係嗎？」范怡芳遞上麥克風，鏡頭像咬住獵物的狗，死命拍著戴鴨舌帽的男人。

「今天我休假。」戴鴨舌帽的男人趕緊面對鏡頭澄清。

「先生有想好等會要吃的菜色了嗎？是炸雞腿、滷排骨還是爌肉飯呢？」

「應該會選滷雞腿吧！」

「為什麼是滷雞腿而不是炸雞腿呢？」

「滷的對身體比較沒有負擔。」

「看來先生你很重視養生，」范怡芳接著問：「那請問你在怡尚苑住那麼久，有在這棟大樓看過鬼嗎？」

「沒有，就跟你們說別問我了，我什麼都不知道。」戴鴨舌帽的男人邊說邊用手擋住鏡頭拒絕受訪。

「這棟大樓鬧鬼，你住這會怕嗎？請問你相信王美齡是被鬼所害的嗎？還是跟同棟住戶有結怨呢？能請你發表一下看法嗎？」范怡芳鍥而不捨地追問。

戴鴨舌帽的男人左閃右躲鏡頭，最後落荒而逃，連便當都沒買成。范怡芳對著鏡頭自圓其說：「主委很顯然是受到這棟大廈住戶集體施壓，怕鬼殺人事件成為壓垮這曾有『地王』稱號房價的最後一根稻草。據這區房仲業者的可靠消息指出，怡尚苑住戶近年內因賄賂、不倫、簽賭等負面消息屢屢出現在新聞媒體，房價下跌三成，這一次的風波可能下探五成。雖然昔日風光不在，外頭還是擠滿民眾要一探『地王』究竟。」

畫面一掃過去，熱鬧得像個不夜城。馬路上許多人或坐或站交頭接耳，不少攤販陳列其中，有些攤位像運動酒吧一樣接上電視，讓顧客可以看到第一手的新聞報導。

范怡芳在鏡頭前面穿過重重人群，奔來怡尚苑大門外，氣喘吁吁說著：「現在我們即將獨家採訪怡尚苑的管理員，聽聽看管理員怎麼說？」

她取出某位高層交付的磁卡，趁太陽正大許多同業躲到遠處樹蔭下的機會，刷卡直闖進怡尚苑，遵守規定圍在四周沒硬闖的其他記者和攝影師頓時手忙腳亂。若自己少了別的新聞台有的畫面，回辦公室後肯定會被檢討個三天三夜也不能喊累，是以所有記者維持緊張的平衡牽制，沒人敢越雷池一步。

范怡芳自然是虛榮的，像一人的星光大道還自備攝影師，意氣風發地持著麥克風，像高舉正義寶劍，直往前衝鋒陷陣。她不曉得怡尚苑的大門磁卡是那位高層花許多年，養了許多高官顯要不為人知的祕密所換來的。如果此刻的她知道「正義」之事要透過「不義」來換取，她會怎麼想？還是正義嗎？抑或不義？無知的人兒最幸福。范怡芳只覺得高層有意栽培，讓她有機會藉這新聞榮登主播台，好讓熟女主播趕緊下台。

「伯伯，伯伯，請問你有聽住戶說過曾在這看裡過鬼的事嗎？」鏡頭對著一位直挺挺坐在入口櫃台的老伯。

對方臉上戴著口罩卻動也不動，連口罩隨呼吸起伏的氣息都沒有，誰看了都會以為是尊假人，范怡芳靠近細看，才伸手要摸。

「妳不是這裡的住戶請出去。不然我們要以非法入侵報警處理。」管理員冷冷地說。

「伯伯，這棟大樓鬧鬼，你值夜班會怕嗎？請問你相信王美齡是被鬼所害的嗎？能請你發表一下看法嗎？」范怡芳不死心地問。

「再不離開我要報警了。」管理員拿起電話。

「是的，從管理員的回答來看，相信大樓主委已經對管理員下了封口令，要求每位管理員用口罩提醒自己該噤聲，避免不小心說了不該說的話而丟掉工作。希望警方早日讓案情水落石出，查出犯人究竟是鬼還是人。另外呼籲怡尚苑的主委不該限制管理員的發言，以制式化的答案來搪塞記者的發問，電視機前的民眾有知的權利。以上是記者范怡芳在現場為您做的第一手報導，現在將鏡頭還給主播。」

攝影機停止錄影，范怡芳板起臉孔對管理員說：「老伯，你是怎樣？說兩句話會要了你的命嗎？不過是有沒有、是不是、會不會，這麼簡單就能回答的問題。莫非你是人型機器人，只設定會講這些話？還是說你們主委真的不准你們在鏡頭前公開發言。」

管理員沒搭話，他懂多說多錯的道理，加上來了這些煩人的蒼蠅記者後，他一刻打混的時間都沒有。可怕的鬼他活了這麼一把年紀一個都沒見過，倒是可怕的人他遇過不少。所以誰比較可怕？到底該怕誰？如果有記者問他這個問題，他已經想好該如何回答。

范怡芳見硬的不行，口氣和身段立刻放軟說：「大哥，這是我的名片，求求你接受我的專訪啦，我會幫你上馬賽克還有改聲音，這裡管理員那麼多，沒人會知道是你的。十分鐘的專訪有三萬元車馬費，何時何地都可以，只要你 call 我，我們絕對比得來速還快，拜託拜託。大哥，幫幫忙好嗎？」

「請問是警局嗎？這邊是索羅路三十七號……」管理員拿起話筒一如法官手上定案的槌子，范怡芳見情勢不對立馬手刀直奔大門外，攝影師氣喘吁吁跟在後頭。離出口還差那麼一點，范怡芳的高跟鞋卻無預警的斷跟，雙手攤開試圖保持平衡的畫面，讓她看起來像撲向終點線的跑者。

范怡芳和攝影師風光進去卻落荒而逃，外面的同業見兩人踉蹌出來，紛紛給予最熱烈的嘲笑，范怡芳跌跤的畫面在各家新聞台一再重播，那是別家新聞台都有、他們獨無的一日，她站上了新聞史上最為人津津樂道的一章。

■二〇一五年九月十六日十一時四十分

●地檢署

洪智多檢察官用手遮住呵欠，不想被人發現疲態，最怕被人虧這年紀該退休在家陪孫，而不是還在東奔西跑辦案。一旁的書記官百無聊賴地滑手機等待。門開了，一名小員警領著吳添才和李雲光律師進來。

「兩位請坐。李律師，每逢大案件定會遇到你，這裡也像自己家了，就不多招呼。」洪智多說，書記官在一旁調整錄影機。

「洪檢察官，發生這麼奇怪的事件，連我的當事人都無法理解，況且家人發生不幸已經夠傷心、公司也有很多事情在等他處理，是不是能把偵訊過程簡化點？」

「奇怪不奇怪，也不是你我說了算。各種案件我們都看多了，再奇怪的都要抱持平常心看待。李律師，偵訊過程你很清楚，但這是規矩恕我多言，你只能陪同偵訊不能發言，請務必配合。」洪智多說罷，用手揉揉眼睛，難掩疲倦的神情。

這幾天洪智多不斷從警方回傳的監視器畫面記錄報告和屋內指紋比對報告尋找這案情的疑點，吃喝拉撒睡都在辦公室處理，老婆要孫子與他通話，想藉柔情攻勢逼他回家。他想想真的該服老，把這最後的燙手山芋給處理好，讓年輕小夥子知道薑還是老的辣，自己就能光榮退休。

「我就坐在這，看看有沒有不當的引誘問訊，沒有不當的發問，我不會插嘴的。」李雲光不甘示弱地回話。

吳添才開口：「在問案之前，李律師和書記官可以迴避一下下嗎？我想和洪檢察官借三分鐘說幾句話。」

洪智多說：「很抱歉，檢察官不能私下和關係人相處，我要避嫌以免影響案情。」

「據聞洪檢察官以正義感聞名，大家都熟知洪檢察官的為人，如果我真的有犯罪，就算我說破嘴也不會放過我。將來不管這案情的結果如何，三分鐘不至於影響案情，也不會影響社會大眾對洪檢察官的評價。」吳添才曉得洪智多個性嚴謹，這是他唯一的機會。

洪智多聳聳僵硬的肩膀，輪流用手捏兩肩，說：「三分鐘，我先提醒吳先生，如果言談中涉及賄賂，無論明示或暗示都罪加一等，請注意自身言辭。其他人請先在外稍候三分鐘。」

門一關上，吳添才一派輕鬆地坐在椅子上，手持著硬幣在桌上旋轉著，自顧自地說：「遇到這種事，最倒楣的人應該是我吧？老婆死得不明不白，我還被當成嫌疑犯。洪檢察官您想想，我什麼都有了，有什麼正當理由去殺我老婆？就算要行凶，我有必要把事情弄得眾所皆知？這不是引火自焚嗎？」

硬幣屹立不搖地轉，洪智多移開盯著牆上的視線多看桌上硬幣兩眼，沒有搭理吳添才的話，試圖挺胸縮腹來減輕腰背部的不適感。洪智多心中打定主意，無論吳添才原本打算做什麼、說什麼來動搖他辦案，只要三分鐘結束，吳添才就會徹底死心。

「檢察官的工作很辛苦吧，忙東忙西的，就像這枚硬幣一樣停不下來，我也是。」吳添才的聲音變得既舒眠又無法抵抗，透過話語暗示，洪智多盯著桌上旋轉的硬幣看，「誰不想好好休息呢？洪檢察官也是吧！」

洪智多被人說中心聲，卸下心防點頭，吳添才語調像節拍器被調慢一樣問著：「洪檢察官為了辦這案子，應該好幾天沒有回家好好休息了吧。」

吳添才知道如何將金錢的力量發揮到最大，也知道極限。用來收集洪智多這幾天的生活作息、和家人關係，以及是否有不為人知的祕密是金錢可做的。想關說、恐嚇、行賄洪智多，再多錢也派不上用場。

「我很願意配合您的辦案，這樣洪檢察官就能早點回去睡上舒服的一覺，也可以與孫子共享天倫之樂，只要洪檢察官回答我一個簡單的問題，可以嗎？」吳添才速度似乎又更慢地說，洪智多必須更專注在吳添才說話的內容上。

「嗯？」洪智多的反應似乎也跟著被調慢。

「1、2、7、8、9、加、5、6、3、7、3、是、多、少？」吳添才的聲音像從水面上傳給在水中的他，那些字像悠遊的魚，慢慢往他耳內游。

「1……2……7……？」洪智多邊回憶邊慢慢複誦吳添才念出的數字，吳添才突然彈指。

「以後看到我彈指頭就聽我指令。」吳添才的口氣瞬間變得強硬，前面的問話步驟像機關環環相扣，引導對方在不知不覺中認同他說的每句話，只要洪智多憑直覺的同意他所說的前三句話，大腦對說話者就會產生某種程度的信任感。接著他在之後的話語中藏下催眠的引信，對方大腦不但會受騙，還會被控制。

「我老婆精神耗弱，整天關在家裡鮮少與外人接觸，就醫時間前前後後有十六七年，平常有夢遊的習慣，所謂的鬼殺人事件可能只是她自己的夢遊，懂了嗎？而且如果真的有人是凶手，那也會是別人不是我。你應該知道黃玉茹跟我的關係，因為她和我關係特殊，所以我無法對人坦白凶手可能是她，但憑洪檢察官的能耐應該可以揪出真正的凶手。至於我，我什麼都有，怎麼可能冒著失去所有的風險只為了殺一個跟瘋了差不多、而且對我一點威脅也沒有的人。當我再彈一次指頭，你會忘記我跟你說過的話，以為剛剛睡著了，但一調查此案就會想起這些線索。」

短短幾秒說完一連串話後，吳添才彈了彈手指，只見洪智多打了盹然後驚醒望望四周。

「抱歉我好像……你剛要跟我說什麼？」洪智多死命睜大雙眼問，瞥向牆上時鐘，三分鐘在不知不覺中已經到了。

「沒事，洪檢察官好像很累，才剛坐下彼此還沒說到話，您就開始閉目養神，怕叨擾到您，還在遲疑是要叫醒您還是請人進來，您一下又醒了。既然說好的三分鐘也到了，就遵守約定不再佔用您的時間，避免旁人多說話。」吳添才開門請門外等待的書記官和李雲光進來。

四人在問訊室內，攝影機直對著吳添才，記錄偵訊過程的聲音和影像，洪智多問：「吳先生，從警方的筆錄資料中看到，你提到王美齡女士有可能是被鬼所殺害，並提供錄製到無法解釋的三段影片給警方做參考。想請教吳先生在事件發生之前，王美齡女士有什麼怪異的行為發生嗎？」

「美齡的精神狀態一直不太好，足不出戶好一段時間了，不見任何朋友、不參加聚會，除了我之外，抗拒和其他人有過多的接觸。美齡曾經在家受傷過幾次，問她，她也說不上來為什麼受傷，因為擔心她的狀況，請過不少看護但全被她趕走，連看醫生都需要我親自陪同。」

「後來有查明王美齡女士受傷的原因嗎？」

「經醫生鑑定她有夢遊症，她的夢境太貼近現實，所以無法區分兩者，會把夢境當成現實。她的夢境是跳躍式，可能一下是洗澡、一下是洗碗、一下是上廁所，旁人來看就是她光著身體滿身泡沫在廚房洗碗，然後蹲在原地上廁所。所以身體常有摔傷、割傷、刀傷、燙傷的痕跡，不知情的人還以為她遭到家暴。最危險的一次是美齡夢遊時燒開水，沒有關爐火，煮沸的水將爐火給熄滅，瓦斯外洩到鄰居報警，逐戶調查後才沒釀成大禍。」

「王美齡女士有固定就醫，對她的病情沒有什麼幫助嗎？」

「美齡的狀況時好時壞，她父親過世那段時間她很自責，常喃喃自語說不是父親性侵她，是鬼附身在父親身上，所以是鬼性侵她，不是父親。甚至惡化到覺得周遭的人都被附身、都要害她。半夜有時會見到美齡站著，一人像分飾多角用不同的聲音說話。醫生開的藥物幫助很有限，除非劑量大到讓她昏睡爬不起床，不然她還是會勉強下床做夢境中的事情。因為之前美齡小傷不斷的原因，我請專家到家中把潛在危險因素都拿走，刀、玻璃、桌角都處理掉，餐具換安全塑膠器皿，地面也全都做了防滑處理，監控系統只要察覺有煙有水有瓦斯，五分鐘內保全就會趕來處理。最近美齡的狀況比較穩定，據醫生表示她漸漸走出父親過世的傷痛，可以區隔夢境和現實，藥物的劑量也遞減。都怪我對美齡的夢遊病情過於樂觀，沒想到最後她還是沒走過這難關，都怪我，都怪我。」

「吳先生請節哀順變，沒有人希望看到這種結果。雖然不近人情，但案子早點水落石出對王美齡女士和對你都好，容許我繼續問下去。為什麼你會在家裡架設攝影機？」

「美齡一直說家裡有鬼，原本為了安撫她家中無鬼，一切是她夢遊時的幻想，所謂的鬼據醫生所說，不過是她的多重人格罷了，經過她的同意才架設攝影機。結果出乎意料，竟然拍到一些我無法解釋的畫面，看過影片後我無法確定美齡到底是夢遊時發生意外還是……」吳添才沒有繼續說下去。

「事件發生之前錄到的影片中有盤子從櫥櫃飛出，還有不知名物體疑似穿牆的畫面，當時吳先生看到這兩段影片時沒有覺得驚恐嗎？」

「美齡遇害當天的攝影我有確實看過，因為影像內容太過怪異，我深覺美齡的死不單純，請人檢查我錄製過的每支影片中是否有出現奇怪的地方，所以那兩支影片的內容我也是後來才知道的。」

「除了這兩部影片有不尋常的地方外，還有其他影片中有出現嗎？」

「目前還沒有發現。說實話，本來只是把錄影當成安撫美齡的工具，最初錄製時，我們兩人會一起快轉畫面，從沒出現過美齡口中所說、眼中所見的鬼。我發覺美齡開始出現有鬼的幻想時，讓她確認錄影的影片都沒有異常，她的情緒也會穩定下來。如果美齡精神狀況還好，我們不會特別去檢視裡面的內容。」

「這部分對我們來說會是很重要的線索，吳先生是否能將曾經錄製的所有原始影片檔交給我們。」

「當然，當然。」

「另外根據王美齡女士可能遇害的影片中，時間顯示為中午十二點半，請問吳先生那時人在何處？」

「我當天早上十點多到一點多都在友人家中，因為下午三點美齡和醫生有預約，我一點半左右從友人家離開，兩點多一進家門就發現美齡躺在地上不動，叫她也沒有知覺，所以趕緊叫救護車。」

「你早上十點到下午一點多，在哪位友人家中做了哪些事？」

「這……」

洪智多見吳添才支支吾吾，便先說：「筆錄中寫友人是住金富大樓十三樓之二的黃玉茹女士，是嗎？」

「是。」

「你們做了哪些事？」

「近十一點一起用早午餐，聊一下天，我有午覺習慣，差不多從十二點睡到一點多，起床後稍做整理就離開對方家。」

「這部分我們會調出監視器好好調查吳先生說的是真是假，還有什麼要補充的嗎？」洪智多知道吳添才說的是實話，拿到的監視器畫面從頭到尾只有出現黃玉茹在王美齡可能遇害的時間點，現身在怡尚苑的停車場並搭電梯到六樓。

洪智多見吳添才沒有要多說明的意思，起身說：「謝謝吳先生的配合，今天先到這，若還有疑問需要幫忙的話，再麻煩你了。」

吳添才跟洪智多握手致意，「洪檢察官辛苦了，也麻煩您了。」

李雲光跟在吳添才身後離開，吳添才突然在門口停下腳步，想到什麼的轉身彈了手指，測試地說：「對了，我希望案件趕快落幕回復到平靜生活，請洪檢察官交代員警們不要再調查，也不要再出現在我周遭，他們真的對我造成極大的困擾。」

洪智多安靜地點頭。

吳添才又彈一次手指，有禮地鞠躬說：「抱歉做這要求，公司有要事需要我處理，就先失禮了。」

洪智多摸摸後腦勺、扭扭始終僵硬不適的肩膀說：「不送，慢走。」

■二〇一五年九月十六日十四時整
●地檢署

「黃小姐，根據妳在九月十五日的筆錄資料中陳述，吳添才先生於九月十四日當天，從早上十點到下午一點四十都待在妳的住處？」洪智多問後，喝口熱茶醒醒神。

黃玉茹以點頭代替回答，李雲光面無表情坐在一旁，書記官將問訊內容輸入電腦，攝影機對著黃玉茹，記錄書記官可能遺漏的部分，也避免被指控不當問訊時當成證物使用。

「黃小姐，之前筆錄中妳堅稱早上十點到下午一點四十間和吳添才先生一起待在金富大樓未曾離開，但請妳仔細想一想，九月十四日的中午十二點零七分，妳是否駕駛車號 WU-8888 的白色跑車離開金富大樓？」

「好像有，對不起，不知道是太緊張還是怎樣，我真的，不是在找理由或藉口，我對三天前的細節，無法……記得那麼清楚。」黃玉茹右手緊抓住左手，好讓自己不至於抖得太過厲害，聲音卻掩蓋不了，因為發抖的緣故，說起話來斷斷續續。

「黃小姐不用太過緊張，我們只是正常程序問話，只要照妳知道的、做的，誠實敘述就好。」

「好。」

「我們調閱金富大樓所有監視器的畫面，確認黃小姐在九月十四日的上午十一點五十分從十三樓住處搭乘電梯至地下一樓停車場，十二點零七分駕駛車號 WU-8888 的白色跑車離開，下午一點十八分駕駛同輛車子返回住處。先請問黃小姐，那段時間既然妳不在，又怎能證明吳添才先生始終待在屋內沒離開？」

「吳先生一週來這兩三次，他在家時平常凌晨四點就起床辦公，十點左右到我這一起用過早午餐，就會小睡一兩個鐘頭。假如我沒叫他便睡得不省人事，不管多吵的聲音都影響不了他。我出門時他在睡覺，回來時還躺在床上，所以肯定他沒起床過，更不用說出門了。而且照你剛剛所說，吳先生有沒有離開，你們從監視器畫面就可以知道，既然都知道答案，何必多問我這個問題。」

洪智多發覺話題圍繞在黃玉茹自身時，她會緊張到發抖結巴，若牽扯進吳添才，她卻竭盡所能替吳添才可能涉案的地方果斷辯解，也就是說就算兩人共謀這起案件，最後她會為了保護吳添才，而一肩扛起殺害王美齡的責任。畢竟無論金富大樓或怡尚苑的監視器畫面中，都只錄製到黃玉茹一人的影像。如果真是吳添才借黃玉茹的手殺人，黃玉茹不願抖出幕後黑手的話，躲在遠方操控傀儡的吳添才便能全身而退。

「黃小姐請不要介意，這只是正常的問案程序，我繼續下一個問題，雖然事隔三天，黃小姐可以回答那天出門去哪裡？做了什麼？」

「就……就……就……出門繞繞，順便買點東西。」黃玉茹囁嚅地回答。

「可以確切地告訴我們場所嗎？以及在那買了什麼東西？是用信用卡付款還是有發票可以供我們核對？」

「這……我記不得了。」

「從我手上的資料來看，妳於十二點三十五分駕駛同款白色車輛進到怡尚苑停車場，停在專屬六樓之一的停車格。有幾點想請黃小姐配合說明：一，吳添才先生是否有將停車場出入的感應器和住家鑰匙交付給妳？」

黃玉茹後悔因那天一時衝動，陷入王美齡命案的泥淖。她緊張地看李雲光，希望有解圍的方法，讓自己不用解釋之前所說的謊言以及到怡尚苑的原因。李雲光的眼睛直盯著她，似乎也在等待答案。

黃玉茹腦海裡努力要生出更多藉口，卻浮現那位結巴警察所說的，「一個人的信用是有限的……沒有說謊之前，我們都會合理的懷疑他了，如果他……我們都不會相信了。」

她決定誠實，面對接下來所有不利於自己的問題。還沒開口回答，一想到自己已經多次扮演放羊的孩子，眼前的檢察官肯定不再相信她的答案，會認為那是為了掩飾謊言的謊言。她的淚珠斷了線，止不住地嘩啦啦掉落出來。

洪智多從口袋拿出面紙包遞給黃玉茹，眼神盡是關心，「黃小姐，妳還好嗎？要不要先休息一下再繼續？」

李雲光態度蠻橫地替黃玉茹先回答：「很抱歉，我當事人目前的狀態的確不適合接受問訊，老樣子，就休息半小時吧！」

休息時間李雲光帶著怒氣說：「妳到底在搞什麼？妳說。連去過怡尚苑這麼重要的事情都不說？如果只害自己也就算了，現在不僅害我面子不保，被人笑說連我的委託人都騙我。喔，我先把話說清楚，委託我幫妳辯護的是吳先生，所以妳也不算我的委託人，千萬不要告訴別人我李大律師是妳的委託人。我剛說到哪裡，對了，妳不僅害我面子不保，還會害吳先生被無端牽扯進殺人共犯之嫌，是不是？」

黃玉茹稍稍止住的淚水，被李雲光一吼，又被震出。

「如果哭可以解決問題，換我哭給妳看也可以，嗚嗚嗚。」李雲光粗魯地裝哭後又回復一臉無情問：「我說黃小姐，王美齡既然是妳殺的，就乾脆一點承認吧，不要再浪費大家的時間或是拖累吳先生了。」

「我怎麼可能殺王美齡？」

「怎麼不可能？很多人腦袋常常不知道哪根筋不對，等自己意識到時，已經殺人了。」

「我沒有。」

「那妳去找王美齡做什麼？姊妹談心嗎？鬼才信。」

「我想勸她和吳添才離婚。」

「勸？妳以為妳是誰？人家好好地做大奶奶享清福，妳勸人家什麼？哼！勸不成，所以就動手了？」

「我真的沒有。」

「不要傻了，黃小姐，」李雲光加重語氣說：「就目前線索來看，人就是妳殺的，妳以為一直說沒有，別人就會買帳嗎？」

「到底要我怎麼說你才會相信？」

「我好歹是吳添才替妳聘請的律師，姑且將妳說的話照單全收，但不是讓我相信就夠，重要的是如何讓媒體相信，塑造妳比王美齡更悲情的形象，才會往妳這一面倒。如何讓法官相信妳和吳添才都是無辜且不知情的第三者，兩人才能無事。」李雲光來回踱步，思索著解套的說詞，他心裡清楚依目前的情勢，黃玉茹是保不了的，但正因為所有線索不利於她，恰好可以用來保全吳添才。只要讓黃玉茹不斷用謊言包覆謊言去吸引所有人的注意，當所有觀眾厭倦一再更新的編撰情節，矛頭就會全指向黃玉茹，吳添才有了擋箭牌才能趁隙逃脫。

「有了，就說妳和王美齡是舊識、是好姊妹，說她以為妳是吳先生公司的員工，說她表示有東西想送妳，因為自己精神不佳不方便出門，所以託吳先生要妳去她家一趟，所以有出入的鑰匙。至於妳們怎麼認識的，妳再好好琢磨一下。」

「你剛剛不是說我要是和王美齡談心鬼才會信嗎？」

「對，如果連鬼都能被妳騙倒，那人還有不被騙的道理嗎？」李雲光再度翻轉說法。

「這……」黃玉茹遲疑著，但李雲光的解釋目前聽起來都合情合理，「那王美齡的死又該怎麼說？」

「我會請吳先生配合說王美齡其實知道妳和他的不倫關係，只是假裝不知情。接下來我們就可以借力使力，讓媒體和法官相信王美齡精神狀態極差，在自殺之前想拖人下水陪葬，所以藉這方式嫁禍給妳，也能讓吳添才難脫教唆或共犯之嫌，這是王美齡藉由自殺的一箭三鵰之計。李雲光，李雲光，你怎麼那麼聰明？哈哈哈，我真是佩服我自己，怎樣，高招吧！記清楚了嗎？等會就這麼說，別又搞砸了。如果妳再說錯話，那王美齡的毒計不僅害慘妳，連吳先生都一併遭殃。吳先生那麼照顧妳，妳可不要讓他成為箭靶。」

「不會的，我知道該怎麼做。」黃玉茹甘願為吳添才繼續喊著「狼來了」這可能已經沒人願意相信的話。

回到偵訊室，洪智多重複剛剛黃玉茹還沒回答的問題，她囁嚅說著：「我，和王美齡，在一次聚會中認識，我為了，接近王美齡，便騙她。她和我，一見如故，邀我，去她家作客過幾次……」

黃玉茹知道謊言一旦開始就無法回頭，像駕駛著沒有煞車的車輛，要閃避對方言詞的進逼詰問和自己的良心，最後的下場當然不會有好結果。她很清楚，但還是冒險上路，只為了不拖累吳添才。

洪智多見黃玉茹停止回答，便適當出聲提醒，「黃小姐，我有在聽，請繼續。」

黃玉茹見李雲光在一旁板著臉，似乎對她的表現不滿意，只好硬著頭皮將油門踩到底，說：「事實是這樣的，我懷孕了，被逼迫而懷了吳添才的骨肉，為了讓吳添才身敗名裂，為了讓他嘗嘗被所愛所信的人背叛的感覺，我曾多次假意表達想一起共組家庭，要吳添才早早與王美齡離婚。我知道吳添才對王美齡早已沒有愛，只是出於道義在照顧她，但他知道公司集團內還有許多王勝豪過去的人馬覬覦他的位置，離婚這事會引發公司內鬥讓他地位不保。我想了許久，這條路既然行不通，我就反向操作，企圖讓王美齡對吳添才死心。吳添才在一次談話中，不經意透露王美齡會出席某一場慈善晚會，當天我也到場，找到機會和王美齡攀談。知道王美齡愛小孩卻因流產後無法順利懷孕，所以邀約幾日後一起去醫院關懷癌症兒童，有了第一次就有第二次、第三次。我當初接近王美齡的目的是為了取得她的信任，才能挑撥她和吳添才的感情，順便看看吳添才有沒有什麼弱點或把柄。王美齡很少與外面接觸，見面幾次就把我當成是她的知心好友，開始掏心掏肺，我也不時陪她一起散步、喝下午茶或用餐，我們開始以姊妹相稱。」

「嗯！請繼續。」洪智多見黃玉茹像變成另一個人，和剛進來時的擔心受怕不同，一心一意往火裡去。他不在乎黃玉茹換了幾套新說詞，無論哪個版本是真哪個是假，一定會有重要線索藏在話中，就算刻意隱藏也一樣。穿再多謊言衣服，也禁不起事實的炙熱拷問，總有坦誠面對的時候。

「一開始吳添才很生氣也懷疑我為什麼要接近王美齡，我告訴他以後如果被狗仔拍到我和他的照片，對外對內都有合理的解釋，吳添才覺得有理，偶爾也會三人共同活動。我推敲設計每個細節，見時機成熟，一次與王美齡相處時，我將手機放桌上假裝去廁所，把一個新電話號碼的來電顯示名稱改為吳添才。在廁所時假冒成吳添才傳訊到手機，大意是說他知道我懷了他的孩子，會盡快把那個瘋婆子處理掉，我們就可以名正言順在一起。原本想看王美齡對吳添才的失望模樣，但她裝作若無其事繼續與我談天說笑。原本目的只是要讓王美齡與吳添才關係變差而離婚，一見到她沒有自我、處處與人為善、怕得罪人的樣子，我就決定傷害她。談天中途我低頭看自己手機，閱讀訊息後久久不說話，裝出難過神情，王美齡明知故問我怎麼了。」

「妳當時怎麼傷害王美齡？」洪智多也對黃玉茹口中的故事發展感到好奇。

「我在她面前哭，欲言又止，最後崩潰地要她先原諒我，我才敢說。想當然耳，她還是一副爛好人的樣子，緊緊抱住我說：『妳是我妹，不管什麼事，姊姊都會原諒妳』。我立刻跟王美齡道歉自己不想事情演變成這樣，但在一次酒會中巧遇吳添才，那天他見我酒喝多送我返家，我把吳添才當大哥信任，卻遭他強暴又被拍下不堪的照片和影片，他以此要脅逼迫我持續與他發生不正常的關係。我騙王美齡說自己沒臉見她也對不起她，更怕她知道吳添才的真面目後會受不了，所以減少來她這走動。我盼她原諒，將剛剛收到的簡訊給王美齡看，我告訴她自己恨吳添才都來不及了，怎麼可能和他結婚，寧可傷害自己，也不可能傷害情同姊妹的她。又說，自己一度輕生想一了百了，在醫院被救回時發現有了身孕，吳添才勸我肚裡孩子是無辜的，說最大的遺憾是沒有自己的孩子，要我生下來。我跟王美齡說，孩子我會生下來，但不是為了吳添才，而是為了她。我哭說幾次一起參加關懷弱勢的活動，知道她不管那個孩子是否健康或殘缺，都像疼自己孩子一樣疼對方，雖然我腹中的孩子是個錯誤，但可以讓她和我彼此的人生缺憾有被彌補的機會，請好好照顧孩子，因為那時我可能已經不在了。」

洪智多見黃玉茹邊說邊掛著兩行淚任它流，說到激動處咬牙切齒，最後又帶著深深悔意，聽得自己也動容而跟著眼眶泛紅。一旁的李雲光聽到黃玉茹說自己被吳添才強暴且懷孕時，吃驚不已，轉瞬想連他這堪稱是鬼的律師都能騙過，說不定她表現出來的好說詞和好演技也能讓自己逃過這一劫。

黃玉茹用手抹去臉龐的淚，繼續說：「或許是因為那個假訊息，讓王美齡對吳添才還有自己的未來產生不安，才發生後來的事件。我先回答第一個問題，鑰匙的確是吳添才給我的，我知道你接下來想問什麼、會問什麼……」

洪智多見她說話時蠻橫挑釁的態度沒生氣，只是好奇剛剛休息的半小時內，黃玉茹經歷了什麼人生的轉捩點？

「我也很好奇自己下一個問題會是什麼，黃小姐請說。」洪智多覺得有趣。

「你會問，二，吳添才把鑰匙交給妳做什麼？三，妳去怡尚苑做什麼？四，王美齡是不是妳殺的？五，給妳鑰匙的吳添才是不是共犯？」

「既然黃小姐知道我的問題，就麻煩妳了。」洪智多面帶讚許的微笑，李雲光也點頭附和表示認同。

黃玉茹照李雲光的說法回答二三四的問題，洪智多開始覺得不有趣了，直想黃玉茹是真的傻到以為這說詞可以讓法官相信？還是真笨，不知道自己讓李雲光利用當了代罪羔羊？或者出於愛吳添才的心，所以冒著被拆穿的風險？搞不好凶手就是黃玉茹，她現在多套版本的故事只是為了迷惑檢方辦案。

最後五的答案，黃玉茹說：「對。」

李雲光嚇得從椅子上跌坐到地面，急著起身也忙接話：「妳剛剛明明說是王美齡編織妳入罪，又怎麼說吳先生是共犯？」

洪智多的臉瞬間變成如同阿修羅般兇惡，對李雲光說，「李律師很抱歉，這裡的規矩你比誰都清楚，再違反規定一次，就請你出去。」

李雲光自知理虧不敢辯解。

「黃小姐，可以解釋吳先生是共犯的原因嗎？」

「如果吳添才沒有強暴我，如果他不逼迫我留在他身邊，如果他讓我把肚裡的孩子拿掉或放我去死，那王美齡也不會想到用這麼激烈的方式來陷害我和吳添才。她的死確實和我有關，所以我承認王美齡是我殺的。同樣的，吳添才也有責任，理當也是共犯。」

「原來如此，我這邊還有幾個問題想請教。」洪智多開口：「黃小姐，照妳所說，王美齡以自殺方式陷害妳和吳添才兩人成為嫌疑人，請問妳進到王美齡住處時，看到什麼？發生什麼？」洪智多問。

「一進到屋內就看到王美齡趴在地上，以為她昏迷，走近才發現她流了滿地血，無論怎麼叫她都沒有反應，我害怕得不知如何是好，準備打電話求助時想到，如果我被當成殺人犯，那肚裡的孩子該怎麼辦？於是趕緊洗掉手上的血後離開，假裝自己沒有進門過。」

洪智多不清楚黃玉茹為什麼添加這段，王美齡的死亡現場非常完整，沒人破壞過，況且報告中屋內浴室和廚房流理台根本沒有血跡反應。

「妳返回住處後，吳添才先生有問王美齡拿了什麼東西給妳嗎？」

「我跟吳添才抱怨王美齡在耍我，約我去找她，但按了門鈴和撥手機都無回應，我在門外呆等了半個多小時才終於放棄。」

「這事件後，吳添才先生有主動跟妳聯絡嗎？」

「我有打電話給他，但聯絡不上，直到快傍晚他才回撥。」

「你們說了什麼？」

「我說看到新聞報導嚇了一跳，問他到底發生什麼事？是自殺還是他殺？跟吳添才強調我是清白無辜的，連屋內都沒進去怎麼可能殺了王美齡。」黃玉茹繼續補充：「反正如果是他殺，我本來就不是凶手。」

「吳添才先生怎麼說？」

「他說相信我，要我別多想這事，也別對外說當天王美齡曾找我及我過去的事，免得遭外界誤會，還要我別擔心，好好照顧自己身體及肚裡的孩子就好，剩下的他會處理。電話沒談五分鐘，他說累了，想好好休息。」

「再之後，還有聯絡嗎？」

「每天都是我主動打給他，他有空時才能通話，每次內容都差不多，要我照顧身體，以及他現在要忙公司和王美齡的後事，還要配合警方調查，對於無法兼顧到我感到抱歉。」

「我的問題結束了，黃小姐還有要補充的嗎？」洪智多也開始疲累。

黃玉茹搖頭。

洪智多從一旁取出印泥和文件說：「黃小姐，再麻煩妳照這張紙上所標示的手指位置，分別留下大拇指、食指和小指的指紋。」

黃玉茹照做，李雲光一臉疲倦地起身伸懶腰說：「洪檢察官，可以了吧！該做的都做完了，該問的我們也答了，我可以帶我的當事人離開了嗎？」

「李律師，很抱歉，由於黃小姐涉嫌重大而且有跟吳添才串供及逃亡之虞，已經申請羈押禁見獲准。」

「洪檢察官，你現在是在玩我嗎？我的當事人都已經配合你們實話實說，你們也都保存了相關證據，有羈押禁見的必要嗎？剛問訊完誰不累，更何況是一個有孕在身的人，你的心是被狗啃了嗎？好歹讓我的當事人回去平撫心情，不要動到胎氣，若有意外，你們誰要擔起責任？你沒聽她說一切都是王美齡的自導自演嗎？」

「這部分我們還要再調查清楚才知道是否屬實，如果無法查明王美齡女士究竟是自殺或他殺，或者因他殺而凶手不明，案情進展不順利，拖延幾個月，最大嫌疑人黃小姐在看守所內待產也說不定。」

「我真的沒有殺王美齡。」黃玉茹雖然打算犧牲自己，卻沒要肚裡的孩子一起受罪。

「黃小姐，我並非在為難妳，只是從客觀條件來看，有這麼做的必要。」

「洪檢察官我求求你，人真的不是我殺的，就請你看在我懷孕的分上，不管什麼條件我都答應。」

洪智多苦等到自己要的關鍵字，內心竊喜卻裝出為難表情，「如果黃小姐願意接受測謊，若結果顯示王美齡不是妳殺的話，我就立刻撤銷妳的羈押禁見處分，願意嗎？」

李雲光氣得急跳腳，大喊：「我的當事人沒有殺人，我們拒絕接受測謊。洪智多你有種、有本事，就真的把黃玉茹關到生產，你不知道有多少媒體追這新聞？我一定要媒體撻伐你沒心沒肝的做法，讓你在檢察官生涯留下罵名。」

「不接受測謊就羈押到案情水落石出，還是李律師你自己真的可以說服法官拒絕讓我們羈押她？」洪智多鐵了心，如果怕臭名而輕縱放走凶手，自己都無法原諒自己。

「你們這些當警察、檢察官和法官的，除了威脅、恐嚇、逼迫我的當事人外，你們還會做什麼？」

「李律師，你言重了。我是為黃小姐好，是建議，不是威脅，也請你對執法單位不要誤會和以偏概全，我們應該彼此信任，這樣對案情才有幫助。」洪智多說話四平八穩，看似有禮，卻暗藏著刀插進對方耳內。

「你……」李雲光無話可接，畢竟監視器畫面中清楚出現黃玉茹的身影，不管法官多憐香惜玉，最後的結果的確會照洪智多所言。

「黃小姐，測不測謊不需要妳的辯護律師同意，妳可以自己決定。」

黃玉茹沒有退路只能點頭。

「謝謝黃小姐的配合，今天還是要勞煩黃小姐委屈點待在這，我們會盡快完成所有作業，讓黃小姐早日回去休養，再忍耐一下。」洪智多安慰著。

「妳沒事答應測謊做什麼？如果沒通過，妳的立場會更麻煩，吳先生也會被牽連，知道嗎？打從當律師起就沒看到那麼愛自作主張又蠢的當事人，真的很麻煩耶。好吧！好吧！妳愛測謊就測謊、妳要羈押就羈押吧，我也懶得來見妳，妳最好另請高明，自己好自為之吧，別再浪費我的美國時間，再見。不對！是再也不見。」李雲光邊罵邊收拾自己的東西氣呼呼地離開。

書記官抬頭問：「這段話要記錄嗎？」

洪智多點頭，心想第一次看氣盛的李雲光被氣成這樣，肯定他也覺得這案件很棘手。黃玉茹不受控，讓他布好的棋一下都亂了。

「那今天偵訊到此為止了嗎？」書記官又問。

洪智多才剛點頭，黃玉茹卻開口：「我剛有一部分說了謊，我從頭到尾都沒進過王美齡的屋內，所以屋內的王美齡發生什麼事我也不知道。」

洪智多感到吃驚，雖然疲累到不想再聽新版本的故事，但想到是退休的最後一案，於是邊對書記官示意繼續記錄，邊開口說：「黃小姐，妳的律師剛剛離開了，要不要等律師到場再開始問訊？」

「不用了，他不是我的辯護律師了。」

「需要我們幫妳找辯護律師？還是妳現在可以聯絡到？」

「這些以後再說，沒有辯護律師不能偵訊嗎？」

「出於黃小姐自身意願當然是可以，那就開始吧，為什麼現在才承認剛剛說謊？」

「我不想因為測謊失敗而害了吳……」黃玉茹改口說：「害了我肚裡的孩子。」

「除了妳從沒進過王美齡住處這一點是謊言之外呢？」

「吳添才沒有強暴過我。」

「這麼做的目的是要讓法官相信妳不會包庇他？」

「對。」

「還有呢？」

「不是王美齡找我，是我自己去找她。」

「妳找她做什麼？」黃智多改口：「麻煩黃小姐把真實的狀況完整陳述一次。另外，再跟黃小姐確認一次，真的不需要找李律師回來或是委託其他律師？」

「不用了，那我開始了。我知道吳添才有午睡習慣，所以趁他睡著後取走他的鑰匙，那串鑰匙只有車子鑰匙、大樓遙控柵門的遙控鎖和電梯的感應卡，沒有住家的鑰匙。我順利進到怡尚苑停妥車，坐電梯到六樓，我按門鈴好幾次都無人應答，心裡納悶明明是王美齡去看診的日子怎麼可能會不在家，加上她這一年幾乎沒主動出過家門，撥手機給她卻是空號，想到自己好一陣子沒跟她聯絡，所以她換了號碼也說不定，又在門外等了一陣子才回家。至於我找王美齡的原因是我不想孩子出生後，分到的是一天只能出現幾個小時的爸爸。我也確實做過將手機放桌上讓王美齡看到假訊息，誤會吳添才會選擇我，但她還是若無其事對待我，在她逐漸減少的人際關係中，我是唯一稱得上她朋友的人。王美齡對我好，我就開始躲，不再來見她，她像是刻意的，三不五時託吳添才送東西給我，製造我們見面的機會。我討厭裝好人的她，所以那天是來逼她和吳添才離婚，看看她還裝不裝得下去，只是沒想到……我不知道美齡會發生這種事……我還沒跟她說過半句對不起和謝謝……如果不是肚裡有孩子，我也會去死。這就是真實版本，也是我一直不敢面對的部分，因為我的自私和任性，傷害一個相信我、愛我，也願意幫助我、包容我的姐姐，但我沒殺王美齡，更沒想過要殺她。」黃玉茹說完後淚腺潰堤。

洪智多相信這是黃玉茹最後一個版本的故事了，至於凶手是不是她，不是由她說了算，而是交由證據來決定。

■二〇一五年九月十六日十九時零七分

●小馬家客廳

小馬、阿哲和雅子圍坐在客廳桌前，三人面對小馬請託雅子按比例忠實呈現出王美齡住家內擺設的模型發愣，一旁的電視重複播著三段近日在新聞台狂力放送的影片。

生性怕鬼的阿哲縮著身體邊看邊問：「小馬，你說這些都是經過設計，但依我看，不像用機關做出來的，是真的鬼吧，你不用安慰我了。」

「雅子仙姑說從影片中感應不到鬼。」小馬說。

「哪裡來的鮮菇？只知道我每天光聽『雅子』兩字，耳朵都快長菇了。」從搭檔以來，每天從小馬口中冒出雅子、仙姑、大師這串名字間轉換的頻率就不下十回。

「你就是愛貧嘴才沒女人緣。」雅子說。

「那弟子斗膽請教雅子仙姑，妳又是什麼原因，沒有男人緣？交往時間短也就算了，交往過的對象個個都慘。」阿哲習慣裝成長不大的男孩般說話。

「要你管！反正又不是要跟你交往。」

「如果仙姑說要跟弟子交往，我才真的要立馬跪下求饒。」阿哲才做下跪舉動，發現似乎說中雅子的痛點，急忙以正經表情改口：「弟子造口業了，請仙姑原諒弟子無心之錯，天將降大任於斯人也，希望仙姑專心普渡眾生，不要執著於世間男女情愛，方能成就大事。」

雅子突然像壓力鍋被掀開，一股氣冒出口，朝天花板嘶吼：「老天爺要我普渡別人之前，要先普渡我啊，我開心了，很多人也會跟著開心，不是嗎？如果情愛不對，老天爺為什麼要創造情？創造愛？創造男和女？老天爺，祢有沒有在聽？有沒有？」

「有有有。仙姑妳不要再激動下去了，沒必要那麼恨老天爺吧。如果更年期提早來，覺得身體燥熱……」阿哲話說一半。

「兩位，兩位，先辦正事好嗎？」小馬用手將兩人距離稍微分開要兩人停戰。

「好。敢問仙姑……這屋內……妳有沒有……感應到鬼？」阿哲繼續問。

雅子搖搖頭。

「這種體質很適合上節目表演，像幫人看病一樣，收費兩千可快速篩檢出自己或家人有沒有鬼纏身。房屋仲介更要聘仙姑當顧問，有雅子證明新屋或中古屋內絕對乾淨，就能讓買家安心，保證書一張五千。」阿哲當起賣牛奶的女孩，自顧自幻想著雅子的事業第二春。

「是到哪裡都會被人討厭吧！」雅子不以為然開口說，「連我都沒辦法證明到底存在不存在的東西，你要別人信我？如果我跟你說我感應到你背後有鬼、家裡有鬼，你看不著感應不到，反問我跟著你的鬼長什麼樣子，我也答不上來。那你會信我還是把我當詐財騙子趕走？」

「當然不信。」阿哲邊做攆走手勢邊說：「雖然早從小馬口中聽說妳的特殊體質，但還真的不知道細節，妳什麼時候開始發現自己的能力？」

「我初經之後就能感覺到我妹之外的鬼。」

「初經？妳妹？妳有妹妹？我沒聽過啊？妳的意思不會是……妳妹是……小馬你知道這事嗎？」

小馬補充：「我知道你怕靈異事件，所以避開這個部分，打從介紹你們認識之初，也交代過雅子千萬不要在你面前提，免得你不敢來。」

阿哲嬉鬧的神情一下變得像是要哭，咕噥著：「你現在說了，以後我還敢來嗎？」

雅子解釋：「她和我是雙胞胎，由於懷孕時所有養分被我吸收，她成了死胎，從我有記憶以來就能感受到她的存在。但感應其他鬼的存在，是我差點因月經大量出血而死的時候。」

「有沒有那麼誇張啊，女生會因為月經出血過量而死喔？當女生太辛苦了吧！雅子，哲哥以後一定會善待妳、罩妳，不會再亂開妳玩笑了，以後誰敢欺負妳，亮出哲哥我的名號。」阿哲把身體挺直，彷彿自己值得依靠。

「謝謝哲哥喔，一般女生當然不太會因月經死亡，但我遺傳自我母親有血友病，是第一重意外。血友病女性通常只帶基因不會發病，我不僅發病且身體的凝血能力比一般血友病病友都差，是第二重意外。意外的意外會被發現，是因為我抽血後血液自傷口噴出，像小小噴泉。醫生勸我母親要有心理準備，這孩子就算像睡美人一樣活在沒有紡車機的世界，長大後也很難活過月經的反覆煎熬。」雅子想到真正煎熬的不是自己，是內心不斷責備自己的母親，淚水就自臉龐流下。

「幸好妳的眼淚沒有跟妳的血液一樣像噴泉四射。」阿哲試圖轉移雅子的難過情緒。

小馬在雅子落淚前已經備妥面紙在口袋，話題到此，眼淚才剛在雅子眼眶打轉，小馬就將面紙遞向前。小馬想起警校受訓完後，執意搬回兒時與父母同住的舊家獨立生活，雅子多次暗示、試探關於妹妹的事，以及長大後的小馬是否還記得曾擁有過的能力。那時初當警察的小馬假裝忘了往事，像全新人物重返舊住處。好幾次小馬想對雅子道歉，要雅子原諒裝傻的他，想對雅子誠實自己其實看得到妹妹和其他靈體的事，選擇不說是怕雅子過度擔心。

雅子擦完淚，小馬貼心取走雅子用過的面紙，阿哲見小馬總是像有預知能力一樣，完美地替雅子走好下一步棋。雅子的好惡小馬能一眼看穿，三人聚會或加上雅子的約會對象共同用餐時，小馬選定的餐廳氣氛和餐點口味肯定讓雅子讚不絕口，每逢送禮，若與雅子交往過的那些男孩的暴投相比，小馬總能百分百命中雅子紅心。阿哲不是瞎子，瞭解小馬對雅子的情感，只是三人時常同進同出，沒想到日久就對雅子生出連自己都無法抑制的情感。為了不辜負兄弟，只好刻意在雅子面前塑造出見一個追一個的風流形象，看似忙著遊戲人間，退到不被人發現對雅子有情感的位置。

「如果眼淚像噴泉？我從出生後就接受治療，被迫吃苦，我是指藥，不論怎麼掙扎、生氣、抱怨、撒嬌……在我雙親面前一律無效，那段時間眼淚的確照三餐噴發。後來我不再有多餘的動作和淚水，吃藥時間到了，就在雙親或老師的監督之下服用那些藥，他們以為我屈服了或長大會自己想了，卻不知道假意的順從不代表不排斥、不反抗。雙親和老師不再要我張嘴讓他們檢查藥物是否真從口入，於是我神不知鬼不覺的吐掉那些伴我多年的藥，以為脫離藥物人生才算擁有真正的健康。不幸中的大幸，我應該是個幸運女孩，拋棄藥物那段時間沒受過什麼大小傷，順利瞞天過海好一陣子，我覺得那真的是我生命中最健康的一段日子了。」雅子深吸了口氣，好讓自己能平順說完。

「沒人預期到我初經會來得那麼快，子宮內膜剝落的同時造成了一些傷口，我血流不止到昏迷，往急診室的過程中，我『看到』身上有一條線，線的那頭是一個人形輪廓，雖然第一次見，但肯定那就是妹妹。順利被救回後，身體的某條線路被突然接上，我能感應到我妹或其他『東西』在不在附近，如果有人被鬼纏上，那條連結人和鬼的線我也看得到。我的能力就僅僅如此，沒什麼特別的。回到你一開始的問題，這屋內沒有鬼，不過我妹的確在這。」

「哇！不會那麼剛好就在我後面吧？」阿哲縮著身子，小心翼翼回頭看。

「不會。」雅子說。

阿哲鬆口氣，雅子補充：「是在你旁邊。」

「鬼妹妹，求求妳不要嚇我，想吃什麼都跟妳姐說，全算哲哥的。」阿哲兩手合十胡亂地對四周拜著。

「放心吧！除非你和雅子交往，不然她妹也懶得理你。」小馬說。

「小馬呢？有看過雅子的鬼妹妹嗎？」阿哲問。

小馬表情漠然地看著阿哲，像對方問了一個蠢問題，「我才不會倒楣到和她交往，怎麼可能看過。」

「為什麼和雅子交往後才看得到鬼妹妹啊？」阿哲不解地問。

「不見得會看得到啦，少聽小馬胡說，不過遇到衰事是真的，食物中毒、出車禍、跌下樓梯摔斷腿、被車撞或撞人……大概好運都被我這幸運女孩榨乾了。」雅子說。

「不會都是妳妹的傑作吧？她應該很討厭那些人或是不希望妳……」阿哲表情變得很認真。

「拜託，單身可是時尚潮流。況且本姑娘行情正夯，不是交不到男友，只是不想，沒追到我是那些男人的損失，懂不懂？也有可能真的只是那些人比較衰而已。」雅子打斷阿哲未完的話，連自己都無法了解妹妹為什麼要這麼做。

「那我們三劍客都走在時尚潮流尖端，不過說到衰神界的代表，小馬哥當仁不讓，是我們局裡最讓人避之唯恐不及的麻煩大王。」阿哲興高采烈接著話。

「你少瞎扯。」小馬起身俯瞰模型內部，在拍攝到女鬼穿牆的相對位置上放一個人偶娃娃，自顧自地滿意點頭。

「什麼瞎扯，之前我們要抓持槍的通緝犯，屋內發生氣爆；一次在追煙毒犯，結果我們所駕駛的車子爆胎；還有一次更絕，要扮演賭客去抓賭，結果天花板坍了。老大被嚇怕了，只准他待在局內，以免這行動衰神造成無辜善良民眾的危險。」

「我說你們兩個，可以言歸正傳了嗎？先考考你們影片中現身的鬼為什麼要穿牆而出又穿牆而入？他到底是要進去呢？還是要出來呢？」小馬把影片速度放慢要兩人回答。

「東西忘記帶所以回家拿？」阿哲一本正經回答。

「我猜，應該是要增加別人的印象，留下『的確是鬼』的強烈暗示。」雅子說。

「史萊哲林得一分。」小馬表示讚許。

「等等，為什麼是史萊哲林？」雅子不服。

「等等的等等，什麼史……？是什麼？」阿哲不解地問。

小馬不理會兩人，走到螢幕前將畫面定格說：「對方不是鬼的關鍵就是影子。光源被凶手刻意調弱，但仔細看這邊，影子隨著這人的移動會晃動。」

說完後將影片慢動作播放，阿哲和雅子看到鬼穿牆而出時影子逐漸暈開淡薄，穿牆而入時影子又收攏變濃厚。

「你又知道鬼沒影子了？就算是有人裝神弄鬼好了，又該怎麼解釋穿牆術？」阿哲問。

「十五分鐘後表演給你看，現在我肚子餓了，你先委屈點當當跑腿小弟，買點吃的喝的回來吧！」小馬對阿哲說。

「好，如果解出來，算我請客。若無法說服我，就你買單。」

「快去快去，一定讓你心服口服，記得多買一點，別小氣。」小馬揮手打發阿哲離去，又吩咐雅子回家去拿他需要的工具。

客廳看似只剩他，小馬卻清楚看到和雅子長得一樣只是臉色顯白的女孩，不說話沒表情，蠟像般安靜看著他。

小馬回憶何時起看得見別人口中所謂的「鬼」？腦海裡浮現出母親教他辨認物體、開始學說話的片段。

「花花。」兩歲的小馬說。

「對，這是花花，你好棒，我們家小馬好聰明。」年輕的母親誇獎他。

「狗狗。」

「嗯！是狗狗。」

「這什麼？」他指著一團軟綿綿的東西問母親。

「石頭。」

「不是，不是石頭。摸不到。」他蹲下試圖把東西抱起。母親急忙將他拉走，忘記告訴他答案，他對世界還是一知半解。當他試圖指稱誰也看不見的東西時，常惹得母親生氣，他要當個好孩子就得先學會當個安靜的人。

小馬覺得月亮被遮蔽的時刻像狐狸，容易迷惑人心人眼，讓他分不清彼岸和此岸的區別。路上隨處坐著嘻笑的年輕人身旁，或許就坐著滿臉血漬的陌生人而不自知，匆匆來去的行人裡間雜著斷手殘腳的過路人，飄在半空中的人頭氣球往下俯瞰著，風一吹過，祂們就大合唱般一起哭了起來。

他要對誰說？又能對誰說？他怕那些聽故事者的表情，彷彿自己才是那個不該存在的鬼。母親是對的，那些人也是對的，自己的存在才是錯的，既然都錯了，總要做件對的事才能走。他越是在工作崗位上不把命當命看地衝鋒陷陣，老天爺卻看透這無聊把戲，越是讓他與危險擦肩。幾次下來，老大比老天爺更快受不了，讓他轉內勤支援。

他記得初見雅子妹妹的那時也是月亮被雲層遮著，返家途中看到雅子背影，他惡作劇伸手要去嚇，手卻直穿過身子，轉過身的是面無表情的雅子，小馬立即將眼神看向遠方，用手搔頭，假裝什麼都沒看到的繼續走。雲散，月光灑下，雅子妹妹好清晰，像活著的人，連髮絲都隨風輕輕揚起，除了一臉慘白外和沒有影子外，和雅子沒什麼兩樣。

小馬怕靠彼岸的人太近，祂們想尋找一副身體去完成未了的心願，而自己具有和父親相同的乩身體質，像個強力磁鐵，一旦被附身就難以擺脫，而且那種痛楚根本不想再經歷。

此刻，小馬瞥了雅子妹妹一眼，裝作祂不存在，繼續若無其事地準備破解吳添才設下的魔術機關。

幾分鐘後雅子拿著工具進來，阿哲買了兩袋滿滿食物在一旁等待。

「可以了。」小馬說。

雅子和阿哲坐著等小馬表演，小馬說：「這是我趁你們去拿東西時錄下的影片，你們看一下。」

畫面中出現一個立體白框的透明方塊放置在地板上，小馬坐在地板放置一顆乒乓球在方塊旁彈跳，畫面中小馬的手順著立體白框透明方塊四周摸，突然手抓住一端，立體方塊瞬間攤平成一串白線。

小馬按下暫停鍵，問雅子和阿哲：「怎麼做的？」

「這是視覺上的錯覺，就像地板或牆上的 3D 立體圖畫，影片中的白色膠帶雖然是貼在地板上，但貼的位置和形狀騙了我們大腦，看起來才像立體白框。我們業界也常用這種手法，將小坪數的屋子打造出大空間的錯覺。」雅子自信回答。

小馬站起身掀開地上的一塊毯子說，「你們看這邊。」一樣的白色膠帶貼在地上，阿哲看了一眼說：「看起來一點都不立體。」

「重點就在於我們是透過錄影機看到的畫面。」

「嗯……所以跟鬼穿牆有什麼關係？」阿哲不解地問。

「這是雅子幫我做的模型，吳添才家裡的擺設很特別，簡潔且全白，根本就是為了這些魔術而存在的空間，因為雜物多、色彩多就容易被看出破綻，但全然同色系的東西……」

小馬將兩塊L型的紙片分別放在牆壁左右之前，將攝影機對準模型，又精準的調整紙片和模型的位置。

「你們到攝影機那頭看，我來表演穿牆術。」小馬說。

從阿哲和雅子的角度來看，模型牆壁前方有兩道紙片橫在那，但透過攝影機，拍攝到的僅是一道平整牆壁。小馬的手指拎著人偶娃娃在兩道紙片間移動，「再看一次，」小馬說，結果攝影機畫面重現了鬼影片的內容，人偶娃娃穿牆而出又穿牆而入。小馬重現影片中鬼穿牆的伎倆。

「老大會相信嗎？另外兩部影片又是怎麼回事？」阿哲懷疑著。

「讓我表演第二道魔術。」小馬邊說邊將攝影機移動到小書櫃前，走到一旁不知道動了什麼手腳，突然所有的書從書櫃彈出直落地上。

「哇靠！」阿哲嚇得身體往後縮。

小馬走向前拿起一本書解釋，「我在書背處黏了磁條，櫃子後面我放了通電就能產生磁力的磁鐵，當我把插頭插上通了電，只要磁力夠大，這些書就會因為磁力相斥而飛出來。影片中的盤子就是如此，但我反覆看沒注意到盤子上有貼其他物品，所以更有可能是將磁粉注入材料，請專人特製成碗盤，效果才會像影片中那樣顯著。」

「最後的鬼拖人下床事件怎麼說？」雅子問。

「畫面裡的房間窗簾被拉上，攝影鏡頭離床又有一段距離，所以做出機關是容易的，看這邊。」

小馬將人偶娃娃移動到模型中王美齡發生事件的房間床上，將攝影機聚焦對準模型房間，錄製的遠近和影片中的距離差不多，並且套上一層布製造出昏暗的效果。

小馬要兩人在攝影機處觀看畫面，他去後方操作，一會後人偶娃娃的頭髮像被誰揪住一樣收緊，接著被拖到床下、拉出門口，消失在鏡頭之外。

「這太神了吧！小馬，你快告訴大家，到底是什麼道具，那麼厲害？」阿哲模仿購物頻道的誇張口吻。

小馬拿著一條線說：「就是用線拉而已，沒什麼神奇的地方。畫面昏暗，人的肉眼察覺不到線的存在，加上距離遠、畫質差，就算把影帶交給專業的鑑定人員去看，也查不出什麼。」

「不對啊，如果用線那應該要用加強過後的尼龍繩才拉得動人吧？」

「王美齡的體重四十七公斤，嚴格來說跟海釣的一隻大魚比擬起來可能還稍嫌小了點，有人將線綁在王美齡的頭髮上，再用海釣專用的電動捲線器來捲動，無需任何力氣就能把王美齡從床上拖拉到門外。」小馬說。

「老大只會說，『你你你的想像力很很豐富，證證證證據咧？證據在哪？不不要鬧了，你你你不知道我我很忙嗎？走走走開走開』。」阿哲又開始在表情和語調上模仿大隊長。

「那一天我們到現場，我發覺大理石地板有摩擦的刮痕，應該是釣魚線在地上收拉時留下的痕跡，我有拍照下來。」

「那凶手到底是誰？」雅子問。

「我以我爺爺名偵探金田一耕助的名字作為賭注，一定會找出凶手。」阿哲站起身來自信說著，又歪頭皺眉不解地說：「但凶手除了吳添才之外，還有別的可能嗎？」

■二〇一五年九月十六日二十三時整
●電視台棚內

「『深夜十一點，新聞深一點』。今天我們延續探討的社會事件是轟動全台的鬼殺人事件。台光總裁吳添才的妻子王美齡於九月十四日在家離奇死亡，事件發生至今已經第三天，但警方和檢方尚未透露死者究竟是他殺還是自殺，為了讓各位觀眾對案情有更深一層的了解，現場我們邀請專家學者從玄學的角度切入這起案件。首先歡迎風水專家宋楚原。」

「主持人、各位觀眾朋友大家好。」宋姓風水專家說。

「命相學者陳天河。」

「主持人好、各位觀眾朋友大家好。」陳姓命相學者說。

「靈學大師方術正。」

「主持人好、各位觀眾朋友大家好。」方姓靈學大師說。

「伴隨王美齡之死，三段疑似有靈異現象的影片在各家新聞媒體強力播放，大街小巷無不議論紛紛，想探究影片真假。這事件可以堪稱台灣案件中最為古怪的一宗，連國外媒體也爭相報導。讓該支影片成為 YtoB 影音網站有史以來點擊率冠軍，衝高四千萬人次，也一度造成該網站當機。靈異影片頓時成為熱門話題，根據該網站提供的資料顯示，每天都有百部以上自稱拍攝到靈異畫面的影片上傳。電視機前的觀眾可能都有相同的疑問，王美齡家中為什麼要架設攝影機？睡夢中的王美齡是被何物體拉下床？為什麼吳添才不在王美齡生前搬離誰看都覺得恐懼的屋子？很多人開始討論這棟位於市中心的豪宅是否出了什麼問題，我們先請楚原老師與大家談談風水問題。」

「是的保杰，這棟豪宅從落成到許多富商名流陸續搬入之後風波不斷，先前有林小開的偷拍光碟流出事件，後有小模明星的吸毒轟趴被捕，加上型男主廚的婚外情，再來是高官用白手套來勾結舞弊承包商等等……從這些實證，我們來看看這豪宅的風水問題出在哪裡。各位觀眾請看我親自手繪的圖，怡尚苑穩穩地坐落在龍穴的位置上，原本應該地靈出人傑、少年出英雄，但壞就壞在風水被人破壞掉，到底是有意或無意也值得我們去追蹤。

「回到風水被破壞的話題，從圖來看台北最高樓101壓住龍尾巴的位置，想游出海卻不行，被死困在陸上。而這101外型又像塔，把龍緊緊收在塔內，任牠有千年道行也逃不出去。101落成後固然對風水有一定程度的影響，但龍被壓住還是條龍，沒人敢欺負。前年引發關注的開發案卻成了怡尚苑這塊龍穴的煞，觀眾有看到圖中的龍緊握龍珠，我想當初那位風水大師一定沒想到他千辛萬苦尋來的寶地在十幾年後有此劫吧。濕地就是龍珠，開發案破壞了濕地，等於搶走龍手上的命魂，沒了龍珠的龍就落地成蛇，無法通天遁地、潛水浴火。加上龍頭前方位置有新的建案，那條蛇已經半死不活，現在又被壓在七寸死穴的位置，導致風波連連。

「最諷刺的是住在這裡的達官顯要半數以上都和弊案、濕地開發案，還有強徵人民土地的新建案有關，不是投資、經手，不然就是收賄、包庇。多行不義必自斃，真的善惡不是不報，如今時機已到。龍穴本是聚陽之地，風水被破壞殆盡後，這裡成了一灘死水，聚不了陽氣，反而積了許多陰氣，所以說有什麼鬼怪事件在這裡發生也不足為奇。」

「如果依楚原老師這麼說來，有沒有什麼破解之道？」主持人問。

「當初蓋怡尚苑的寶地是我師父尋來做自己百年後的去處，好庇蔭子孫，有一次和那些政商聚會時說溜嘴，沒想到遭人設計，為避免牢獄之災，只好讓地求和。風水講究的正是相生相剋之道，破解方式當然有，那些人已自食惡果，為了不讓別人笑話我師父，以為他沒看風水的眼光，我就指點他們半條生路。首先在這豪宅大庭處擺上托塔天王，讓龍尾巴脫離101大樓帶來的煞，龍口處擺上水池建造一顆翡翠玉龍珠，暫且讓龍存活一陣。最後的半條生路要靠他們自己，不是靠我，開發案不立即停工、濕地不恢復，只要三年時間，再擺什麼銀龍珠、金龍珠都沒用。」

「原來怡尚苑的事件還牽扯到楚原老師的師尊這一番案外案，謝謝楚原老師的大氣度和苦口婆心，但檯面下胡搞瞎搞的那些人聽不聽、信不信，我們三年後就可從濕地的存廢來驗證，是不是如楚原老師所料。接下來請面相大師陳天河從王美齡和吳添才的面相，來講解他們的個性以及與命運的相關性。」

「謝謝主持人，我們先來看王美齡的面相，從照片發現王美齡的耳朵左右大小不一致，屬於容易聽信他人話語，大多經不起誘惑，不管她的朋友傷她多重，只要跟她道個歉，不管是假意或真心，她就會心軟原諒對方。耳朵後方有痣更是一大致命傷，代表容易招小人惹是非，觀眾朋友如果有痣在相同位置上，建議早點除痣避免麻煩。另外王美齡的眉毛間距太寬加上眉尾太散，不僅缺乏理性也容易被騙，感情上特別需要注意，這類型的人一不小心就會被壞男人騙，常有失敗的婚姻。婚後把對方當天，對另一半百依百順，王美齡雖然受過高學歷，出身也比吳添才好，但在夫妻關係間對吳添才應該是唯命是從。

「吳添才剛好就是口大、眼大、鼻大，是屬於掌控欲強的人，從這部分看得出來他對權力有極大的興趣。他的劍眉代表做事果斷，不達目的絕不罷休，只要自己能成功，犧牲誰都無所謂。與父母緣薄，如果不是出生有錢人家，他會覺得家人是負擔而自斷與家人的關係或聯繫。

「最後，吳添才的鼻尖嘴薄，玩弄感情對他來說易如反掌，而且容易出軌。綜合來看，王美齡和吳添才之間的夫妻關係絕對不平等。王美齡就算吃虧、被背叛也不會反抗，除非對方欺負自己家人，才會整個大變身。她的脖子細長、雙頰豐腴，是好人家的面相，既然受到家庭庇蔭就十分重視家人。這種面相的人你若罵她家人，她就等於自己被刀割般痛苦；若是你動手打她家人，她就跟你把命拚；若是你殺她家人，她做鬼纏你七世絕不會輕饒你。」

「那電視機前的觀眾就要注意，若另一半屬於脖子細長、雙頰豐腴，對他家人就要如同自己親人般親，另一半絕對跟你做七世夫妻。天河老師我想請問一下，從面相看得出來一個人的壽命嗎？」主持人問。

「這個要隨著人的運勢綜合來看，從照片中看得出來王美齡的人中短，又有顆痣，近年來的照片和影像又常面帶愁容，的確會導致運勢更加不好。反觀吳添才印堂飽滿，臉色發紅，不管怎麼看都是如日中天走大運。此外，他的耳垂大如彌勒，中年運和晚年運都頗佳，面相上來看是可以躲過這個劫數，但最好參照他的八字，如果今年是本命的大厄，那就難說。」

「謝謝天河老師的解說，原來天河老師對八字命理偷留一手，有機會再上節目談談。最後我們請教靈學大師方術正這三部影片中出現的怪奇現象，老師是否有感應到什麼？還是人為的操控？」

「從影片可以感受到強烈的靈力，第一部影片的碗盤從櫥子裡射出來，這靈動只是初期靈的憤怒表現，是一種警告。因為屋主沒處理，所以讓狀況越來越差，如果當初有請專業人士處理，都算小事。在王美齡被拉下床的影片中，有個靈扯住王美齡，另一個惡靈正試圖控制她的身體，所以看得出來王美齡無法劇烈掙扎。這些靈的穿著看來年代久遠，應該是王美齡上輩子的冤親債主。祂們初期只能讓被纏的人心神不寧，剛剛天河老師也有說過，每人一生中有大運和大厄之時，大厄時運勢不順若加上身體病弱，惡靈就趁機影響對方的心性或是入侵。吳添才可能喝過洋墨水，自詡自己是高級知識分子，以為王美齡是心理疾病。可惜啊可惜，若早點找我協助，就能避免這最糟的結果，電視機前的觀眾若遇到相關的問題，千萬不要拖，我二十四小時都有在服務。」

「方老師說笑了，這樣觀眾會以為我們置入性行銷，會被 NCC 罰款的。最後請教術正老師一個問題，我們透過關係拿到幾張命案發生後在屋內拍攝的照片，請方老師過目後說說照片是否有可疑之處？」主持人將幾張相片交給方術正。

接過手，方術正才拿起第一張照片看就嚇得大叫，急忙將手中那疊照片都丟開，主持人趕緊叫導播切入廣告，自己及其他來賓都前來關心。導播叫停機，又以手勢和眼神指揮心腹攝影師躲在遠處偷偷拍攝。

「怎麼了？還好嗎？」主持人問。

「王美齡……王美齡……」方術正哆嗦指著落在地上的照片說。

眾人看散落一地的照片，一張張盡是家具的空屋照，連個模糊人影都沒有，更何況是已故的王美齡。

■二〇一五年九月十七日十時十分

●測謊室

測謊專家陳先生對黃玉茹說明，「黃小姐，等一下有1到9的圖卡，首先請按照圖卡上的數字依序回答。」

陳先生依序拿出1到9，黃玉茹也照實回答。

「黃小姐，接下來不管看到的圖卡數字為何，請妳都回答『不是』，了解了嗎？」

黃玉茹點頭。

陳先生拿出「2」，問著：「這是1嗎？」

黃玉茹搖頭，回答不是。

陳先生拿出「4」，問著：「這是2嗎？」

黃玉茹搖頭，回答不是。

陳先生拿出「3」，問著：「這是3嗎？」

黃玉茹點頭，遲疑一兩秒，才回答不是。

陳先生將圖卡測試完後，繼續說著：「等會問題都是跟妳有關、簡單的問題，請誠實回答就好，不用多想。」

黃玉茹緊張地點頭。

「妳是女生。」

黃玉茹點頭，回答是。

「妳的生日是十月八日。」
黃玉茹搖頭，回答不是。
「九月十四日當天妳有去找王美齡。」
黃玉茹點頭。回答是。
「妳是獨自一人去找王美齡。」
黃玉茹點頭，回答是。
「有人陪妳一起去找王美齡。」
黃玉茹搖頭，回答不是。
「妳當天有見到王美齡？」
「沒有。」
「妳在門外等人來應門，至少五分鐘？」
「是。」
「妳有進到王美齡住家？」
「沒有。」
「當天妳沒有見到王美齡？」
「是。」
「王美齡是妳殺的。」
「不是。」
「妳知道王美齡是被誰殺的？」
「不知道。」

「妳懷孕的事是假的？」
「不是。」
「王美齡不是妳殺的？」
「嗯，不是我。」
「王美齡是自殺的？」
「我不知道。」
「妳不知道王美齡是被誰殺的？」
「嗯，我不知道。」
「吳添才曾把鑰匙交給妳？」
「沒有。」
「妳趁吳添才睡覺時自己偷偷取走他的鑰匙？」
「是。」
「妳進到屋內時王美齡已經倒地？」
「我沒有進到屋內。」
「妳進屋內殺了王美齡？」
黃玉茹忍不住那些尖銳、一再重複、像逼她認罪的問題，即使之前已經被知會即將面對這些問題，她仍激動地哭：「我沒有！我沒有！我沒有！她沒有開門讓我進去，我在門外等了很久很久，最後就回去了，我沒有進到屋內，我沒有殺她，不是我。」
「黃小姐，今天測謊就先做到這裡吧！妳現在情緒太過激烈，不適合繼續做測謊，謝謝妳的配合。」陳先生走上前安撫，並且將黃玉茹手上的儀器給卸了下來。

陳先生看著測謊儀上的指標，他知道那些數字不會騙人，這是誠實的數字、那是說謊；這是緊張的數字、那是平靜；這是辯解的數字、那是默認。現代人強調「大數據」的重要，舉凡政治、經濟、氣象、交通，都需要龐大的資料庫來處理，從古鑑今就可預測未來。在陳先生的眼中，所有的個體本身就是一個「大數據」，問的題目越多，就越能精準地將受測對象的個性、行為完整描繪出來。如果給他幾週時間或一萬個發問機會，他能預測受測對象的未來並操控他的一言一行。

陳先生相信大數據的力量，這種科學的超能力是他最熱中的部分。只要擁有一個人的「大數據」，藉由微調一些不起眼的小事件，驅動對方繼續往前走或往下跳入深淵，創造出平行宇宙般不同的人生結果，等同自己在其他人的人生關鍵點扮演重要角色，像神。他的工作不起眼，沒人把他當一回事，人們把他設計的題目、演算的結果當成是案件的小配件，或可有可無的補充資料。但陳先生日夜提醒自己，真正的神就是要把自己委屈成凡人，總有天國到來之日，他會重返天上榮耀寶座，以勝利權杖嚴懲曾冒犯過他的人，他們終會後悔過去的無知。

■二〇一五年九月十七日十一時二十二分
●測謊室外

黃玉茹走出測謊室，門外站著洪智多與李雲光。李雲光滿臉笑，彷彿昨天氣得奪門而出的事從沒發生過，他道歉：「黃小姐，吳先生很關心妳，也說了我一頓，認為他打官司不是為了脫罪，而是為了真相。要我知道多少真實就說多少話，不該亂出主意。如果結果不樂觀，旁觀者會以為吳先生要妳說謊替他頂罪，他寧可自己蒙上不白冤屈，也不要妳受苦。開始我還不服，昨晚一想到這事就無法成眠，妳是對的，吳先生也是對的，我錯得徹底，這兩天委屈了妳。妳還好嗎？請大人大量，讓我替妳平反。」

黃玉茹直覺李雲光吃錯藥，不是之前一直吃錯，就是今天。

洪智多若沒及時用手托住自己下巴，恐怕就脫臼直落地上。打從和李雲光過招以來，從沒見過他那麼斯文有禮，一派律師風範。他認識的李雲光走路非得橫行，別人非要讓道不可，一有理嗓門震得人人耳鳴，抓到對方口誤和小缺失立刻用有色眼鏡放大一百倍。誰都怕嫌疑人找來的幫手是李雲光，就像夜半起身看見牛頭馬面站兩側般嚇人。

還在測謊室內的陳先生探出頭請黃玉茹和李雲光等候測謊分析結果，招手要洪智多進來，關上門的測謊室明明只有洪智多與陳先生兩人，洪智多怕隔牆有耳般以悄悄話的音量大小問：「陳仔，結果如何？」

「從我這邊的數據來判斷，黃玉茹女士對於她知道的案情部分沒有說謊。」

「什麼？不會吧！你的意思是黃玉茹那天真的沒有進過王美齡住處？」

「嗯。別擔心，你若有物證、人證可證明黃玉茹當天進去過王美齡住處，法官還是會採信真實證據。」

「王美齡也不是黃玉茹殺的？」

「嗯。」

「黃玉茹也不知道王美齡被誰殺？」

「是這樣沒錯。」

洪智多低啐了聲，繼續問：「有沒有搞錯？會不會你的數據有問題？或測謊儀器有問題？還是黃玉茹跟王美齡一樣有多重人格？」

「我的數據沒問題，機器也確認過狀態才使用。至於黃玉茹有沒有多重人格應該是你來告訴我，怎麼會是我來告訴你？所以是你的問題。」

「陳仔，這關鍵時刻不要玩我了好不好？全國幾千萬隻眼睛都在關注的案件啊！」

「結果在這，騙不了人，自己翻翻就知道我有多認真在回答你。」陳先生拿出分析的數據資料。

「陳仔，真的不是機器和數據的問題吼？你工作十幾年真的沒出過包？」

「一次也沒有。」陳先生肯定回答著。

「我這邊鑑識報告寫得很清楚，來的路上還在詳細看，資料顯示案發現場有採集到黃玉茹的指紋和頭髮，可見她有侵入屋內，王美齡的頸部也有黃玉茹的指紋痕跡，她說沒有進過屋內和殺害被害人，還通過測謊，你說可能嗎？」洪智多千辛萬苦卻將如意算盤打碎，當初他認定黃玉茹會考量到肚內胎兒而同意測謊，只要以測謊結果輔助現場採集到的證據，就可讓這鬼殺人事件告終，自己也能功成身退結束。

「當然可能，新聞都報導是『鬼』殺人，不是人殺人。話說回來，有些人在重大意外或衝擊後會散失短暫的記憶，也就是說，黃玉茹可能在極度驚恐自己誤殺了王美齡後，心理極度抗拒這個事實，而散失這部分的記憶，所以測謊出來的結果就是如此。既然你都採集到這些有利的物證了，還條件交換放她走做什麼？趕快結案不好嗎？」

「隨便結案不符合我的風格，也對不起被害人。雖然這結果不在我的盤算內，但將黃玉茹這小魚當餌有可能釣出大魚。你想想，沒人協助的話，一個女人很難在短短一小時內把王美齡拉下床又要殺害她，我猜真正的大魔頭還沒現身。」

「你喔，那麼拚命，說不定黃玉茹天生神力，根本不需要借助他人，只是你多疑罷了。」

陳先生說完留下報告便推門離開，留下一臉像剛敗戰完的洪智多。陳先生心想雖然自己幫測謊結果做了最合理的解釋，但不免疑惑，是不是黃玉茹背後真的有洪智多口中的大魔頭，以惡魔的把戲擾亂了黃玉茹的記憶，惡作劇地將他自認為信仰的「大數據」給亂了套。反正這場遊戲還有得玩，他會在一旁看下去。

洪智多看了分析，垂頭失意地走出測謊室外，對黃玉茹和李雲光說：「測謊結果顯示妳是單獨去找王美齡、沒進過王美齡的屋內，不是幫凶更不是凶手。不過，容我提醒，測謊的結果只是參考，畢竟測謊機不是對每個人都有效，也會因許多原因讓結果不準。黃小姐，目前妳的嫌疑還是最大，為了感謝妳的配合，我也該說話算話，撤銷羈押禁見處分，請回去等候下一次的調查或開庭。」

黃玉茹默默點頭，洪智多突然想起什麼，繼續補充說道，「記得條件之一是不得私下和吳添才有任何聯繫，以免有串證之嫌。另外，妳和吳添才的委任律師是同一位，可能會透過律師來傳遞情報，讓我們有疑慮，黃小姐請另聘其他律師吧！」

李雲光維持彬彬有禮態度，彷佛生來就是如此，沒等黃玉茹回答，接口說：「謝謝言出必行的洪檢察官，為了這案子讓你煩心、傷神又勞身，延緩到你的退休計畫，我代表我方當事人深感抱歉。

關於黃小姐的辯護律師這方面，我在這主動解除和黃玉茹小姐間的委任關係，會再詢問黃小姐是否有自己屬意的律師，或是委託我們律師事務所的其他人來接手。」

洪智多見到客氣說話的李雲光，自己身上就像有千萬隻螞蟻在裡頭鑽，在肌膚表層鑽出一堆疙瘩來，反射性地跟著微笑點頭。即使不知道李雲光裝成一臉無害到底葫蘆裡賣什麼藥，但心裡清楚李雲光現在的建議只是換湯不換藥，消息最後都會流向吳添才那裡。洪智多倒也不怕兩人串供，畢竟手上的線索都指向凶手中的一人是黃玉茹，雖然測謊的結果出人意料，但在敏感時間點出現在那的黃玉茹肯定有問題。

吳添才即使有不在場證明，但涉案多深、對案情了解多少，洪智多仍搞不清，心裡卻揮之不去吳添才曾說的：「遇到這種事，最倒楣的人應該是我吧？老婆死得不明不白，我還被當成嫌疑犯。洪檢察官您想想，我什麼都有了，有什麼正當理由去殺我老婆？就算要行凶，我有必要把事情弄得眾所皆知？這不是引火自焚嗎？」

洪智多自知老了，沒多餘力氣奮戰，想要放棄當唐吉訶德，不再追那不存在的怪物風車，決定以現有證據讓案子結束。

走回辦公室一坐下，就電話通知刑事警察大隊的李坤原大隊長。

「李坤原大隊長，叫底下的人不用追線索了，更不要去煩吳添才，他處理王美齡的後事之外，還要兼顧整個集團上上下下、大大小小，能少一事是一事。王美齡這事將社會風氣搞得烏煙瘴氣，我要收尾了，讓所有人回歸平常生活。」

「所以黃玉茹的測謊結果證明她說謊了？」

「沒有，她通過測謊了。」

「那黃玉茹坦承殺了王美齡？還是供出另有犯人？」

「兩個都沒承認，但屋內有她指紋和頭髮，王美齡脖子上也有黃玉茹的指紋。」

「那她有說怎麼把王美齡拉下床嗎？」

「總有說的時候。」

「脖子上的指紋可以證明是王美齡主要致命傷的原因？」

「有關聯性。」

「吳添才一點嫌疑都……」

電話那頭李坤原還沒問完，洪智多整張臉鐵青著吼：「好了，到底是你長官還是我長官？我有一五一十跟你報告的必要嗎？這案子歸我管，真有不完善的地方也是我承擔，你只要聽令行事就好，懂不懂？」

電話另一頭沒有吭聲，似乎還在等待洪智多回心轉意。

洪智多臉色由青轉紅，脹紅著臉怒斥：「懂不懂？」

還沒等到回答，話筒內傳來李坤原用力掛上電話的無聲抗議，洪智多放棄當空想騎士的代價就是失去桑丘潘薩，那個信仰騎士精神且隨唐吉訶德征戰四方的人。洪智多掛妥電話雙手掩面，隔了幾分鐘，兩手將疲倦的臉往外拉實，試圖整成有精神的模樣。面對整桌的卷宗已想好如何下筆將黃玉茹以殺人罪起訴，但每動一筆，心裡越發沒有踏實感，好像自己認定的犯罪真實才是虛構。

他停筆，想知道關於唐吉訶德最後的結局。

機密檔案：004

■二〇一五年九月十七日十一時四十分

●警局辦公室

阿哲以邀功的心情將被破解的機關證明給大隊長看，李坤原快速掃過書面報告，就丟到桌旁，問阿哲：「你你你你想的？」

「嗯！我想的，當然是我想的。」阿哲冒著被李坤原臭罵的風險換小馬親自到案發現場的機會，條件就是功勞全歸他，苦勞小馬背，讓自己能藉此案往上爬。

「很好很好，你你你的想像力很很豐富，不不不過凶手不不是吳添才，鑑識組在屋內採採集關鍵證物，不不不僅有黃玉茹的毛毛髮和指紋，連王美齡的脖脖子上也也也有黃玉茹的指指紋。吳添才當天更更更有不在場證明，所所以檢察官認認認定凶手只只有一人，非非非非黃玉茹莫屬。」

李坤原看著一旁默不吭聲的小馬，自言自語說：「黃玉茹如果是是個沒沒有罪惡感的人也也也就罷了，那那天我訊訊訊問她時，她情情緒起伏那那那麼大，連連說個謊都容易被看看穿。這這這樣的人竟竟然通過測測測謊鑑定，彷彿王美齡真真真的不不是她殺的一樣，你你你們說奇奇怪不奇奇奇怪？」

阿哲搶著答：「老大，當然奇怪啊。」

「小馬，你你你又怎麼看？」李坤原問。

「老大也覺得王美齡可能不是黃玉茹殺的？」小馬說。

「不不不用管我怎怎麼想，要要管的是上上上上面的人怎怎麼想。上上頭已經施壓說說說要結案，凶手是是是不是黃玉茹都不不關我們的事了。算算算她倒楣，那那麼好好好巧不巧的那那那天去找王美齡。上上頭也強調要我底下的人別別再去騷擾苦苦主吳添才，你你們就是我底底底下的人，懂懂意思了吧？阿哲，你你你這些異想天開的證據，我還還是會提供給檢檢察官參參考參考，至至至於結結果如何，我可可不能擔保。」

「謝謝老大。」阿哲滿臉笑。

「不不不用謝我，你要謝謝謝的人是是誰自己清楚。而且你你你的『卸』，是把我從從這位置卸卸卸下來的『卸』吧。你你有多少腦袋我我我會不知道？我和檢察官都想想想不到這層了，你想想得出來這這些？是是是當我老人痴呆好好蒙混嗎？」

「老大，小的沒有這樣想，以後也不敢再犯了。」阿哲趕緊低頭認錯。

「另另另另外，李馬傲你你你給我說說看，你你怎麼會有這些案發現場才才才會有的照片，是是是不是去過現場？我我我警告……」

阿哲趕緊跳出來說：「那是我去現場拍回來給小馬，請他幫忙破解案情的，老大你放心，拚了老命，我也不會讓這衰鬼靠近案發現場一步的。」

「那那那那就好，記住，你、不、要、靠、近、案、發、現、場。反反正小馬個性也也也不適合當當主管，這這這份報告還是會以以你的名義送上去。哪天我我我真的不在，你你你也給我好好盯盯著小馬，真把把他當兄弟，就就不不不要讓他去送死。現在，我我我要忙了，走走開走開。」

走出局長辦公室後，阿哲哭喪著臉說：「靠，我的賭注輸了，算了，反正我爺爺金田一耕助的名譽也不值錢。」

「你不要隨便破壞別人爺爺的名譽好嗎？這案情還是有點蹊蹺，黃玉茹到達和離開的時間很有限，如何在有限時間將釣魚線綁在王美齡髮上、確認不會脫落、並讓王美齡在被拖拉的過程中不掙扎？而且攝影機的錄影時間是從早上九點到下午兩點多，一定是之前就把線捆在她頭髮上。還有，憑黃玉茹一人之力怎麼可能手輕掐王美齡脖子，卻讓她的頭部有致命傷，凶手只有一人絕對說不過去。就算吳添才有不在場證明，事前準備工作也可能是他所為，或者黃玉茹另有幫凶。這些誰都想得到的地方，為什麼檢察官會匆促結案？說不過去吧！」

「頭很痛，說太長了。所以，結論是？」阿哲問。

「再帶我去一次現場，上次還有些房間沒看。」小馬說。

「NO！NO！NO！老大有交代，上次偷偷放行沒有惹出麻煩就是萬幸了，這次萬萬不可，老大已經盯上我，求求你行行好，這次放過我，別害我了吧！也放過老大，你沒看到他氣到眼珠子都快爆出來了，到時真的爆炸而腦中風，那該怎麼辦？而且我真把你當兄弟，缺什麼我跑腿就好，我去幫你拍其他房間，連浴室都幫你拍回來，你就乖點待在這吧！」阿哲退三步說著。

「如果，你，破了這個案子，我就要改口叫你，阿哲大隊長，你想想，阿哲大隊長耶。我們離答案不遠了，再讓我去一次，一定可……」

「等一下，你剛剛叫我什麼？」

「阿哲大隊長。」小馬慢慢地說。

「再叫一次。」

「阿、哲、大、隊、長。」小馬放慢速度又說一次。

「衝著你這句話，但真的最後一次了，知道嗎？我可不想再見到我的兄弟把災難帶給其他善良老百姓，雖然不知道這次誰會遭殃，就請對方原諒我吧！」

「當然，阿哲大隊長，我保證是最後一次，也保證不會有人遭殃。」

■二〇一五年九月十七日十二時四十二分

●吳添才住家

阿哲和小馬再度來到案發現場，所有擺設依舊，一切簡潔得過分。如果沒有門口那道封鎖線，地上用粉筆圈出的人形痕跡，沒人會知道這裡曾發生過凶殺案。封鎖線像衛兵要閒雜人等勿進，而粉筆痕跡是生死分界的註記。小馬不浪費時間，一進屋就戴手套，要阿哲幫忙打開屋內所有的門和看得到的抽屜和櫃子。

「你會不會覺得吳添才家裡的時鐘很吵，滴答滴答的很大聲，連在房間內都聽得一清二楚。」阿哲從王美齡房內走到客廳說，小馬看著被放置在牆邊的古老立鐘，小馬走近立鐘湊耳聽，鐘擺來回擺動的聲音恰似人的心跳般。

「一般正常人如果二十四小時受這時鐘的滴答聲轟炸，應該也會神經衰弱吧。」小馬說。

阿哲意有所指的比著地上的粉筆痕跡，又說著：「你到底還要找什麼？」

小馬沒有回應，打開一扇門，裡頭滿滿的釣魚工具排列在那，小馬仔細瞧地上的工具，蹲下指著，「找到了，這是海釣專用大型魚的電動捲線器，一般的釣客應該不會用到這個。」

「釣美人魚專用的。」阿哲繼續說著：「不過吳添才有錢有閒，他如果藉口買來收藏也不為過吧？另外，剛剛我得到的調查結果，死者是頭部後腦勺受到重創，傷口只有一道，可見那一下的力道有多大，凶手對自己的手勁一定很有自信，不然一般人都會覺得不妥當多敲幾下才對。」

「雖然老大說屋內有採集到黃玉茹的指紋和毛髮，但這些工具和影片怎麼看都像是預謀犯罪，只有吳添才有充裕時間可以設計這些機關。另外凶手是黃玉茹的話，就像你剛剛說的，女生力道不足，為了確保對方會死，一定會朝死者頭上重擊幾次。」

阿哲突然搶話說著：「全部謎題都解開了，凶手就是吳添才。」

「但他有錢也有權，何必殺了王美齡？」小馬說，心裡想著若能親自問王美齡，一切謎題就能解開，怕只怕王美齡連自己怎麼死的、什麼原因遭人殺害都不知道。左手小指突然不知道被什麼牽動而顫抖著，他低下頭看著左手，才發現小指那條線被拉得緊繃。

小馬再抬頭，王美齡無聲無息出現在身邊，像是聽到許願而現身，他懊悔不該有剛剛的念頭。只能故作冷靜、努力調整呼吸，慢慢轉回頭對阿哲說：「這部分還要再調查。」

「一定是吳添才要和那個小三黃玉茹在一起，你沒聽說黃玉茹已經懷了吳添才的小孩，而王美齡跟吳添才結婚多年，小產後就沒再懷孕過，又一直瘋瘋癲癲的。我想吳添才是主謀、黃玉茹是共犯，屋內才有黃玉茹的指紋和毛髮。」

「為了這原因而大費周章的殺人太不值得了。」小馬還是疑惑著。

「你沒看新聞還是沒辦過這種案件？這社會不是很多人都為了芝麻綠豆小事而殺人？」

牆邊立鐘異常大聲，滴答滴答地，彷彿是王美齡在耳邊叨念的催促聲，更像自己心臟跳動聲，小馬感覺小指又被用力緊扯著，他不敢轉頭，怕王美齡真的會纏上他。小馬明白，只要他想，透過讓王美齡附身就能得知她的死亡瞬間，只是不肯定自己是否能承受得了。加上請鬼容易送鬼難，不知道使用能力後，要怎麼做才能擺脫纏住己身的鬼，就像小時候一樣。最重要的是，怕自己如果真忍不住使用了這能力，以後遇到任何案件，都會直接跳過科學辦案的過程，且一如雅子曾自嘲：「連我都沒辦法證明到底存在不存在的東西，你要別人信我？」

小馬深知一旦使用這無法向人解釋、證實的能力後，誰都不會再當他是一名警察，而是騙徒。

■二〇一五年九月十七日十四時二十五分
●警局內

李坤原怒氣沖沖走進局裡，誰也不瞧，進到自個兒的辦公室後朝外大喊：「宋信哲、李馬傲，你們兩個給我進來報告。」

一進辦公室，小馬低頭注視著自己的小指，阿哲卻還在狀況外，驚訝地說：「老大，你真厲害，連我們有新發現要跟你報告都知道。」將中午查到吳添才住家中有專業的釣魚集線機器、地板上的魚線刮痕，還有模擬利用釣魚線捆綁在玩偶頭髮拖拉下床影片的綜合報告書放在李坤原桌上。

李坤原雖然想隨便翻翻、做做樣子後就進入主題，才看了開頭，便忍不住細看起來。過了一會，原本怒氣脹紅的臉沒了血色，問：「你你你你們會會不會覺覺覺得好好像突然變冷了？」

「老大，你辦公室一年四季都冷得像冰庫，還以為你是冰雪女王沒感覺咧，今天恢復正常喔！這本資料也可以派上用場吧？」阿哲問。

「不不不是今天恢恢復正常，是是今天比比比較不正常，有有有有鬼，這這這這裡頭有有鬼。」李坤原說話像被凍僵般抖著。

阿哲以為李坤原指那份報告書，立即接話：「老大英明，有鬼，這裡頭真的有鬼，就是吳添才在搞鬼。這一次罪證確鑿，檢察官總會信了吧！」

「你老老老實說，你你帶小馬去那那調查了，對對對不對？」李坤原站起身怒瞪著阿哲。

「老大才特別吩咐，我怎麼敢帶他過去。」阿哲趕緊辯駁。

「不不不不要騙我了。」李坤原轉身對小馬說：「你你你惹到⋯⋯總之，自自自己小心一點。

已經不不是小孩子了，不要讓讓讓我一直為為為你擔心。」

李坤原又打了一個哆嗦，「剛剛檢察官打打電話給我，說說說管理員中午時通通通知李律師，有有警察入內調查。看來今今天早上跟跟你們說的話都都都是屁話就是，拜拜託別別別再給我還還有給自己找找麻煩了，行行不行？檢察官要要要你們住手，『住手』這兩兩個字會會會寫嗎？」

「駐守的意思，是要我們整天待在那邊嗎？」阿哲不明所以地搔頭問著。

「要你們這這這兩個『普攏拱』加加倒楣鬼，不不不不要再再介入這案子了，懂懂了嗎？」李坤原氣得大吼，「檢察官已已已經將起訴書列列出來，交代我我我這邊不要再再多事、橫橫橫生枝節了。」

「老大，說不過去吧，證據都清楚在這裡了。」阿哲無力地說。

「這這這是你你們的揣測。」李坤原心中清楚，比起洪智多的起訴書，這份報告更能說服他，只是憑著這些推理也無法將吳添才定罪，黃玉茹終究會成為這案件的犧牲者。

阿哲突然一反嘻皮笑臉、處處討好的態度，兩手一拍撐在李坤原辦公桌上。一臉正經怒吼回去：「老大，我們當警察是為了什麼，不就是為了公平正義。今天明明差一步就可以解決了，為什麼要讓上面的人壓著我們？老大，你對得起自己良心嗎？如果是吳添才買通檢察官呢？或是他買通更上層的人對底下的人施加壓力呢？或者檢察官自己對這案情有盲點？還是說檢察官只想草草了案。檢察官莫名其妙要我們收手，你就不覺得奇怪嗎？老大，你口中的公平正義難道都是假道學、心中的公平正義是為了有錢人和權力者而設的嗎？只要有錢有權就可以為所欲為了嗎？」

李坤原正試圖辯解自己的處境，「我我我我我……」

「你……你……你……你怎樣？你這樣縮頭縮尾的，真的是我們認識的老大嗎？還算是我們老大嗎？配當我們老大嗎？我說老原，如果今天王美齡是你家人呢？假如她是你妹或是你女兒呢？你會讓她死不瞑目嗎？你會眼睜睜當作沒自己事一樣讓上面說什麼就什麼嗎？你會捨得嗎？你就甘心嗎？求求你，老原，幫我們最後一個忙就好，向法庭申請調查王美齡病歷的同意書。檢察官不願意做的事、你不願意承擔的事，我們來做、我們來承擔。」阿哲繼續堅持立場，渾身像發火般用力質問，也燒紅自己和圍在辦公室外偷聽者的眼。

小馬在一旁適時地說：「老原，看來這是你最後的機會。站在我們這邊，繼續當我們的老大？還是讓我們覺得你該被淘汰，這充滿壓力的位置不適合你老人家？容許我提醒你，檢察官怎麼結案我們不管，我會把手上的資料給所有媒體參考，讓全國民眾知道案情沒檢察官想的那麼單純，不管到時候誰是藏鏡人，我都要把他拖到陽光底下接受公評。」

李坤原閉著眼，思索幾秒才又睜開說：「你你你們一搭一唱，欺欺負我我我話說說得差，不不不不讓我開口，把我當壞人，想想想趁機把我拉下台，是是是不是？我就就是要藉這這事告訴你們，我我我我們不不畏懼強強權，誰誰管檢察官、誰誰誰管上頭怎怎麼想、怎麼做，我我我跟你你們同陣線拚拚拚到底。頂頂多我我我就做做做個萬年大隊長，也好過被被你們這這這些年輕人瞧不起。等等等會就幫你們要要要到調查病歷同意書。」

「是的！老原。我是說老大。我就知道你是我們的楷模、我們的典範，假裝和上面妥協好給我們出難題，幸好我們沒上當，不然一定又被你削一頓。」阿哲又回復平常說話樣子給李坤原台階下。

「對對對了，你你們真的不不不覺得冷冷嗎？」李坤原問。

阿哲看著牆上冷氣的溫度顯示只有二十度，苦笑著：「是有一點。」

「好好好了，你你們還需要調調調查哪些？還要老老老大我支援什什麼，先列列列出來給給我看，至至少讓我我知道接下來還還還要跟那些人過過招或賣老老臉，沒沒其他事要要要報告的話，就就就等調調查病歷同同同意書下來吧！」

「是的，老大。」阿哲精神抖擻地回答。

兩人一走出辦公室，聚集在外湊耳關心辦案進度的刑事警察隊員們，夾道紛紛給予最響的歡呼和掌聲，阿哲享受明星光環，不斷微笑、揮手、點頭，只差沒人灑花。小馬勉強微笑回應，直想趕快去廟裡除掉麻煩事。辦公室內的李坤原見其他下屬的反應，他知道再也無須擔心小馬和阿哲不知該煞車的個性，那些和他們共事、知道他們個性的夥伴不會讓他們兩人孤軍奮戰。

李坤原現在擔心的是跟在小馬旁的那個，到底是祂纏上小馬，還是小馬自找來的？

■二〇一五年九月十七日十五時二十二分
●小馬家客廳

小馬偷空返回住處要將模型帶到警局，一進門，習慣性地出聲「我回來了」，那是父母在時養成的習慣。如今明知父母已不在，彷彿只要不丟掉這習慣，就會有人溫暖應答。

「你回來啦！」雅子說。

雅子把小馬家當自己家，邊看節目大笑邊吃桌上水果，偶爾雅子替他無趣的一人生活帶來變化和樂趣，那一聲「你回來啦」卻是小馬最不敢奢望的想望。

「又趁我不在闖空門。」

「你今天去了哪裡？」雅子臉上不再有笑，站起身正色問。

「怎麼了？」小馬心虛地問。

「李馬傲，你快說你今天到底去哪裡了？」

「查線索。」

「你最好去廟裡一趟，你左手拇指的那條線變長了。」

「什麼線？」小馬舉起左手看，假裝見不著。

「不要吵。」雅子順著小馬拇指上的線走，打開大門，線就停留在半空中，「以前從來沒有這樣，這次很奇怪，不要說我在嚇你，真的有東西跟著回來了。」

小馬清楚看到王美齡站在門口，另一端的線就繫在王美齡的左手小拇指上，為了緩和氣氛，讓自己和雅子不那麼緊張，他開玩笑：「我被哪個美女跟蹤了嗎？這不是很常見嗎？都怪我自己長得太帥。」

「李馬傲，現在不是嘻皮笑臉的時候，你不是被哪個美女跟蹤，是被『那個』纏上，不行不行，我看我們還是現在去廟裡一趟好了。」

「現在真的不行，我只是回來拿妳的『傑作』，馬上又要趕回警局，還有一連串的事要忙。不過，肚子有點餓倒是真的，不如妳先煮點東西祭祭我的五臟廟吧。」

「我在跟你說正經事，還有心情開玩笑。」雅子關上門，王美齡的身影被門給隔住不再看見。

「好啦，我也正經跟妳說，我的肚子餓翻了，真的幫我弄點東西吃吧，另外我會趁休息時間去廟裡一趟的，仙姑妳就別擔心了。」

「我煮了一鍋芋頭粥在爐子上，幫你加熱一些，剩下的冰在冰箱夠你吃個兩天了。」雅子轉身到廚房將鍋子點火加熱。

「那啤酒……」

「李馬傲，一來我不是你的傭人，二來你好手好腳，自己去冰箱拿。還有今天晚上我睡你房間床上，你睡地板，我怕麻煩找上你。」雅子嘴裡這麼說，卻還是打開身旁的冰箱取出啤酒，說了聲「喏，接著」，就丟了過去。小馬接過，打開啤酒蓋，咕嚕咕嚕地將啤酒一飲而盡，試圖放鬆心情，不要在意小指上的那條線，但王美齡的怨恨、不甘和痛楚還是隱隱地透過那條線傳過來。

「不知道會忙到幾點，妳睡這邊可以，不要半夜偷襲我就好。」小馬只能用力拉起臉上的笑容回答著。

■二〇一五年九月十七日十七時十七分

●精神科診所

阿哲拿到調查病歷同意書之前，先查清王美齡固定就診的醫院資料，這間精神科診所和其他診所不同，採取會員制，當然也無健保。在業界赫赫有名但拒絕任何媒體採訪和拍攝，傳聞中有地下通道可從鄰近的商業大樓直通此地，避免名人看診的困擾。入會費比他一年的薪水還要高上兩倍，絕非一般人可以進入。越是想低調的，以訛傳訛的誇張傳聞也就越是鋪天蓋地。多少記者想一探究竟，最後寫出來的報導都是皮毛，更增添這間醫院的神祕感。

小馬覺得當人們越是挑剔，階級金字塔的劃分就越精細。越是頂端的人更彷如畫中仙，輕易走進他人無法擁有和難以想像的畫中神仙生活。兩人走近門口，彬彬有禮的西裝男子便替顧客敞開大門，給人來到旅館而非診所的感覺。西裝男子沒有門房的想像連結，更貼近旅館經理般親自出來接待，比較起來阿哲和小馬即使穿著便服，卻明顯不屬於這裡。西裝男子詢問兩人來意後，帶領他們到櫃檯。

阿哲無法想像這裡是看病場所，入口大廳明亮、內部開放感十足，既無醫院的冰冷感，也沒躲躲藏藏來精神科就診的刻板印象

「你好，我是先前打電話來的宋信哲，他是陪同辦案的李馬傲。」

「宋先生、李先生您們好，敝姓張，很高興能為您們服務。由於院長正在國外參加一場會議，無法回國親自幫您們處理相關的問題，要我替他先向您們道歉。」站在櫃檯後端的小姐帶著甜美笑容回覆。

「哪裡哪裡，院長他太客氣了，要抱歉的是我們才對，原本不應該冒昧叨擾貴院，畢竟貴院接待的人也大多特殊。我們相信在王美齡女士的病歷中能找到蛛絲馬跡將凶手繩之以法，以慰王美齡女士在天之靈，讓家屬也能無憾。這次實在迫於無奈，才會在未通知貴院之下，擅自向法官申請調查王美齡女士病歷的同意書，也在此麻煩張小姐替我們轉達道歉之意給院長。」

小馬看阿哲一派輕鬆與櫃檯的張小姐對答如流，禮數周到的說話樣子不像平常他熟悉的夥伴，小馬好奇阿哲去哪練習說這些漂亮的場面話，又為何平日極力裝瘋賣傻，莫非也藏著不能說的故事。張小姐不是漂亮等級，但聽人說話的專注神情、令人舒服的回應語調，絕對都有六星級的服務水準。

「請宋先生與李先生切勿放在心上，對於王美齡女士的死我們都深感遺憾，院長有交代全院上下當全力配合。不好意思的是，當初設立醫院的股東們有訂下一些規矩，院長雖然想給兩位方便，但自己也不得不遵守，特請我在電話中通知宋先生需要配合的地方，也請多見諒。」

「張小姐在電話裡的說明十分清楚，貴院的要求也百分百合理，一切準則就照貴院的規矩來，首先是警證和調查病歷同意書，」阿哲拿出備妥的資料放在桌上，「請張小姐再確認一次。」

張小姐不馬虎地核對證件和文件，仔細比較眼前的兩人是否與警證上的照片相符，「謝謝，那再耽誤宋先生和李先生一點時間，還有需要兩位配合的地方，麻煩宋先生和李先生跟著我們柯專員移步到其他場所，謝謝。」

柯專員的臉毫無笑容，清楚讓阿哲和小馬知道他倆是不請自來的不速之客，小馬想提醒柯專員「全院上下全力配合」中應該包含笑容這一項目吧，才想開口卻被阿哲用眼神制止下來。小馬覺得不該闖進這不屬於自己的畫中世界，自己和阿哲像角色互換般，平常最沉得住氣的自己竟然還要靠孩子氣十足的阿哲來提醒，小馬吞下話將怨氣隨呼吸吐出，以免內傷。

柯專員帶他們進到員工休息室，拿出兩個封口袋丟在桌上，態度不耐煩地說：「把口袋裡的東西都先拿出來，3C電子產品都禁止帶入，包括筆記型電腦、相機、iPad等都禁止，刀械類的金屬物品也不行，容器內有液體也不可以。不需要的物品放進袋裡收好，旁邊有置物櫃，將個人物品放入，先把轉盤的四個數字轉到0，設定好密碼後關上置物櫃，再將數字轉盤打亂就可鎖上，請記住自己設定的密碼不要忘記。等會先將鞋子脫掉，腰帶拿掉，外套脫掉，分別放進盒內再放到傳送帶上，若有個人物品要攜帶進去，請一併放入盒內檢查。最後兩手往上伸直通過金屬探測儀，若機器聲響，請不要反抗，維持兩手向上的固定動作配合相關人員進行檢查，懂了吧！」

小馬邊配合掏出口袋內的手機邊向一旁的阿哲抱怨：「這到底是什麼神祕機構，比出國通關還嚴格。」

阿哲沒回應，動作迅速地完成所有流程，在另一端邊等待小馬通過檢測邊慢慢將脫掉的物件穿回去。

小馬落後了五分鐘，通過機器前又忍不住開口說：「如果機器響的話，是不是後庭就不保，要讓你們檢查了？」

柯專員不懷好意的笑容就是最好的回答，幸好小馬順利完成檢查，沒有再引發兩方的紛爭。最後柯專員拿出保密協議書要兩人確認沒有問題後就簽名。規範的細目以八級字的大小佔滿A4大小的三張紙，其中一項包含不得對自己之外的任何人透露此保密協議書的存在。阿哲看都沒看就在最後一頁簽名，小馬怕協議書中夾雜陷阱，細看後才在阿哲眼神逼迫下無奈簽名。

接著小馬和阿哲被安排在名為「新樂所」實為心理諮商室的地方等待，空間大小勝過尋常百姓的客廳，內裝擺設十分講究，一進諮商室有種要參加名流下午茶宴會的錯覺。諮商室內燈光柔和、空間寬敞、溫度適中、家具以暖調色系為主，加上輕柔的音樂和精油芳香瀰漫，讓進來的人很快就能放鬆下來。阿哲取桌上的花果茶喝，花香果甜得讓阿哲忘了要來問案的目的，任由幾天沒睡好的自己往夢裡去。

等了十幾分鐘，有人敲門，開門的是護士，推著病歷車走進，臨床心理師隨後進來，對還醒著的小馬點頭致意。小馬用手肘推推身旁的阿哲，兩人起身和臨床心理師打過招呼，護士留下病歷車便退出門外，三人彼此就座。

「你們好，我是陳佩心，請問兩位怎麼稱呼？」陳佩心不畏生地開場。

「陳心理師妳好，我是宋信哲。」

「妳好，我是李馬傲。」

「請問陳心理師是王美齡女士的臨床心理師嗎？」阿哲問。

「我在二〇〇八年四月開始在這間診所服務，當時負責王女士的是謝心理師，她不幸在二〇一〇年發生意外後，才由我服務王女士。」

「陳心理師，就妳所知，王美齡女士最早進行心理治療的時間是在什麼時候、在哪裡？另外什麼時候開始在這裡就診？」阿哲問。

陳佩心從病歷車上翻閱最早的病歷資料，「王女士於一九九八年三月曾小產，身心低落，持續沒有好轉，最早的就醫紀錄是在同年五月在普大醫院就診，醫生判定王女士承受許多壓力加上過度自責而產生憂鬱症，所以開給她抗憂鬱和助眠藥物，三個月後情況好轉而停止就醫。直到二〇〇七年二月，王女士出現與過去小產經驗有關的幻聽、幻視、妄想，例如常見到嬰兒在家中爬行、聽到嬰兒哭聲，或是覺得周遭的人都在責怪她的粗心才會讓肚中孩子流掉。四月吳添才強制帶著不與外界接觸的她到普大醫院接受治療，醫生認為是憂鬱症復發伴隨幻聽、妄想，雖然持續進行心理治療和服藥，王女士狀況卻反覆發作。

「二〇〇八年一月吳先生陪同王女士前來就診，將王女士在普大醫院就診的病歷紀錄也帶來，當時本院的精神科醫師認為王女士每逢三月左右便反覆發病，與小產的罪惡感有關，病程也由輕度憂鬱症惡化到重度憂鬱症，最後發展成思覺失調症，也就是以前稱之為精神分裂的病症，此時應該將重心放在服藥治療而非心理治療。二〇〇九年王女士的病情獲得控制，看似恢復一般生活，但外在活動仍然不多，王女士怕舊識和父親覺得自己很怪或是可憐她，所以不參加朋友聚會，連家族活動也不出席，此時精神科醫師將王女士的藥物劑量控制在最低範圍，並安排心理諮商。

「二〇〇九年十二月謝心理師提議王女士進行兩週短期住宿的心理治療，可以讓醫病關係更緊密外，也能從生活作息或細節上找出王女士的癥結。二〇一〇年一月王女士不顧吳添才反對，入住本院外地的治療中心，謝心理師曾私下對我說，第一週前半王女士的精神狀況比入住前更差，第一週後半期情緒漸緩。第二週的治療看到王女士的變化，除了能理性分析或看待自己的病症，也能與外人正常互動。謝姓心理師認為家中有某個隱性因素，例如壓力、孤獨、不安等才是發病主因，建議王女士改變居住環境，與熟悉的人同住。二〇一〇年二月謝心理師返家時，卻不幸遭酒醉男子超車不當而車禍身亡。」

小馬埋頭在筆記本上勤記錄，阿哲卻手指小馬說：「我原本以為全世界只有你和雅子具有帶衰別人的能力，王美齡似乎能力更強，小時遭性侵、小產、生病、臨床心理師死亡、父親自殺，最後連自己的命都賠進去，到現在怎麼死的都不知道，有夠慘。」

原本想藉著專心案情來忽略王美齡纏上他的倒楣事，阿哲的話卻彷彿被王美齡一字一句聽進去，王美齡的情緒和部分記憶流向小馬，和阿哲所提的事件均有關聯。小馬痛苦不堪，想著或許自己也有思覺失調症，見鬼不過是自己錯覺，或許幾顆藥物就能讓這些幻視和妄想消失。

小馬試著讓自己清醒，不被王美齡的情緒和記憶畫面干擾，開口問：「兩週短期住宿治療既然是有效的，那吳添才的反應是？」

「謝心理師過世前，吳添才先向醫院申請王女士在本院的所有病歷紀錄和報告，之後不再讓王女士來本院，並委託律師控告謝心理師在王女士精神狀態不佳之下，利用專業來脅迫、利誘王女士接受短期住宿治療，等同精神和肉體綁架。吳添才要求謝心理師去職、將王女士在本院的資料全數銷毀來換取撤銷告訴的可能。院長多次登門道歉拜訪，仍無法讓吳添才息怒和撤告，醫院釋出善意答應吳先生兩項條件，謝心理師這一點，醫院考量謝心理師找工作、搬家、情緒消化等需要時間，所以談妥三月由謝心理師以自願離職方式離開醫院，也獲得吳添才同意。

「病歷這方面，醫院冒險遊走法律邊緣，只要當事者王女士和吳添才兩人同意並放棄對醫院保存病歷的訴訟權，就能在律師見證之下全數銷毀。兩人當天簽下同意書，吳添才在律師陪同下到醫院銷毀所有檔案。吳添才當初要等三月謝姓心理師離職時才撤告，謝心理師卻在二月意外身亡，法律上規定被告死亡，案情以不起訴作結。四月吳添才表示滿意醫院當時的配合，決定讓王女士在此重新治療，我從二〇一〇年四月後開始擔任王女士的臨床心理師至今。」

「幸好妳沒被颱風尾掃到。對了，既然王美齡的病歷當時都被銷毀，為什麼妳可以知道那麼多細節？妳在銷毀之前有看過王美齡的病歷？」阿哲問。

「同事間偶爾會抱怨自己個案狀況，那也不算什麼細節，就算王女士現在的臨床心理師不是我，你們問其他人關於王女士的病程，一定跟我一樣知無不言。」

「所以王美齡女士的病歷等於變相儲存在妳那？妳有把這部分也寫在病歷紀錄上？」小馬問。

「隻字片語都沒提過，畢竟這是重新治療。」

「妳的重新是指之前的治療結果吳添才不能接受，所以『重新』給吳添才一個他要的結果？還是指王美齡在貴院『重新』接受治療？」阿哲開始進逼問題核心。

「對不起，我只須回答兩位和王女士相關的問題，而非你們的揣測和看法。」陳佩心輕輕鬆鬆讓阿哲退回原點。

「為什麼是妳接王美齡的案件？是王美齡？院長？還是吳添才選上妳？」阿哲又靠近陳佩心了點。

「都不是，大家怕治療過程一有疏失，又會引發什麼不必要的糾紛，所以抽籤決定，我不幸成為籤王。」

「這些是妳的真實心聲？還是面對誰都有防心？」小馬從王美齡傳來的感受中得知陳佩心並不誠實。

「我只就我所知來回答。」

「容我岔開話題問個問題，如果，我是說如果，如果還有機會見到王美齡的話，妳想跟她說什麼？」

陳佩心的表情動搖，又恢復冷靜說：「我的專業和理智告訴我這是不可能的，加上這也不屬於王美齡的心理諮商相關，我就……」

「妳有沒有跟她提過林森北路的小巷開了間日式甜點店口味地道？有沒有說過自己以前曾遭霸凌，因為好奇人為什麼要欺負人，所以開始對心理學有興趣？有沒有說過即使現在身為臨床心理師，還是很沒自信？有沒有說過心理師也跟一般人一樣有自己的缺點和走不出來的地方？有沒有說過自己差點走入婚姻？」小馬透過線傳來眾多訊息，整理出和陳佩心相關的說。

「停下來，到底是誰跟你說這些？」看起來溫馴的陳佩心氣得站起，驚恐又生氣地怒瞪小馬。

「如果妳不只把王美齡女士當病人而是朋友？甚至告訴王美齡女士要停止妳與她之間的診療行為，雙方的醫病關係也不在，妳就能陪孤軍的她一起奮戰最可疑的枕邊人。如果妳對吳添才沒有意見，為什麼王美齡對妳而言就是王女士，吳添才卻是吳添才？」王美齡像提詞機，小馬則是主播，她傳什麼資訊到他這方，小馬就讀取然後唸出。

陳佩心聽到除了王美齡和謝心理師之外，不可能再有人知道的事，癱軟到站不住。阿哲趕緊上前扶著，讓陳佩心好好坐下，並繼續勸說：「陳小姐希望妳能了解這是最後將犯人繩之以法的機會，檢察官已經不准我們查案，我們來這的原因，是因小馬已經破解出新聞媒體播的三部靈異影片是人為的，那是預謀犯罪也是現場殺人的證據。我們想從王美齡的醫療紀錄中找出吳添才是否曾做過不利於王美齡的事，我也不知道小馬為什麼會知道這些連妳都驚訝、可見是真實的事。陳小姐，想想妳的『朋友』王美齡可能是遭妳懷疑的那個人——吳添才所殺害，我們這邊必須取得能讓法官採信的資料。請對我們一五一十地坦白，王美齡才不會含冤九泉。」

「她在這？」陳佩心抬頭問小馬，小馬以臉部表情而非點頭，對陳佩心示意王美齡確實在這裡。

陳佩心開口將故事遺失的拼圖補齊：「謝心理師不僅專業，對病患很熱情，並且不吝付出時間陪伴，所以才有短期住宿型的心理治療法，我很欽佩她在工作上的表現，時常和她討論彼此病患的困境和治療過程。短期住宿治療結束後，謝心理師擔心美齡的身心狀態這麼差應該是吳添才暗中操控，也猜測吳添才利用壓力、罪惡感或某種暗示、催眠，讓美齡反覆發病。謝姓心理師暗示美齡向父親求救以防範吳添才，也建議多了解吳添才的家人，才能真正了解吳添才這個人。後來美齡沒在預約好的時間就診，吳添才請律師控告謝心理師及醫院，一個月後謝心理師『被遭受意外』。當時遭訴訟的謝心理師還半開玩笑說，以後為了明哲保身，病歷都要分成AB版本，A版寫無傷大雅的內容，B版則是不能說的部分。

「醫院除了謝心理師之外，我最了解美齡。當時院長希望我們推派人當美齡的臨床心理師，大家怕醫療糾紛丟了工作，畢竟有謝心理師的前車之鑑。所以抽籤是真的，只是籤是我做的，我是第一個抽的，要讓吳添才知道美齡的臨床心理師是隨機選出，才可以遠離危險。

「王女士在我接手之前的病程和細節都已經銷毀，由於我有寫日記習慣，所以知道治療進行到哪又該從哪個重點下手。我接手後，把美齡的病歷分成AB版，果然吳添才三個月後要求醫院給他一份王美齡的病歷紀錄，之後像稽查員一樣不定期的抽查。

「讓我確定吳添才可能操控美齡病情的證據，是關於美齡父親疑似性侵過年幼的她而畏罪自殺的事件。」

「妳……」小馬才張嘴，阿哲立刻用手打斷問話，瞪了小馬一眼要他別多話，自己身體則更向前傾，像是要聽清陳佩心的話是否對案情有幫助地問：「怎麼說呢？」

「美齡在二〇一〇年二月之前的心理治療中，從沒提過曾被父親性侵的事，和父親相關的話題都是愉快的，可以感覺王勝豪很疼愛她。但二〇一三年年初，美齡透露父親可能曾經性侵過她，我問她為什麼會這麼想，她說初次陪同吳添才去馬社練習，當她駕馬時內心充滿恐懼和罪惡感。吳添才建議美齡把懷疑、恐懼、回憶、念頭、過程等任何細節都記錄下來，可供下次心理諮商使用。

「原本書寫可以幫人釐清情緒或沉澱想法，但美齡像著迷一樣過度沉溺，我試圖用美齡所書寫的內容來深究細節，美齡常以不清楚、好像、似乎、應該等不確定詞來回答，尤其是自相矛盾的部分，美齡刻意迴避不答。我判斷美齡透過自我暗示而不斷加深自己是受害者、父親是加害人的形象，編纂故事越久她會越相信一切為真，一般人若有此妄想，是想藉由悲劇角色來獲取外界支持，美齡卻徹底排除外在支援。

「我曾建議美齡和父親直接面對面做家庭諮商，有些性侵或許只是想像放大或過度解讀，她拒絕了也不願再提供日記。我判斷美齡內心在拉扯，有惡魔聲音告訴她這是真的，內心卻反抗不可能，她怕別人知道父親惡行，會讓自己和父親身敗名裂；她怕和父親相處，所以父女關係逐漸疏離；怕自己不自然的行為舉止引起別人注意、察覺到這事，便拒絕正常交際。美齡至此的情緒抒發管道只有吳添才和我，美齡已經出現過度依賴吳添才的狀態，像幼兒需要母親、相信母親一樣。我當時只能選擇站在美齡這邊，如果我執意幫助她或是勸戒她，她就會不信任我。」

阿哲接話：「那段我知道，週刊節錄王美齡的日記，像連載小說一樣幾週連環爆料，把王勝豪的聲勢、事業和名聲都炸得滿目瘡痍，王勝豪選擇以死表明清白，又被說成畏罪自殺。」

「諮商過程中王美齡有提過吳添才的家人嗎？」小馬雙手環在胸前繼續問。

「美齡說吳添才的家人從他們結婚起就像消失一樣，認識至今只有見過吳添才母親兩次面，小產時也沒見吳添才母親來探病。她在家中只要稍微提到回台東探望吳添才母親，一開始吳添才會笑著藉口自己工作忙，後來就說他媽媽還在氣美齡流掉他們吳家的孩子，除非懷孕否則不會見她。

「美齡在二〇一二年年底忍不住親自跑了一趟吳添才老家，那兒早成廢墟，問鄰居吳添才母親的下落，才知道在安養中心。去到那，只見躺在床上喃喃自語的老婆婆，一見到美齡就說：『那麼急做什麼？遲早會找上妳的』。美齡說老婆婆將手套進鞋裡，兩手一前一後不斷交替，彷彿有人在半空中走路。

「她不敢告訴吳添才去看過他母親了，更怕自己深信的人連母親的事都能瞞，不知道還有什麼可以相信。同時，美齡那時想找父親求救，告訴他一切，只是後來美齡覺得父親性侵過自己，所以不敢再和父親接觸。當然這部分也是吳添才搞的鬼，他怕事蹟敗露，所以才用這麼卑劣的手法，不讓美齡和她父親有見面的機會。二〇一三年同時期美齡開始疑神疑鬼，覺得家中有鬼，小產的孩子化成鬼要來復仇。」

「那妳見過吳添才嗎？對他的側面了解是什麼？」小馬問。

「很久以前和吳添才談過一次，肢體和表情始終有強烈的防衛感，我簡述美齡的症狀，他沒什麼興趣，只說『這些我從病歷報告中都知道，不用特別告訴我沒關係』。之前美齡都是司機載她赴診，最近幾個月吳添才次次陪美齡來。雖然刻意在大家面前表現得和美齡很恩愛，但看得出來美齡的身體本能卻避著吳添才，像是動物看到天敵的恐懼，或是強迫人去接觸厭惡的物品一樣，我在想會不會跟那件事情有關？」

「哪件事？」阿哲問。

「美齡是家中獨生女，父親因為工作繁忙從小就溺愛她，父親的死造成她內心十分重大的創傷。去年她父親過世後，美齡精神狀況幾乎崩潰，她被一股無形的力量控制，不斷說父親的鬼魂要來報仇，吃藥控制和心理治療都沒有辦法穩定病情。

「直到今年三月多我和美齡分享一篇研究報導，國外有個心理實驗，發給受試者一本資料，裡面描述四段事件，其中三段是根據受試者真實發生過的狀況所撰寫，最後一段則虛構受試者小時候曾經在購物商場迷路。二十四個受試者中有六人甚至描述出在商場迷路過程的細節細節。明明是虛構出來的事件，二十四人卻都相信自己曾經經歷過。當真相揭曉，很多人都無法釋懷。我告訴美齡，人的記憶並不如自己想像中可靠，可以透過一些方式植入假的記憶，像是催眠。

「那是美齡主動求助的一次，問我該如何判斷記憶真假，她想知道性侵一事是自己幻想還是曾經發生。並表示就算真有其事也沒想過追究父親，更不想造成後來的局面。美齡第一次那麼坦承，她懊悔不該事事聽丈夫的話，包括寫下那些不管是真是假的記憶片段。我覺得有端倪，試著了解美齡對吳添才的真實感受，她才透露吳添才在結婚前說服她欺騙父親，她為此不滿吳添才，也對父親愧疚，至於欺騙的內容卻不願多說。

「性侵疑雲的輿論壓力太大，王勝豪被迫下台，吳添才暫代職位至今。事實上，除了美齡的日記被週刊暴露之外，並沒有確切的證據顯示父親真的性侵過她。我覺得在記憶真假這方面幫不了她，美齡需要的是傳統醫療體制外的其他幫助，於是推薦一個擅長催眠治療的朋友幫助她，那人有國外的專業執照但在台灣沒有執業，只接受特殊狀況下的治療……我是指『諮商』。」

阿哲好奇問：「為什麼他不執業？」

「那個人比誰都愛好自由，不想被任何事情給綁住，而且嫌拿台灣的心理師執照麻煩。」陳佩心邊說邊在紙上抄錄一組電話號碼和對方姓名，「打這組電話的方式要先響三聲，掛掉，然後再響一次，有人接起來時就說是我的朋友，表明需要幫助就可以了。」

「有必要搞得像是黑社會的地下交易一樣神祕嗎？」阿哲問。

「這是他的怪癖，研究心理學的人多多少少有點怪。」陳佩心自嘲後繼續說，「吳添才利用催眠錯植美齡的記憶，她很害怕，不知道什麼是真的什麼又是假的。我告訴美齡我選擇站在她這邊，要她別怕，解除醫病關係後，與她一起對抗吳添才……我知道的那個當下，就該阻止美齡回到那個有殺人魔、有病的家才對。」

陳佩心哭了起來，阿哲趕緊遞上老派約會必備的手帕過去。

「陳小姐，妳不要自責，就算妳當時跳出來保護她，吳添才會用對付謝心理師的相同模式對付妳，誣賴妳在王美齡身心狀況不好時做了不適當的暗示和治療。」阿哲安慰著。

等陳佩心情緒穩定，小馬才又問：「王美齡對黃玉茹的事情又知道多少？」

「有段時間美齡以為交到好朋友，沒想到對方接近她另有目的，美齡知道對方懷了吳添才的小孩，不想讓對方委屈，加上看清吳添才從婚前到現今的作為都是惡意、都有目的，美齡知道法律無法定吳添才的罪，但自己會竭盡所能地替父親報仇，於是下定決心離婚再來做下一步打算。啊，會不會是因為美齡想離婚，才會引發吳添才的殺機？也不對啊，就算兩人離婚，吳添才還是可以繼續當公司總裁，也能和王美齡平分王勝豪留下的大筆遺產，應該沒差吧？」陳佩心說著說著就陷入問題迷宮內。

阿哲突然大叫：「對了，就是這個，吳添才殺王美齡的理由就是這個，王美齡分得的遺產，是不會納入兩人離婚後的財產分配裡，加上公司還有很多王勝豪的子弟兵，若兩人離婚少了王美齡，吳添才就什麼都不是了……」

陳佩心狐疑問著：「既然少了美齡他什麼都不是，那為什麼吳添才要對美齡下毒手？」

「謎題都解開了，爺爺你的名譽我又幫你找回來了。吳添才果然嫌疑最大，王美齡一死，財產就全歸吳添才了啊，包括王美齡繼承王勝豪的股份，讓誰也動不了吳添才在公司的地位！」

「既然如此，我也會提供美齡的B版病歷報告給你們，希望也能當成證據的一部分。等吳添才的惡行被公諸於世、繩之以法後，美齡也可以安息了吧！世界那麼大，以後她想去哪就可以去哪，不用再被誰困在這了。」說完後，陳佩心放聲大哭。

《約會聖經》裡可沒說男人該準備好幾條手帕在身上，阿哲翻不出第二條手帕可以給對方拭淚，只好把身體靠過去，任陳佩心在他懷裡哭著。

結束調查，陳佩心帶小馬和阿哲先去領回私人物品後，親自送到門外。穿西裝的男子替三人打開大廳大門，外頭天色已暗，醫院內還很明亮，彷彿是黑暗無際的沙漠冷夜，遠遠就看到有溫暖火光一樣誘人前去。

阿哲彎腰說：「謝謝陳小姐，那就麻煩妳了。」

「屆時我會將宋先生的手帕一併奉還，真是不好意思，讓你們見笑了。」陳佩心露出難得的微笑。

小馬維持酷冷態度，點頭再見。

兩人走一小段路，阿哲心情愉悅地哼著歌，「欸欸！陳佩心很正喔。才剛離開診所，我就覺得自己快得心病了，好想趕快見她一面。」

「欸欸！別怪我醜話說前頭，自然界的演化中美麗的東西有毒。」

「就是所謂的『牡丹花下死，做鬼也風流』。」阿哲突然想到什麼，弓著身體，像受到驚嚇的貓，怕看到不該看的東西，把嘴靠在小馬耳朵旁小聲問：「剛剛為什麼你會知道陳佩心那麼多事？還是真的你看得到？這些都是王美齡跟你說的？」

小馬推開阿哲，「你傻了喔。這是心理學，心理學。」

「什麼意思我不懂？」阿哲追問。

「陳佩心說謊所以作賊心虛，我只是真假套弄在一起，她只會聽到讓她在意的真實部分，假的就無心去聽。」

「別賣關子了，快點說。」

「還記得我們簽的那張保密條款嗎？」

「裡面寫什麼我根本沒看。」

「你如果被賣了也不知道。」

「好啦！說重點。」

「裡面有一條是本院醫師或臨床心理師間禁止公開或私下交流、討論、發表顧客的身家、身心狀況、過往經驗，最後還括弧如有未註記，以本院立場為主。想一想剛剛的問話，陳佩心說『同事間會抱怨個案狀況……就算臨床心理師不是我……問其他人也一樣知無不言』。所以我揣測謝心理師和陳佩心的關係親密到相信彼此不會走漏風聲，謝心理師的死對陳佩心會是很大的打擊，她延續謝心理師的意志，想找出吳添才的犯罪事實好保護王美齡，或者，報復吳添才。其他關於陳佩心的資料，上網估狗一下，或假裝是陳佩心的未婚夫，為了要給未婚妻驚喜或不知道為什麼未婚妻越接近婚禮越悶悶不樂，打電話給她國中高中大學研究所同學或老師，自然可以問出幾件她以為別人不會知道的事。我們是『別人』的一分子，說出幾件事打破她內心第一道圍籬，後面就暢通了。」

「我不知道你那麼可怕耶，說實話，你有沒有偷偷探聽過我的消息？」

「你是說到了警大四年級還拉屎在褲子上的事？」

「什麼警大四年級……是二年級。」

「你真的到大二還拉屎在褲子上喔？我的天。」

「所以剛剛你是在開玩笑？還是說真的？」

「你說呢？當然是真真假假、假假真真囉。」

「可是……你事前就調查出是陳佩心負責王美齡的治療？我怎麼都不知道？」

小馬不回話，只給了一個神祕的微笑。他抬頭看天空，雲層將月亮藏起，小時候他會朝天空大口吐氣，以為這麼做就能把雲吹走，讓月亮探出頭。不知道陳佩心是有意還是無心漏掉關於植入錯誤記憶的方式，一個是催眠，一個是心理治療，國外曾有案例發現某心理治療師的病患，幼年多曾遭性侵，因為那段時間他的病患大量對家長興訟而引發注意，才揭露病患在治療過程中受到暗示，以致深信自己曾遭性侵。

小馬大口吐氣，卻吹不走天空的雲，也吹不散心中的霧。

■二〇一五年九月十七日十九時四十分
●林德權家客廳

一名看起來不修邊幅、滿臉鬍渣的男子柔氣對小馬說著：「這個陳佩心是要給我惹多少麻煩才甘心啊，通常這種狀況我是會拒絕幫忙警方辦案的，要不是看在陳佩心看得起你們，把我的聯絡線索給你們的分上，我才勉強配合，知道嗎？絕對不是因為你長得帥的緣故。」

「林德權醫師？」小馬開口。

「什麼林德權醫師，叫我David啦，不然叫我Baby也可以，『Baby, baby, baby ohh. My baby, baby, baby ohh.』」林德權邊唱歌邊在小馬身上磨蹭舞著。

「那個什麼『保庇保庇保庇保庇保庇保庇啊』的。」阿哲插話，邊抖動著身體靠近。

「是Baby，不是『保庇』，而且Baby是給那個帥哥叫的，不是給你叫的。」林德權把阿哲推開，「你們是因為王美齡的事來的吧。」

「對啦，『保庇』，我是說David。」阿哲堆滿笑容說。

林德權表情回復嚴肅地說：「王美齡曾遭人深度催眠過，而且記憶被錯植，包括她小產還有父親性侵過她的記憶都是假的，還讓她遭受暗示以為家中有鬼出現。佩心跟我說王美齡沒有朋友，所以我推測犯人就是吳添才，去調查一下他的背景就可以把他抓去關了。簡單、扼要，有沒有？」

「等等，那個，David，我說你這樣不行，電視電影上應該都是我們問一句你說一句，怎麼一次就把底牌都掀光，這樣還要演什麼。」

「我喜歡高潮一下就來。」林德權在小馬身旁抿著嘴唇，嬌媚地看著他，又抖了一下肩膀，「我告訴你們，每次看影片，壞人抓到好人或好人抓到壞人總是廢話一堆，讓人有反敗為勝或反勝為敗的機會。如果是我，二話不說直接做了對方。」

「心狠手辣。」阿哲走過去推開林德權和小馬，說：「不要對我們家小馬辣手摧花，他還小，你要蹂躪的話蹂躪我好了，我承受得起，而且你把催眠講得那麼容易。」

「算難，也算容易。難的是如何讓被催眠者卸下心防，暗示語要足夠，如果是高級深度催眠需要時間。容易的是你看起來傻里傻氣沒心機，中級就綽綽有餘了。」

「那拜託你催眠我。」阿哲挑釁問著。

林德權勾勾手指示意阿哲坐在桌子另一邊，他坐在阿哲正對面，林德權笑著盯著阿哲，阿哲不服輸也睜大眼看著對方。林德權五根手指來回在桌上敲弄，「你家總共有幾個人啊？」

「四人，David，你不是說喜歡直接來，要像電影一樣轟地一下就把我催眠，還慢慢來？快！我等不及了。」

「就說你不懂，看你猴急樣就知道沒有女人緣。前戲要做足，高潮則要直接爽快，你有看到我桌上這張紙嗎？可以念一下上面寫的字嗎？」林德權右手來回敲弄著五根手指，左手拿著紙，紙上的字小得要讓人湊近看才能看得清楚。

「是在考驗我的英文嗎？幸好我懂一點。」阿哲邊說邊靠近紙，「我說字也小得離譜吧！A fool⋯⋯ knows no fear⋯⋯ a hero shows no fear⋯⋯」

「那請你將單字拆開，一個一個字母拼出來。」

「A、F、O、O、L⋯⋯N、O、F、E、A、R。」阿哲照著指令完成。

林德權將音響打開，放著歌，接著問，「請說出這首歌名？」

「『保庇』啊！」

「你表現得很好，那可以跟我還有底下的觀眾說你叫什麼名字嗎？」
「宋信哲。」
「好，宋信哲，你應該有過成為大明星的念頭吧？現在你就是一個很厲害的大明星，要邊跳邊脫表演『保庇』，台下的觀眾在等你的表演了。Are you ready?」
「Yes, I'm ready.」阿哲陷入林德權製造出來的舞台效果中。
阿哲開始配合音樂載歌載舞唱著脫著，小馬在一旁看，想阻止也阻止不了，就在阿哲準備脫下最後一道防線時，林德權停下音樂和開啟燈光說：「宋信哲，可以了。醒過來，看看你現在的樣子。」
阿哲像剛睡醒般，一低頭看到自己的狀況，趕緊拉起外褲，也套上被丟在一旁的衣服，「你對對對對我做了什麼？我的貞操……」
「不要緊張，你的貞操還在，因為我沒興趣。」林德權說：「有聽過言靈嗎？日本人認為語言自有其力，萬物都有它的名字，只要知道真名就可以驅使。歐洲傳說巫師間只要知道敵手的真名，就能用魔法咒殺或是奴役對方。人對於名字無法抵抗，有人呼喚你的名字就會忍不住回頭、應聲，知道對方的名字就能逼迫對方下意識地服從。有些人催眠對方需要繁複的步驟，有些人不需要那麼複雜，我不知道吳添才屬於哪一種，但他很可惡。」
「為什麼你不向警方報案？」小馬問。
「一，我這裡不是正式的醫療場所，只是諮商場域；二，催眠很難在法院上被當成直接證據，除非有相當完整的相關資訊；三，王美齡已經死了，沒有人可以作證。」
小馬繼續問：「你有跟王美齡說過關於她小產還有父親性侵她，都可能是被人催眠後產生出來的妄想嗎？」
「是的，我說過，但她內心很掙扎，不覺得自己該相信一個剛認識的人。」

「她來接受過『諮商』幾次？」
「一次。」
「一次？」
「是的，我在『諮商』中已經解除了她被催眠的暗示，如果吳添才要繼續催眠她，必須花更多的氣力才有辦法。也有可能吳添才感受到王美齡的變化，所以加強催眠外，還限制王美齡外出，藉著侷限對方行動也加速催眠效果。吳添才以前可沒有那麼勤勞陪王美齡去看診，我聽陳佩心說，反倒這幾次吳添才都會全程跟著王美齡就診，就我來看，比較像是監視，而不是關心。」
小馬把案情的疑點對林德權說了一遍，林德權說：「那名叫黃玉茹的女人也可能受到催眠，在催眠狀態中就算你面前有一個物品，但只要我暗示你那個物體不存在，那麼就算接受測謊的結果也是一樣，可以讓被催眠的人選擇性失明和失聰。」
「可是監視器裡沒有拍到吳添才啊！」阿哲說。
「沒關係，我大概知道吳添才的手法了，若是催眠和陳心理師的治療紀錄都無法將吳添才定罪，就只剩下黃玉茹這條線了。」小馬轉身對林德權說：「如果黃玉茹受到催眠，你可以幫忙解除嗎？」
「如果是別的『諮商師』，可能要看黃玉茹被催眠的深度強度來決定時間要多長，一週、兩週、一個月，反正一定可以解除。不過，幸好你遇到的是我，不管催眠者多在行，我都可以在短時間內解除對方的暗示和催眠。」
阿哲板起臉認真問著：「如果催眠者要黃玉茹殺了王美齡，那有可能嗎？」
林德權搖搖頭。
「為什麼？」阿哲問。

「催眠並非無所不能，你不能催眠別人違背他內心的道德界線，除非黃玉茹想殺了王美齡並且不怕法律的制裁、他人的指責和道德的譴責，那麼就有可能催眠黃玉茹去殺了王美齡。殺一個人需要很大的勇氣，催眠者能力再強，也無法做到讓被催眠者殺人或自殺。」

「所以……」阿哲等林德權回答。

「所以我剛剛不是說了嗎？凶手一定是吳添才，我敢保證，而且那些什麼鬼殺人的影片根本都是心理學上的小玩意，騙得了別人騙不了我，要我告訴你們答案嗎？」林德權得意地說著。

「拜託，那個什麼鬼殺人的影片，我們家小馬早就解出來了，那種小玩意不僅騙不了你也騙不了我們的，哈哈哈。」阿哲像個孩子，不示弱地大笑。

「喔！不愧是我看上的男人。這種聰明的男人也最危險了，不過，危險也是一種吸引力，讓人像飛蛾朝熊熊火光裡去。」林德權送了個飛吻給小馬，被阿哲半路單手一抓放在自己的嘴唇上。

「這個懲罰我就代替我們小馬收下了。」阿哲說。

「我可以問最後一個問題嗎？」小馬說。

林德權的臉沉了下來：「不用問了，我知道你想問什麼。」

「問什麼？問什麼？」阿哲在一旁湊熱鬧。

「我的專長只在催眠，心理治療的部分我不清楚。一個人犯罪，若法律定不了他，宇宙間總有一種消長的情勢，遲早會流向他。我不能說他沒罪，對方內心的煎熬不是你我可以想像，如果不曾後悔、不是在贖罪，你們也不會和我搭上線。不過我可以告訴你，不管對方做或不做什麼，王美齡的最終命運都一樣，你清楚，我也清楚。」

「不會有下一次？」

「保證不會。」擁有火的人可以成為善，也可以是惡，林德權看著眼前的小馬，好奇如果事情落在小馬所愛的人身上，他又會走向哪端？原諒或報復？

「那被吳添才催眠的人？」

「統統交給我吧！還附贈催眠王美齡的影片一卷，當時我經過她的同意錄下催眠過程，裡頭有許多精彩內容可以將吳添才的惡行揭發出來。」

阿哲聽兩人說話，自己的頭一會轉向林德權一會轉向小馬，在林德權拿出影片時，阿哲立即將影片收進自己外套口袋，用雙手將兩人的手緊緊握住，「太好了，只要兩位與我繼續努力，『阿哲大隊長』之日就不遠了，哈哈哈。」

■二〇一五年九月十七日二十一時零二分
●行進中的車上

「所以吳添才是怎麼在沒有被攝影機拍到的狀況下，回到家中殺了王美齡？」阿哲問。

小馬說：「我仔細調閱過黃玉茹和吳添才住家大樓的監視器影片，裡頭有大門出入口、停車場出入口、電梯、大廳、會客室等位置的監視器，但逃生樓梯處是沒有監視器的。也就是吳添才催眠黃玉茹之後，要黃玉茹先開車到指定位置，自己走樓梯到地下室，避開監視器的位置躲進車內後座下方，所以畫面中只有黃玉茹。也可以說明為什麼黃玉茹駕車後不直接離開，而是在樓梯出入口處停車等待的不合理行為。」

小馬邊開車繼續解釋著：「他再用同樣的手法從自家大樓地下室到家裡門口，帶黃玉茹進去後刻意留下黃玉茹的指紋和毛髮，然後用捲線器把王美齡釣了出來，最後再戴手套親自用雙手將王美齡的頭重擊在地上解決了她。」

「為什麼王美齡不逃走，只是輕微的掙扎，就像真的被催眠，照理來說感受到危險應該會醒過來，不是嗎？」阿哲不解問著。

「我猜吳添才出門之前應該已經將場地布置好，也讓王美齡服下安眠藥，催眠她在那個時間點之前要躺在床上休息，等他進門就可以不費工夫的完成。吳添才只是催眠她去躺床上，卻因為安眠藥的關係，使她被釣魚線拖著走卻無法奮力掙扎。」

「那之前吳添才鄰居看到的透明女鬼又是怎麼回事？」

「現在的科技可以利用投影技術完成，在西班牙甚至有人利用 3D 投影技術在國會前舉辦抗議，沒有半個真人，像是一群幽靈的示威活動。而且你沒看到現在很多演唱會都會用這套技術，投影出3D立體的人影，一般人在遠距離的狀況下，根本無法分辨出那是光影投射的技術，只會覺得『真的站了一個人』在那。」小馬邊開車邊將雙手將那句「真的站了一個人」括弧著。

小馬感覺左手拇指又受到線的牽扯，他斜眼瞥了一下後座，王美齡坐在那，線的那端傳來悲傷、害怕、痛苦、憤怒等負面情緒擾動小馬的內心，似乎剛剛的解釋讓她知道自己的真正死因，王美齡又往前座貼近了些。

「怎麼了，很不舒服的樣子。」阿哲推了小馬一下。

「沒事。」小馬頭疼地幾乎握不住方向盤，趕緊急踩煞車。

坐在一旁的阿哲反射性拉上手煞車，跳下車將小馬旁的車門打開。小馬痛苦地直往車外吐，正好吐了阿哲一身。阿哲緊急撥手機叫救護車。小馬在最後有意識的狀況中，聽到阿哲急喊著「小馬」，阿哲喊得越急，他的意識飄得越遠。

小馬站在某塊綠色草坪上，往四處看像是校園。他的腳不受自己指揮，往人潮聚集的地方前進，看到了年輕時的吳添才對著他說道：「接下來這個魔術表演需要一個女孩，一個……和我有點緣份，能讓我感應到她在想什麼的女孩。」

小馬感覺自己走進人潮圓心，吳添才攤開一疊撲克牌要他選。

下一瞬間，他的身旁跟了一個女孩，對他說著，「說到聰明，你確定真的要赴約嗎？太聰明的男孩都是殺人魔，你記得我們一起看過的恐怖片嗎？殺人魔只有裝笨的，沒有真正笨的。跟著我們，你聽我說，比較安全，多年後你會感謝我今晚做的一切。」

接著又看到吳添才單腳跪地說：「嫁給我。」

「什麼孩子？」他沒想到自己開口對眼前的吳添才問。「你父親如果照你說的那麼固執，一定不會同意我們的婚事，除非你告訴他你懷孕了。」吳添才對她說。

「如果這兩個月還是沒有懷孕怎麼辦？」她又問吳添才。「我有朋友在大醫院做婦產科醫生，請他開個小產證明，你就配合住院幾天，演演戲給別人看就好，沒人會知道這些的。」

吳添才說，「老婆，醫生說吃這藥可以幫助懷孕。」

他吃了，月經停了。

吳添才說，「老婆，恭喜你真的懷孕了。剛剛醫生確認了。」

吳添才帶他到醫院做檢查，拿了檢測的資料給他看，但為什麼自己感覺不出來有孩子在肚內成形？

吳添才說，「老婆，對不起，孩子沒了。」

「什麼孩子？」他已經被吳添才搞混了。

吳添才和陳佩心兩人各佔半張臉，男聲說：「你不覺得你父親過度保護你，像怕你被誰搶走，他對我帶著敵意，是因為他不准其他人和你在一起。」女聲說：「試著把那些不愉快的記憶寫出來，或許會讓你好過一點。」兩人合聲說：「繼續寫，繼續寫，繼續寫。」

小馬不想寫，但他們說的或許沒有錯，書寫也是治療的一部分。

林德權說，「很不幸的，有人在操控你，你從來沒有懷孕也沒有被你父親性侵過。我已經幫你加了一個暗示，當你下次受到別人催眠時，你會順從對方指令行動但腦袋保持清醒，那時你就知道是誰在催眠你，也不會被對方發現。」

吳添才說，「心理治療師幫不了你的，那個嬰靈還有你父親到現在還糾纏著你，現在你只能靠我，只有我能幫你。告訴記者你原諒你的父親了，儘管他曾經性侵過你。」

小馬順著指令打電話給記者，卻不敢相信催眠自己的會是他，內心大聲嘶吼：「為什麼？到底是為什麼？」

吳添才問：「你說什麼？」

「我要離婚。」

「我不是說過是那個女人纏著我，我只想好好守護我們的愛情，我們的家。」

「守護？怕我受傷所以用催眠操控我？」

「什麼催眠？美齡，我不懂，你在說什麼？」

「David 說我被性侵還有懷孕小產的記憶都是假的，是你搞的鬼，對吧？」窗簾將日光阻擋在外，屋內像洞穴不見光。

吳添才說：「你冷靜一下，怎麼會是我，是那個叫 David 的趁你不注意時催眠了你，你怎麼會相信對方，而不相信一個跟你生活十幾年的我？美齡，冷靜一下，對，深呼吸，吐氣，放輕鬆，明天我陪你一起去找那名催眠師，和他當面對質，你不要被騙了。對，聽話，他騙你的，先吃一顆安眠藥，好好睡一覺，明天，你就會知道真相了。」

「為什麼我的孩子會小產？為什麼我的父親會性侵我？」小馬問自己。

吳添才說，「外面的人很可怕，他們都不懷好心，你可以信任的人只有誰？」

「你。」小馬說。

吳添才說，「對，乖，你可以信任的只有我。」

「信任的只有你，我好像忘記很重要的事了，是什麼？今天不用去看診嗎？看診？催眠？你是不是答應過要帶我去哪？」小馬對吳添才說。

吳添才說：「你看，外面天色暗了，你又該睡了。」

屋子整天都是暗的，沒有光進來的時刻，為什麼吳添才會知道窗簾外是白日或黑夜？既然他說外頭天色暗了，那就睡吧！小馬想。

是誰拉著我？小馬醒來身體卻動彈不得。

吳添才說：「睜開眼，你真的很麻煩，連安排你怎麼死都要花一堆工夫，乖乖聽話不是很好嗎？怪你自己容易相信別人、怪你的臨床心理師，還有怪那個不知哪來的催眠師吧！等一會，你就可以永遠休息了。」

小馬覺得頭好痛，這輩子沒有那麼痛過。

不對，那種痛他感受過，感覺一股電流強烈灌進身體，像有人要擠進來，身體好擠，原居於此的意識卻被迫要離開一樣。

他又看見那條線，看見王美齡，看見一個模糊的影子，接著線斷了，電流停止了。他知道自己已經安全。

他用力地呼吸，讓自己又成為自己。

■二〇一五年九月十八日九時零二分

●醫院

門外有人在叫著他的名字，「李馬傲，李馬傲」，手被緊緊地握住，他循著聲音打開門，一陣刺眼的光線射了過來。他半瞇著眼，印入眼簾的先是雅子，接著是他的搭檔阿哲，然後是大隊長。他想坐起身但沒力氣，整個人被掏空一樣，動彈不得只能張嘴問：「我怎麼了？」

「你怎麼了？這句話應該是我們問你才對吧！」李坤原氣得話都不結巴了，「你這小子，我跟你說過幾百次幾千次幾萬次，要你不要接近案發現場你就是不聽，如果出了什麼意外，我們李家斷了後，要我怎麼跟你死去的老爸和列祖列宗交代？你給我撐著點，有沒有聽到？」

小馬第一次看到大隊長發這麼大的脾氣，大隊長李坤原是他的親叔叔，一直未婚。小馬父母雙亡後就和叔叔相依為命，叔叔因為工作忙碌，對他的照顧也無法盡力。報考警大時李坤原極力反對，對他說：「你的成績那麼好，台大哪個科系不是任你選，你選個警大做什麼？叔叔朝五晚九的工作，你是沒瞧見嗎？」

他還記得父母過世後叔叔帶他回家整理行李要離開時，叔叔問他：「你不覺得你家有點冷嗎？我們還是趕快把東西整理好離開比較保險。」

他抬頭問叔叔：「爸爸媽媽怎麼辦？」

叔叔低頭問他，「什麼意思？」

「媽媽還坐在床上哭，爸爸一直要往外走但出不了門，我走了，爸爸媽媽怎麼辦？」

叔叔聽完頓了一下，才又繼續說：「我們遠離這裡，徹底忘了他們，他們就會消失，如果你一直待在家想著這事，他們會被困在這裡，才是真的走不了。」

「我要爸爸，我要媽媽，我要留在家裡永遠不走，我要爸爸媽媽也永遠在這。」他哭著。

叔叔蹲下身與他同高，問：「他們的表情是快樂的嗎？還是憂傷的？生氣的？不開心的？怨恨的？笑著嗎？還是哭著？你真的希望他們永遠這樣子嗎？」

他搖搖頭。

「和叔叔打勾勾，不要再回來這裡，叔叔住的地方以後就是你的新家了，你要好好照顧叔叔好不好？」

他以為叔叔說的是會好好照顧他而點頭。

搬去新家後，偶爾他還是一人偷偷地回到舊家，反正叔叔的工作常常不在家，沒人知道他去哪也不會關心。每當他打開那間藍鬍子的房間，父母親彷彿都回來了，母親坐在床邊、父親站起身，他躺在床的中間像被雙親包圍般幸福。隨著舊家出租以及交到新朋友分散悲傷，還有課業繁重，自己也樂在從書中獲得新知，他一度忘了舊家的快樂和痛苦。可是對舊家的眷念還是會不時浮現，所以在警大畢業後，他對叔叔說要搬回舊家，叔叔阻止了好幾次，最終他還是回來了。

不同的是，他再也見不到哭泣的母親和打算離家的父親，他覺得抱歉，原來自己把他們忘得那麼徹底。

這個家只剩下自己一人了，他躺在過去是雙親房間的大床上回憶。窗外持續地叩叩響著，像小鳥用嘴喙輕敲著，他無意起身，從眼角瞥見的確是一隻又一隻白色的鳥往窗戶這撞來。

他被嚇得跳起，來到窗戶邊，才看見對面的女孩，綁著馬尾，清清秀秀的一張臉，手卻不停地從身旁拿起一架又一架的紙飛機往這射過來，像把窗戶當成靶心，看見他站到窗戶邊也不停止。

小馬打開窗戶，那些紙飛機像鳥，有些撞到他的身上，有些從他身旁劃過輕輕飄進屋內，有些乘著風往別處去，他往窗戶外一看，早就堆滿了像小丘陵的紙飛機。

「欸！」他出聲叫了女孩。

女孩用手示意要他讓開，他沒躲開，女孩射出手中的那架紙飛機，最後輕輕地啄了他的左胸口一下，落在他捧起的雙手之間。

「好玩嗎？」小馬問。

「你是人吧？」女孩問。

「妳才是鬼。」小馬答。

女孩只是笑。

「為什麼一直射紙飛機過來？」

「你看，這像不像一條跑道？」女孩指著兩扇窗戶間，月光斜照進他的窗戶內，像極了自天空延展而下的金黃道路，「新住戶？」

小馬搖搖頭。

「見鬼了，不是新住戶那是什麼？這裡被人當鬼屋很久了。」女孩說。

他這才注意到窗戶外的雜草他還沒空處理，搬來前就長得幾乎與窗緣齊高。

「我小時候住這裡。」小馬說。

「你是那個……」

「叫我小馬就好。」

「還記得我嗎？鄭杏雅，雅子啊。」女孩指著自己。

「鴨子？」

「一、丫、雅，三聲雅，典雅的雅，雅子。也是啦，都那麼久以前的事了，忘了也是應該的。」

雅子說，「總之，歡迎搬回來，如果見到我妹跟我說一聲。」

「妳妹？」小馬還在一臉疑惑，女孩笑容滿面地關上窗戶，拉上窗簾。

隔日起，只要從警局回到家，前腳才進家門不久，電鈴隨後就響，雅子很快就黏上了他，當成自己家一樣跟前跟後，問他這幾年的生活、問他工作狀況、一股腦分享自己的工作和日常點滴，不管小馬是否有興趣。每次雅子要離開前一定問：「今天還是沒見到我妹嗎？」

他見過，但沒對雅子誠實。搬回舊家後沒幾天，無月光無風，時間像被誰靜止下來，周遭安靜得連自己呼吸都聽得清晰，他遠遠看見雅子走在路上，走起路來不沉而飄，伸手後才知道雅子口中的「我妹」是什麼鬼，就是真的鬼。

妹妹常貼著牆坐，微仰起頭看向他的窗戶或是遠方的月亮，小馬覺得那些鬼魂像是遊樂園的器材，時間一到就動作起來或停止。小馬具有觀察家的性格，曾近距離觀察父母親，發現他們在固定軌道行動，像處在某個平行宇宙或被監禁在某空間，父母彼此互不干擾也沒和陽世的人互動。小馬蹲在妹妹旁盯著她的臉，再從她眼睛的角度看過去，除了他家的那片窗戶外沒有其他東西。

他準備站起身，發覺妹妹的眼珠瞥向他的方向直盯著，他往左移動，妹妹的眼球就往左移動，他往右移動，盯著他看的眼球也往右。小馬不知道該哭還是該苦笑，那些他曾看過的鬼與他就像兩條平行線，沒什麼鬼察覺過他的存在。

他往後幾步，妹妹的頭像機械，一小格一小動作，緩緩轉動對準他，小馬邊後退走邊單手開門，一進門趕緊關上，他大口喘息，好奇妹妹為什麼與那些鬼不同，像擁有自己的意識。

進到屋內的小馬想確認妹妹是否還蹲在那，他躡手躡腳地拉開窗簾往外看，對面的牆誰也沒有，只有月光筆直地射進這屋內。

即使親眼見過妹妹，對於雅子的問題，小馬依舊以搖頭代替回答。

好奇讓小馬忘記恐懼也不怕危險，近距離研究雅子妹妹與其他靈體的不同，看似有意識之外，她不受距離的限制，可以輕易地攀附在雅子、雅子的父母或他的身上，把他們當成交通工具移動到他處。

「你到底怎麼了？至少說句話吧！」小馬的思緒被李坤原打斷，一瞬間又拉回到現實，妹妹漂浮在半空看著他，他朝妹妹笑，像是在說我沒事了。

「老大，小馬是不是中邪了？你看他只會傻笑。」阿哲說。

「他如果中邪了，我就找你算帳，跟你說過一百萬次，不要讓你的好兄弟接近案發現場，你次次縱容他，到底在幫他還是害他……」李坤原話還沒說完就哽咽哭泣，半句話也說不下去。

「老大……」阿哲低頭說著。

小馬也出聲說著，「老大，我沒事，太累了，所以才暈過去。」

「太太太太累，你你把我當笨笨笨笨蛋嗎？你你從小到大都是這這這樣，只要撞邪就就就會又又吐又又又暈，你你你敢說這這次不不不不是？」李坤原說著。

「老大，你剛剛罵人時沒有結巴，怎麼現在又開始結結結巴了？」阿哲問。

「老大放心吧，案情都明朗了，很快就會結束了。」小馬說，這才注意到手上那條和王美齡連結的線已經不在，雅子妹妹卻把玩著一條斷掉的紅線。

「你你你總是學不不乖，要讓讓我提提提心吊膽幾幾次才才才甘心？」李坤原說。

「叔叔，沒事的，我保證，我感覺不到有其他的東西在這裡，小馬很安全。」雅子的手沒鬆開過，緊緊地握著小馬。

「沒沒沒事就好，你先好好好好休息，過過兩天再再再上班！阿哲你你你跟我走，雅子，那小馬就就拜拜拜託妳了。」李坤原知道雅子的能力，雖然還是覺得那間病房裡冷得不尋常。

「你說實話，被誰纏上了？都怪我不好，沒有及時阻止你，才讓你發生這件事。」

「什麼事？我真的只是人不舒服，所以暈過去，而且我有照妳說的，乖乖去廟裡拜拜，妳看，沒有什麼線了吧？」小馬故意將雙手攤開讓雅子檢查。

雅子東瞧西瞧，的確沒有線的痕跡，「這到底是怎麼回事？才一天，線就不見了？纏著你的東西也消失了？」

「可能我很認真求神拜佛，有拜有保佑。」小馬雙手合十地朝浮在半空的雅子妹妹拜了拜。

「平安符帶著，不要讓那些東西有機會靠近你。」雅子說。

小馬當場就將平安符戴上脖子，「很不fashion，可以求條純金打造的平安符回來嗎？」

「下次再不聽話，就用狗鍊把你拴住。」

「汪汪！雅子大人我不敢了。」

雅子一手將小馬摟緊，一手撫摸小馬的頭，「不要再做那些會讓人擔心的事了，好不好？」

小馬將頭輕靠在雅子肩上，不說話，抿著嘴，像笑也像哭，無法伸手回抱雅子，他怕兩人多靠近一點點，雅子的危險也會多一些，這樣的距離就好。

■二〇一五年九月十八日十時四十五分

●警局內

「老大，我們找到這位無人不知無人不曉的催眠權威，號稱催眠界的福爾摩斯——林德權大師，他可以證明吳添才確實催眠過王美齡。老大，幫忙一下，安排我們和檢察官見面，我們想了解黃玉茹是有意識地成為吳添才的幫凶，還是無意識地被催眠利用。」阿哲態度直率，身邊站著小馬和林德權。

「你你你真的要要把我我搞下台，換換你坐坐坐這個位置才才才甘心嗎？你你你說王美齡受受到催眠，檢察官會會會信嗎？我我我都不信了。」李坤原對阿哲說，又轉頭對小馬怒斥：「不不不是叫你好好休息兩兩天，兩兩小時都都都不到，急著來來上班做做什麼？」

「報告老大，雅子今天沒休假，沒人可以照顧我，加上身體已經康復，不敢徇私請公傷假被人說閒話。另外，案情只差一步，催眠這件事就跟老大你對鬼的看法一樣，信的人有，不信的人就沒有，那老大你到底信不信有鬼？或者，要催眠權威親自操刀，讓老大等會出盡洋相才會選擇相信？」小馬說。

「遇上你你你們，算算算我倒倒楣，就就賭上我我我的烏紗帽，幫幫你們約檢察官過過過來，這這是最最最後一次了。如如果檢察官都都不信，那那那那拜託拜託，放放過我吧！可可可以嗎？上面要要我們別插插手，你你們倆還一一一直硬硬插，最最最後刀子都插插進自己身身上，怎怎怎麼死的都都不知道。」

「老大，一言為定，就最後一次，失敗了我們也沒怨言。」阿哲沒有以往嘻皮笑臉的樣子。

三人退出辦公室後，李坤原撥電話給洪智多。

「喂！」洪智多接起電話。

「是我。」李坤原說。

「什麼事？如果跟案情有關我就不聽了。」

「想說洪大要退休了，多久沒來我們這走走了？等會來見見我這個老朋友，由我作東幫洪大餞別，順便介紹兩個有為的年輕人給你認識。」

「不用了。我今天忙著做最後的整理，準備起訴黃玉茹，讓這案子塵埃落定。」

「下午一點。我剛聯絡媒體要在下午一點召開記者會，把我這蒐集到的證據都交給媒體。包括一筆最新的線索，吳添才藉由催眠，在王美齡腦中植入幼年被性侵、懷孕和小產這些假的記憶。」

「什麼催眠？你當警察幾年了？這些可以當成證據是不是？跟著底下的人一起傻了嗎？長點腦好不好？」

「我不管在法庭上可不可以當證據，能不能將吳添才定罪，但我知道媒體很愛這味。」

「不要以為我要退休就想在老虎頭上拔毛，你就等著看一點一到，哪家媒體敢出席記者會？哪家媒體又敢報導？你跟我多久時間？還小看我能耐？拿這個威脅我，不要讓人家笑話你了，好不好！」

「媒體出不出席、報不報導我不知道也管不著，但我底下網路組的人已經架設好王美齡案件的網站，會巨細靡遺將所有資料和證據都放在上面，包括破解那些靈異影片、王美齡經催眠後得知吳添才惡行的驚訝影片，一點一到會在各媒體和主要留言板洗板。鄉民的力量如何，讓我們拭目以待。」

「你到底要怎樣？好歹兄弟一場，就別搞我了，不能放過我，讓我好好退休嗎？」

「就是把你當大哥，才命也不要把你擋下，我常在想我們是不是老了，老到什麼都怕。看到底下的人不畏強權、抵抗金錢誘惑、把受害者當自己家人，就算知道會賠上自己命還一意往前衝，我們帶頭的還能不作為嗎？我信任他們就像洪大你以前信任我們一樣，你後悔過嗎？」

「以前我不後悔，今天才後悔。是怎麼帶，把你帶成這種死纏爛打的個性？還有，你少拐個彎罵我不作為，別以為我聽不出來。我去，親眼看看你底下的小兄弟是不是真如你說的那麼優秀。醜話說在先，如果說服不了我，敢再用這種下三爛手段，等你失去大有可為的愛將，就不要後悔也不要恨我。」

「是！洪大！」李坤原說起話來，像年輕時做事一股腦地往前衝一樣沒有結巴。

掛上電話，洪智多知道每個年代總有幾顆有稜有角強冒出頭的大石會從高處落下，到處滾撞惹麻煩讓人擔憂，但只要著地受挫幾次後邊邊角角就不會那麼銳。再過幾年人情世故沖刷，終究會成為河床中圓滑且安靜的石頭。

原來在別人眼中，自己已經是其中一顆了。

■二〇一五年九月十八日十二時零二分
●大隊長辦公室

洪智多坐在沙發上，一旁小茶爐上燒著熱水，李坤原倒過一杯茶：「洪大，喝喝喝一杯，還還在上上上班先先以茶茶代酒，這茶上上上好，你嘗嘗嘗。」

「李坤原，都幾年了，每次來這都不習慣，冷氣不能調弱點嗎？」洪智多說，品茶後一臉滿足的點頭。

「冷冷冷氣壞了。」李坤原說。

「拜託不要那麼懶，至少想個新藉口，乾脆我送你一台新的。言歸正傳，催眠沒有辦法當證據，所有事證都指向黃玉茹涉嫌重大，她雖然極力否認進到屋內，裡頭卻有許多她的指紋，包括王美齡的脖子。」洪智多又啜飲一杯，「從客觀和主觀上來看，監視器沒有拍到吳添才，他有不在場的證明，先就黃玉茹來偵辦。」

「洪檢察官難道我們破解鬼穿牆和靈動影片到解釋吳添才怎麼躲過監視器進出住家，包含王美齡被催眠這些種種的相關事證，都還不足以說服你？洪檢察官你想想，黃玉茹怎麼可能在短短一小時之內布置好環境殺人，吳添才就算不是主嫌，肯定也是幫凶，加上我們合理懷疑黃玉茹也被催眠，遭到吳添才利用。」

儘管眼前的阿哲賣力解釋，洪智多還是認為無稽之談，催眠怎麼可能無所不能，雖然曾想到吳添才曾要求三分鐘私下晤談，但不信三分鐘能跟催眠扯上什麼關係。心想就算吳添才有催眠本事，自己辦案幾十年什麼怪事沒見過，不會那麼簡單就落入催眠陷阱裡。

「你們在指導我辦案？今天這事我就當成你們在說笑，不要質疑我們的能力。什麼催眠？都幾歲的人了，還搞這套？是沒事找事？還是純粹愛出鋒頭？你們報告我看過，寫得很精彩，我說你們這個故事可以在案情起訴後交給出版社出版，搭案件的順風車，說不定輕輕鬆鬆賣成暢銷書，也是一筆不錯的外快收入，還可以認真考慮轉行當作家。但那個叫作想像、叫推理，法院講求的是實證，想像和推理出來的結果不會被採信。連我都無法說服，法官更不用說了，對方律師當然三兩下就把你們打趴在地。」洪智多嚴聲正色說著。

「好啦好啦！拖拖拉拉的，人家在旁邊看的都煩死了。」林德權坐在一旁總算開口說：「人家親愛的小馬為了你的面子，沒有將調查到你曾經和吳添才關起門來密室三分鐘的事情說出來，你自己想想如果新聞媒體知道了會怎麼想？為什麼最可疑的吳添才反倒全身而退？是不是跟那密室會談有關啊？那個洪智多到底收了吳添才多少好處？」

洪智多氣得站起身來，說：「我洪智多的為人誰不知道，檢察官生涯堂堂正正，更不怕人說，少用莫須有的罪名強冠在我頭上。」

阿哲問小馬：「你清楚洪檢察官的為人嗎？」

「不清楚。」

阿哲問林德權：「你知道洪檢察官是個堂堂正正的檢察官嗎？」

「拜託，人家今天才見到他，誰知道他是什麼樣的人，都嘛是他自己說。」

阿哲問李坤原：「老大，那你一定很清楚洪檢察官的為人了吧！」

「以以以前我肯肯定清楚，現現在我我我沒把握。」

阿哲不畏懼洪智多的氣勢，笑中帶著威脅對他說：「洪檢察官，這裡加我四個人中有四個都不信你的為人，你真的有把握台灣兩千三百萬的民眾都會選擇相信你？你願意承擔可以承擔，但你家人呢？那些輿論壓力不會延燒到你家人？你確定別人知道你是誰的爺爺後，不會對你孫子說三道四？人言可畏，人言可畏啊。這案子就算你以黃玉茹為殺人犯簽結好了，心中都沒半點疑問？夜深人靜時，不會問自己是不是漏了什麼而讓無辜的人背黑鍋入獄？在我眼中，你才是那個用莫須有的罪名強加在黃玉茹身上的人。」

「你……你在胡扯什麼，我可都有憑有據。好，好，好，我知道了，這是鴻門宴是吧！少一搭一唱來設計我。李坤原，你底下的人就像你說的，真有兩下子，今天我就認栽，要怎樣直接說，辦得到的，我讓你們試到死心，之後就別再插手。」

林德權鼓掌說著：「爽快，不愧是見過世面的真男人。洪檢察官這樣好了，你都沒想過吳添才為什麼要私下找你密談？」

「原以為他要關說或賄賂，有先警告過他會罪加一等，事實上，我睡著了，他根本沒和我說什麼話。」

「所以當我們跟你說吳添才催眠過王美齡時，你沒懷疑自己可能也被催眠過？」林德權靠近洪智多問。

「我？怎麼可能？當我是三歲小孩那麼容易被人呼攏嗎？」

「有沒有可能，我們做個簡單的測驗就知道了，而且洪檢察官剛剛也答應過要讓我們試試，這是你辦得到的，不是嗎？」林德權邊說邊讓洪智多坐回位置。

洪智多還在掙扎要拒絕或答應，對方的話似有魔力讓他抗拒不了，林德權在紙上畫下一圈又一圈往內旋的圓圈，將紙遞到洪智多面前說：「洪檢察官，不要怕，很簡單，你的手指順著最外圈的線條往內移動到底就可以了。」

洪智多決定證明沒被吳添才催眠，也藉此說服自己辦案問心無愧，於是伸出手指配合林德權的指令，從最外端開始緩慢地移動。

「要仔細走在線條上面不能偏掉喔，偏掉就沒效了。」林德權叮嚀。

洪智多一聽，更加專注小心地盯著線移動，林德權繼續指示：「請問你的名字是？要動不能停喔，停了也會沒效。」

「洪智多。」洪智多回答，手指繼續在圖上移動。

「好，洪智多，請你停下手指，保持原本的動作。」林德權說，洪智多立即一動也不動的像被仙人用法術定住，一旁的李坤原突然很慶幸自己接受阿哲的要求。

「好，洪智多，現在，請你，順著，剛剛的線，慢慢地，慢慢地，對，慢慢地，往內移動。」林德權放慢說話速度。

洪智多以極慢的速度，像蝸行般移動手指。

「洪智多，仔細想想，吳添才，和你，單獨在密室時，他做了什麼事？」

洪智多的手指往圈圈內龜速移動，側頭想想後說著：「硬幣，有一枚硬幣，在桌上，旋轉，像被裝了發條，一直不停地轉。」

「洪智多，現在那枚硬幣還在轉嗎？」林德權問。

洪智多點頭，手指繼續緩緩順著線往內挪移。

「洪智多，你回想看看，吳添才，有跟你，說了什麼話？」

「他問，1、2加什麼的……」洪智多緊皺眉頭想，停止手的動作。

「洪智多，放輕鬆，慢慢來，我們有足夠的時間，手指繼續順著線走，越往內圈移動，你會發現自己，可以想起更多事情。密室裡，吳添才跟你說話，現在我幫你把速度放慢，像、我、現、在、說、的、一、樣、慢，你、把、聽、到、的，慢、慢、地、說、給、我、聽。」

「他、問、我，1、2、7、8、9、加、5、6、3、7、3、是、多、少。」
「洪智多，好，可以回復正常速度了。你怎麼回答？」
「我回答不出來，還在想答案。」
「洪智多，你在想答案時吳添才有做什麼或說什麼嗎？」
「他先彈手指。」洪智多一手繼續在線上移動，一手模仿吳添才彈指的動作。
「很好，洪智多，然後呢？」
「吳添才要我專心聽他說。」
「洪智多，告訴我，他說了什麼？」
「他說王美齡精神耗弱有夢遊習慣，鬼殺人不過是夢遊事件，就算有凶手也不是他，要我交代底下的人別再煩他，以後他彈手指時我就要聽他指令。」
「洪智多，所以你交代李坤原別再插手辦案，是這樣嗎？」
「是。」
「洪智多，那你知道眼前站的是誰嗎？」
「你是小馬和阿哲帶來的催眠師。」
「不是，洪智多，閉上眼睛。聽好，我是吳添才，聽清楚了嗎？好，睜開眼睛，看著我，靠近一點沒關係，我是誰？」
「吳添才。」
林德權彈了一下手指，說：「12789 加 56373 的答案是 69162，所以不用再思考這個問題了。現在即將解除你的催眠，並且要你牢牢記住剛剛對你做的一切，等我彈完手指，你就會恢復清醒，不會再受到吳添才的催眠控制。」

「啵」，彈指一聲，洪智多睜眼恍神，如大夢初醒。

「這……」洪智多沒有繼續說下去，過了一會才指著李坤原，「你叫我來是為了叫這人把我催眠，讓我誤以為曾被吳添才催眠過？好讓你們可以介入辦案？今天這事我不會輕易放過你的，走著瞧。」

李坤原只是聳聳肩。

「洪檢察官，我們幫忙破解在你身上的催眠，你卻覺得我們在催眠你？你仍不相信自己被吳添才催眠過？還是要再看一次影片？」阿哲拿出剛錄下的手機影片給洪智多看，繼續說：「或許讓媒體看過這支影片後，可以幫忙判斷你是先被吳添才催眠，還是現在被我們給蒙蔽了？到底是鬼殺人？黃玉茹殺人？還是檢察官包庇人殺人？最近的話題節目好像都在炒冷飯，你不會想成為下一波話題人物的，相信我。」

小馬接著開口問：「洪檢察官，你放輕鬆，我們不會這麼做的。如果吳添才都可以在不知不覺中催眠你，那黃玉茹呢？最後的要求，帶我們去會會黃玉茹，她在這案件中扮演什麼角色，答案很快就會揭曉。我保證不會有人左右你的起訴書，我們只是不想讓黃玉茹被當成替死鬼，真正的犯人卻逍遙法外。」

「見過黃玉茹之後，你們斗膽再干涉案情，我一定告你們催眠我，重重法辦你們。」洪智多怒氣沖天說著。

李坤原只是微笑說：「如如如如果你能能在法庭上證證證明你你你被催眠的話。」

洪智多假裝沒聽到，用手機聯絡下屬立即拘提黃玉茹到案。掛了電話，又想到什麼，交代限制黃玉茹和吳添才出境。

■二〇一五年九月十八日十四時四十四分

●地檢署偵訊室

「很抱歉，我替我的當事人拒絕做這麼無稽的事情，說不定會影響到她的判斷，間接影響到案情。」李雲光站在一旁慌張地阻撓。

阿哲氣定神閒說著：「黃小姐，現在被質疑殺人的是妳不是吳添才，就算不為自己想，也該為肚裡的孩子想。殺人是重罪，一旦被判刑……妳在這裡待過，應該知道牢裡的生活不好過。」

「我通過測謊了不是嗎？如果我真的有罪，為什麼當初要放我走？」黃玉茹直挺挺、理直氣壯地質問眼前的洪智多。

「這就是問題所在，妳說沒進過王美齡家，我們卻在屋內採集到妳的毛髮和指紋。王美齡的頸上有妳的指紋，但致命傷卻是頭部，像有人刻意栽贓給妳。放了妳是要監聽監視妳，看看有沒有其他共犯好一網打盡。吳添才有不在場證明，是策畫主嫌或幫凶一時難以確定，但王美齡的死，妳肯定脫離不了關係。」洪智多手裡拿出鑑定報告邊對黃玉茹說。

「我的指紋？什麼我的指紋？我根本沒進去過，怎麼可能會有我的指紋？」黃玉茹亂了陣腳開始哭喊。

「黃小姐，請先聽我說。我們經過調查，和王美齡有關的那三段靈異影片都是有人設計出來的，可見殺害王美齡是預謀犯罪。請妳誠實告訴我，妳有參與影片的拍攝嗎？」小馬蹲在黃玉茹椅子旁問。

「沒有，那些影片我也是後來才看到，我沒拍過，我真的不知道。」

「所以妳沒有預謀犯罪，對嗎？」
「嗯！」
「所以是臨時起意？」
「我沒有，我連美齡的面都沒見到。」
「我看過九月十六日的筆錄資料，一開始妳怕遭到懷疑所以說謊，後來妳為了讓吳添才無事選擇另一個謊言。黃小姐，妳想想，為什麼最後妳願意說實話？難道不是為了肚裡的孩子？」
「你又知道那是實話了？」
「妳通過測謊了，不是嗎？」小馬無法告訴黃玉茹，透過那條曾經與王美齡連接的線，才確定她沒說謊。
「那又為什麼屋內會有我的指紋？不可能，不可能啊！是不是你們嫁禍給我？只因為監視器拍到我出現的畫面，就抓我做替死鬼，我真的真的沒有進去過，為什麼不相信我。李律師你快幫幫我。」
「各位先冷靜一下，這已經違反正常偵訊的流程了，這些都無法列入呈堂證供，說嫁禍也不是不無可能。洪檢察官可以麻煩你請其他跟案情無關的人先離……」
李雲光話還掛在嘴邊，洪智多便將李雲光強按回椅子上：「你最好長長眼，這裡是我的地盤，發生什麼事我說了算，李律師如果在這不小心受了什麼傷，剛好又沒人幫你作證，那不是很倒楣嗎？」
「你在威脅我？你們這些執法人員真的是有執照……」
「噓！」林德權瞪了李雲光一眼，李雲光像老鼠見到蛇一樣哆嗦著不敢多言。
「如果我跟妳說經過調查，王美齡被吳添才長期催眠，包括被性侵、懷孕、小產等記憶都是假的，妳相信嗎？」

「怎麼可能？我不相信。」

「對！如果是我，我也不會相信。如果我跟妳說妳眼前的洪檢察官，在短短三分鐘與吳添才獨處的時間就遭催眠，妳相信嗎？」

「他？」黃玉茹猛搖頭。

小馬示意，阿哲趕緊播放手機影片裡的關鍵畫面，黃玉茹雙手摀嘴：「怎麼可能？」

「黃小姐，吳添才知道妳懷孕了嗎？」

「嗯！」

「他知道妳懷孕，好。如果，我是說如果，吳添才知道妳有了他的孩子，卻還是設計一切嫁禍於妳。我只是說如果，如果真的是這樣，妳還是願意承擔一切罪責原諒他？包括妳可以代替肚裡的孩子一起原諒吳添才的所作所為？」

「他不會這麼做。我不相信，他不可能這麼做。」

「……」小馬只是安靜看著黃玉茹。

「要我頂罪我也就認了，他真的自私到連肚裡的孩子都沒考慮過嗎？」

「我沒有辦法回答妳，或許透過催眠，我們可以知道更多真相。這是唯一可以知道為什麼妳記憶中沒有進過王美齡住家，卻有妳的指紋和毛髮在屋內。黃小姐，很抱歉，我無法告訴妳這案情最後結果會是如何，或許法官會認為測謊器對妳無用而判妳罪，但真的是最後的機會可以證明妳的清白了。」小馬坦誠地說。

黃玉茹猶豫後點頭，李雲光在一旁急說著：「吳先生會把妳弄出去的，黃小姐，妳不要聽信這些人的話，說不定他們要催眠妳，讓妳嫁禍給吳先生。」

洪智多對李雲光板著臉說：「之前你不是跟我保證過你不會同時擔任吳添才和黃玉茹的律師，怎麼這節骨眼還是你來？你們律師事務所除了你之外沒有人才了嗎？還是吳添才大老闆沒有像你這樣忠心的走狗了？你已經違反和我的約定，我現在要把黃玉茹收押禁見。你還有時間去請其他的律師來，我們可以等他來再偵訊，除非黃小姐自願在沒有律師陪同下先開始。」

「黃小姐很抱歉，我要先請李律師離開。」洪智多態度強硬地說著。

黃玉茹點頭，洪智多吩咐人將李律師給請出去，邊提醒著：「李雲光，你通風報信前先擔心自己吧！我看你也被催眠過，不然一個大家公認的流氓律師怎麼會性格突然大轉變。」

「不管妳有沒有受到催眠，或者是不是真的經過催眠後殺了王美齡，這個催眠結果在法律上有何效益我不清楚，至少可以解決測謊結果的疑點。我本來也不相信催眠，總而言之，交給專業的人來解釋。」洪智多示意要林德權上場。

林德權坐在黃玉茹正對面輕聲說：「黃小姐妳不要怕，我們真的是來幫助妳的，這不是偵訊，只是一個更了解自己的過程。先冷靜地聽我說，王美齡經吳添才催眠產生幻聽幻覺，甚至衍生出精神疾病。王美齡在知道被父親性侵的記憶遭人惡意植入，或許她想攤牌才遇害。吳添才怕事跡敗露，精心策畫這個殺人過程，把所有犯案嫌疑指向妳，妳就成了代罪羔羊。」

「我該怎麼做？」黃玉茹哭著問。

「妳先放輕鬆，深呼吸，相信我，我能幫助妳。對，調整一下呼吸，不要急躁。」林德權邊說邊打開胸前一個佛像蓋子，一尊佛陀坐在蓮花座上，項鍊內安裝機關發出黃色溫暖淺光。

「黃小姐，不要怕，佛祖會保佑妳，一切都會沒事的。對。深呼吸。好。很好。現在，可以告訴我佛陀臉上的表情嗎？」

「祂在微笑。」

「妳知道佛陀為什麼對著妳笑嗎？」

黃玉茹搖頭。

「妳仔細聽，聽到了嗎？有聽到佛陀在呼喚妳，祂小聲問著妳的名字，妳可以告訴佛陀嗎？」

「弟子黃玉茹。」

「好，黃玉茹，佛陀知道妳的名字了，現在要妳跟著祂走，前方有一條長長的路，妳邊往前走邊感受到溫暖的光照在身上，舒服的風吹啊吹……」

阿哲在一旁聽得閉起眼搖頭晃腦，小馬用手肘輕頂阿哲的腰，阿哲才驚醒。

「這是一條時光隧道，出口是二〇一五年九月十四日，早上十一點半，妳的屋內，妳看見吳添才了嗎？」

黃玉茹點頭。

「你們在做什麼？」

「我們在吃早午餐，他抱怨美齡像個神經病，他希望早日離婚好和我在一起。他說我該去找美齡，親口告訴她孩子的事。」

「十二點四十五分妳準備出門時，吳添才在哪裡？」

「在床上睡覺。」

「吳添才沒有跟著妳出門？」

黃玉茹搖頭。

「有看到跟在妳身旁的佛陀嗎？好，佛陀現在要給妳一個寶物，很棒的寶物，是一盞燈，妳拿到了嗎？很棒的一盞燈。」

黃玉茹微笑點頭，右手像真的提了燈籠。

「妳知道那是什麼燈嗎？」

黃玉茹搖頭。

「那是一盞可以讓妳看清事物的燈，用心感受，燈就會慢慢變亮，也可以把周遭看得更清晰。對，試著讓燈再亮一點，很好。現在原地繞一圈，把燈往四周照，黑暗消失了，躲在暗處裡的東西都會無處躲藏。好，現在告訴我，吳添才在哪裡？」

黃玉茹突然身體往後縮嚇一跳，「啊！」

「不要怕，有佛陀在。不要怕，對，妳很安全。沒人看得到妳，那盞燈會保護妳。告訴我，吳添才在哪裡？」

「他……他……站在我身邊，他不是在睡覺嗎？」

「妳看看床上，吳添才有躺在床上嗎？」

黃玉茹搖頭。

「站在妳身旁的吳添才有對妳說什麼嗎？」

「他要我將車子停在樓梯的逃生口等他。」

「吳添才沒有和妳一起搭電梯？」

黃玉茹搖頭。

「所以妳按照吳添才的指令，車子停在地下室的樓梯出入口處等他上車？」

她點頭。

「吳添才坐在妳旁邊嗎？」

又搖頭。

「那吳添才在哪裡？」

「躲在後座椅子下方。」

「好，妳開車到怡尚苑時，為什麼要先將車子停在逃生口處？」

「吳添才說他要在這下車，要我從停車場搭電梯，他要走樓梯。」

「到王美齡家門口，是妳開門進去的嗎？」

她搖頭。

「是誰？」

「吳添才開門後，要我進去站在門口等。」

「吳添才進去後做了什麼？」

「我不知道。」

「吳添才還要妳做什麼？」

「他說非洲巫師告訴他的祕法，要我去摸桌子牆壁，還有拔頭髮丟在地上，以後就會成為這屋子的女主人。他還要我去摸一尊雕像的脖子。」

「還記得佛陀給妳的燈嗎？」

黃玉茹點頭。

「可以將燈靠近雕像嗎？」

「美……雕像為什麼會變成美齡，美齡怎麼了？快救救她，佛陀祢趕緊救救美齡，拜託。」黃玉茹流著淚求救。

「黃玉茹，不要急、不要怕、不要哭，這一切都不是妳的錯，知道嗎？佛陀給妳的燈妳要收好，以後不會再被別人矇騙，當別人，尤其是吳添才跟妳說話時，記得把燈拿出來，就能看清楚事物的真相。現在，佛陀要帶妳回來了，順著原路走，不用急慢慢走，快接近出口了，妳現在知道佛陀為什麼對妳微笑了嗎？」

「弟子愚鈍。」

「佛陀知道妳不會再被蒙蔽，祂替妳開心，以後心裡有苦，可以多跟佛陀說。現在，要走出來了，不要再用別人的錯責怪自己。出口剩下五步的距離，我來幫妳數，五步、四步、三步、兩步、一步。好，出來了，可以睜開眼睛了。」

黃玉茹痛哭著：「美齡……為什麼……如果我知道……」

洪智多要人去傳喚吳添才到案說明，再走進來時說：「如果吳添才擅長催眠，那要怎麼問訊？」

「隔空，不要面對面問訊，或是安排一個人員和他面對面，但是要攜帶耳機避免聽他說任何的暗示話語，只要照本宣科照稿子念完問題讓他回答就好了。」林德權說，「不然最後的步驟就是讓我當一日警官，我把他催眠讓他乖乖的吐露實情。」

「拜託不要，這是科學辦案的時代，這案件先是鬼殺人，然後你又證明出一切都是魔術的視覺錯覺手法。」洪智多指著小馬，接著轉向林德權，「現在又加入催眠，這個起訴書要我怎麼寫……」

「洪檢察官等你這份報告書寫完就能直接出版成書，附錄兩部解除催眠現場DVD片，保證賣座，退休後直接轉職成作家。」阿哲搖晃著手中的手機。

「你敢！」洪智多氣得要搶阿哲手中的手機，阿哲一轉身就把手機收入外套暗袋裡。

小馬開口阻止兩人，「現在要緊的是讓吳添才承認犯行。」

「真的能夠那麼順利讓吳添才親口說出一切嗎？」洪智多擔心問著，「李雲光回去轉述一切，若能順利傳喚吳添才，他應該會有備而來，不會那麼容易上當或者跟林德權有任何接觸的。」

小馬轉對黃玉茹，說：「黃小姐，妳最好找熟識的律師來，我們先做一份筆錄，平鋪直述吳添才要妳做什麼就好，包括要妳摸王美齡屍體脖子的部分。妳在筆錄中陳述吳添才說王美齡出意外，要妳幫忙確認王美齡是否還有氣息，妳一摸，發覺王美齡沒有氣息就亂了手腳，想來報案。吳添才脫下手套立即變臉威脅妳若敢報案，就會反咬是妳殺了王美齡，要妳不要張揚免得連累肚裡的孩子。妳受脅迫且擔心肚中嬰孩，所以才在之前的筆錄說謊。」

洪智多一方面佩服小馬洞悉人心也擅長說話之道，心思縝密到看穿吳添才的詭計，能正方也能反方找出一套合理說詞，讓黃玉茹將罪責降到最低。他怕像小馬這樣的人若被抓住弱點，難保不會使壞。警界這種諳於謀略、橫出於世的人屈指可數，到時候又有誰能阻止？

「為什麼不能實話實說？吳添才催眠那麼多人，王美齡、洪檢察官、我，這些人證還不夠嗎？剛剛錄下的影片也不能當證據嗎？如果我照你的說法做，法官不信我是無辜的，當我是共犯那該怎麼辦？」黃玉茹不安地問。

「相信我，我會讓吳添才托出實情的。」小馬肯定地說。

「老天爺，為什麼是我？是不是在懲罰我背叛朋友？吳添才為什麼要這樣子對我？他到底有沒有愛過我？有沒有一點在意他這孩子呀？」黃玉茹激動地哭喊。

「為了肚裡的孩子妳要勇敢，那些事都已經過去了，妳和孩子要一起面對的是未來。妳還活著，光是這點，就比王美齡幸運多了。」小馬說。

林德權將佛陀項鍊掛在黃玉茹頸上，「一切都會沒事的。」

黃玉茹擦乾眼淚點頭以對，垂眉低目用手撫肚，像脫胎成為全新的人。

■二〇一五年九月十八日十五時四十分
●地檢署外

洪智多拿出一包菸，遞到阿哲、小馬和林德權面前，阿哲和林德權各取一根，小馬拒絕。阿哲掏出打火機幫洪智多和林德權點菸，自己也點燃，煙霧飄渺，像散不去的幽魂。

「這案子真的很棘手。」洪智多說著。

「有我們智勇雙全的警界雙帥在這裡，洪檢察官你就別擔心了。」阿哲掛著笑容說。

「就是有你我才擔心。」洪智多吐了口煙，繼續對小馬問：「你要怎麼讓吳添才俯首認罪？」

「我不知道。」小馬說。

「不知道？剛剛還一副胸有成竹的樣子。」洪智多嘆了口氣，把煙從肺裡也一併深深吐出，心想小馬不是不知道，怕是以惡制惡所以不能說。

「或許他逃不過良心的譴責，就會說實話了。」小馬說。

「我當檢察官多少年了，你知道嗎？三十多年。三十多年來我見過太多的犯人，逞凶鬥狠的你要比他更凶更狠，重情重義的你要展現你的情義，重視親情的就要動之以情。唯獨這種鋌而走險、豪賭型的人最難搞，就算死，也不見得會說實話。」洪智多說。

林德權搶進話題，「剛剛不就說交給我嗎？這種濫用催眠的人，我們就反其道而行讓他陷入催眠裡，乖乖說出實話。」

「我記得你說過，一個人在潛意識裡拒絕的事，就算被催眠也不會配合說出或做出，不是嗎？如果真是這樣，那麼就算催眠吳添才，我想他也不會說。況且這是講求證據的時代，錄口供要有律師在場也要攝影存證，可沒辦法讓你說催眠就催眠。」小馬說。
「O.K., fine，小子你突破盲點了，當我沒說。」林德權吸了一口菸，雙手環抱胸前。
「小馬已經破解吳添才的魔術手法，David和我手上的影片也能證明吳添才確實催眠了當事者，也在屋內找到行凶的工具和線索，這些還不足以定他罪嗎？」阿哲捻熄手中的菸說。
「黃玉茹沒有親眼看到吳添才殺害王美齡，電動釣具上我們當初就採集過指紋，像全新的收藏品一樣，地板的釣魚線痕跡也不足以證明什麼，家中沒有布置鬼穿牆影片的機關，法官只會認為我們『推測』吳添才是凶手，並非『證實』。」小馬幫洪智多回答。
「反正兜來兜去一大圈，就是要吳添才親口證實才算數就是了。」阿哲焦急問著。
「看來是如此。」小馬聳聳肩回答。
「到底要怎樣才能讓吳添才認罪？」阿哲問。
洪智多忍不住地說了，「現在是鬼打牆是不是？又回到一開始的問題不是嗎？」
「總之只能走一步算一步，吳添才從律師那清楚知道這邊情況，我們沒有其他的路，只能投直球讓對方來打，再狠狠把他給接殺出局。」小馬說。
「希望不會是四壞球保送。」林德權冷冷地說，小馬、阿哲和洪智多一起望向他，他把手上的菸也熄了，對小馬說著，「小帥哥，有什麼需要歡迎隨時來找我，不管是公事，還是，私事。看來這裡已經沒我的事，我先走了。」
小馬追上走了一段距離的林德權，「我還有一個問題。」
「你這小子問題真的很多。」林德權一語雙關。
「你其實不是為了陳佩心才答應幫我們的吧！」
林德權臉色一沉，想通什麼後才笑著問：「那換你告訴我，除了看上你的美色之外，我是為了什麼才幫你們？」

「贖罪。」

「贖罪？」林德權把兩字在嘴裡回味，「是這樣沒錯，我太自以為是，所以認為解除吳添才安裝在王美齡腦內的催眠指令易如翻掌，既沒瞻前，也沒顧後。或許王美齡一輩子受吳添才操控也好過犧牲一條命，等事情發生了我才想通這道理，但也無濟於事了。」

林德權像對神父告解般誠實。

「如果我跟你說王美齡沒怪過你，你信不信？」

「我不知道你說這話的表情為什麼會那麼自信，但和你相處後我可以確定，只要從你嘴裡說出的我都不覺得奇怪，也不懷疑。謝謝你告訴我這些，如果可以，幫我跟王美齡說聲抱歉和謝謝喔，人家真的不是故意的。我真的要走了，不要送喔，再送，我就賴著你，一、輩、子，喔！」

小馬走回剛剛四人聊天的位置，洪智多拍拍小馬肩膀，說：「那你就投手位置準備吧，明天換你上場。」

阿哲在一旁咕噥著：「那我該在哪個位置？」

■二〇一五年九月十八日十九時四十四分

●小馬家中

打開家門，定時開關的燈已經亮起，不管這個家有沒有人，傍晚六點一到，客廳的檯燈和房間的立燈就會亮起，讓人以為這屋裡隨時有人。但除了小馬之外，不會有其他人。過去還有他的父母，如今也不在了。

「我回來了。」打開家門的小馬對著屋內大喊，沒人回應，他早已習慣。偶爾雅子會自行進來幫忙打理一切，他理解雅子對他的情愫，他對雅子也有愛，但他害怕，害怕自己的厄運體質會給雅子帶來不幸。

小馬不清楚如果雅子從小就認識他，為什麼記憶裡會少了雅子，儘管他花了很多氣力仍記不起童年時關於雅子的一切，像是有人刻意把那些記憶從他腦中給抹去，還是他自己忘卻了所有？

他對客廳神明桌旁牆壁上的父母親遺照看了一眼，從他有印象以來雙親常板著臉，笑容少得可憐，就算有笑容也是給別人。小馬最常做的事就是在沐浴時對鏡子練習笑容，努力拉起嘴角，讓自己笑，笑著就會覺得自己與父親母親是不同世界的人，可以帶給自己、也帶給別人幸福。他雙手合十低頭鞠躬，向牆上的父母問好後，背包隨手丟在沙發，脫下外套和襯衫，將褲子口袋裡的零錢全丟入沒有魚的魚缸內。

進到浴室沖澡，腦子裡把這鬼殺人案件的線索重新整理一遍，儘管所有物件在在顯示吳添才的犯案事實，若吳添才不承認自己是凶手，又該如何證明吳添才曾催眠檢察官影響案情偵辦，以及催眠黃玉茹成為代罪羔羊呢？他厭惡犯罪者，卻不得不佩服吳添才的用心，只是吳添才最不該的是把這事件導向成鬼殺人。因為這世上只有人能殺人，鬼不能。

洗完澡，他擦拭好身體，將浴巾圍在腰間，走到廚房冰箱拿啤酒，打開一罐咕嚕下肚，腦海裡浮現那天在醫院時雅子妹妹手中的那條線。線，他的腦子裡瞬間插播進許多雜訊，畫面裡有父親有母親，他的左右手小指各有條線，那是小時候的手，線的彼端是？

從他小時的眼光往上看，母親父親彼此像發現了他，互相角力拉著左右的線，怨恨的、不甘的、痛苦的、殺意的種種情感從左右手小指倒流進身體。那些畫面要將他腦部的記憶體容量給衝破似的，他痛苦得像要炸成花火消失，最後彷彿被誰關上電源開關，再睜開眼，手上沒有線。父親母親成了沒有線的人偶，屋子內只剩下他。

小馬疑惑雙親想附身的事是真發生過還是憑空想像出來？如果他曾經歷過這些，為什麼會忘記這麼重要且悲傷的事。

一定遺忘了什麼，那個關於父親、母親，還有雅子的什麼。

機密檔案：005

■一九九三年六月六日十一時三十分

●雅子家門外

「小馬，你看，思萍阿姨生了妹妹，以後你要好好照顧她喔！」小馬的母親敏華對五歲的他說話。

四歲的小馬站得直挺挺，專心看嬰兒車裡的新生兒。

「其實這種事情誰會知道，連醫生照超音波也沒看出來，就算真的看出來又能怎樣，不幸中的大幸，至少這個女兒健健康康的就好。」敏華安慰著雅子的母親思萍。

「謝謝你們夫妻倆，還特地動用關係，拜託醫院裡那麼多醫生來關注我和孩子。」思萍感念道。

「這是應該的，都老鄰居了，幸好能順產，母女均安。」敏華說。

「那要謝謝我們這個小帥哥、小福星來看阿姨，幫阿姨和妹妹加油。我說真的，醫生說胎位不正時我也非常緊張，加上自己是血友病的攜帶者，雖然有用藥物控制凝血因子，但剖腹生產的話，血崩機率會很高。小馬哥只要來醫院和肚裡的妹妹說說話，她就聽話的慢慢翻成正常胎位，連醫生都覺得不可思議。」思萍摸著小馬的頭。

「那杏雅的鑑定？」

「也是血友病的攜帶者，她正常量的凝血因子比我還低很多，原本該是雙胞胎的孩子只剩她，說什麼我都要好好照顧。」

「別擔心，杏雅一定會平平安安長大。」敏華低下頭對小馬說，「小馬，以後妹妹要拜託你了，知道嗎？」

「嗯！」小馬抬頭對母親說：「妹妹身上有東西，我擦不掉。」

「什麼東西？在哪裡？」思萍低頭看嬰兒車內，雅子臉上沒有灰塵沒有口水，緊閉眼砸砸嘴熟睡。

「阿姨妳看，這個……」小馬試著撈起像煙像霧的東西，手一過去，灰濛濛的物體像生物般躲避。

「小馬，沒有啊。哪有什麼東西？」敏華帶點微惱，「思萍，對不起，這孩子從小就這樣，喜歡胡言亂語，幻想東幻想西，帶他去看過幾次醫生也不見效。」

「沒關係啦！」思萍笑著對小馬說：「小馬哥，有時間常來阿姨家陪妹妹玩好不好？阿姨會準備點心給你喔。」

「好！」小馬精神飽滿大聲說好。

「好啦！我也該準備中餐給孩子吃了，思萍妳也是吧。」敏華牽起小馬的手，點頭和思萍微笑再見。

敏華接近家門口時，原本輕牽著小馬的手突然用力一握，捏痛了小馬，惡狠狠地瞪了小馬一眼後說：「叫你出門不要亂說話，是要我教幾次你才學得會？看來除了要把我搞瘋之外，也打算讓鄰居媽媽看我笑話嗎？下次再敢這樣，就把你舌頭拔斷，看你還能跟誰講。」

敏華用力扯小馬舌頭，要他記住教訓後才放手，小馬沒有哭，只緊咬著唇點頭。他早就習慣母親人前人後的不同面貌，面向前方的他人時是聖母，面對後方的他時卻如鬼。

■一九九四年五月十二日十二時三十分

●雅子家

五歲的小馬仔細觀察坐在地上的雅子，口水像沒關緊的水龍頭直流著，手往四周摸，抓到什麼玩具就往嘴裡送。玩了一半，雅子抱著洋娃娃般搖晃著手左右擺動，雅子母親從廚房端出飯菜放在小桌上，說：「小馬哥，先吃點東西，你媽媽有吩咐，她去買些東西晚點才回來，吃飽後在阿姨家睡個午覺，睡醒媽媽就會回來了，好不好？來，快吃。」

思萍轉身抱起雅子，「雅子，玩什麼啊？學媽媽抱妳嗎？」

小馬知道雅子母親看不到他所見的，那團霧狀模樣東西從雅子出生起就在，像雅子的寵物般，任她抱在胸前搖晃、當枕頭般墊在頭下，或是攤成被子狀裹在身上。他好奇那團東西觸感如何，伸手試過幾次，給他感覺更像霧像雲像虹，看得到卻摸不著。

小馬喜歡來雅子家，像個小小科學家觀察別人看不到的那團東西，除此之外，這裡比家更像家。在自家一切都要遵守母親的秩序，進門前在踏墊踩三下將沾上鞋的泥土抖落、進屋換穿室內鞋、洗手漱口後再到房內複習功課，坐姿要正確，文具要按照母親的規矩擺放：右手邊是鉛筆、左手邊是橡皮擦、右上方的位置是削鉛筆機、左上方則擺著鉛筆盒。

母親喜歡整齊有序，就像衛星繞著行星轉，只要他脫離軌道一點點，就會惹得母親發怒。母親每逢三點、六點、九點、十二點，只要是清醒的時候就會將客廳時鐘、手上手錶，與電視新聞顯示的時間調整得一秒不差。

但在這，可以想躺就躺、想睡就睡，不用注意怎麼坐和怎麼做。他盤腿坐在小桌前吃雅子母親的料理，雅子身上的那團東西像麵團溢出，從雅子母親抱起處自半空垂降地面，生出一隻身體拉得極長的臘腸狗，模仿人走路般一步提起、一步放下往他這移動，最後撒嬌般膩在他腳邊。小馬順著那團東西的外形摸，像薄膜裡有層水，他訝異自己也摸得到。

「好吃嗎？」雅子母親問。

「嗯！」小馬用力點頭。

「慢慢吃，廚房還有，阿姨去幫雅子準備午餐。」雅子被放回地上，兩手使勁拉回那團東西，最後像玩著毛線球的貓咪一樣，把自己纏了滿身動彈不得。小馬伸手要去幫忙解開，又什麼都摸不著了。

■一九九九年七月七日十四時四十分

●雅子家

六歲雅子的身前空無一物，她閉眼對著前方上下觸摸，像撫摸人形立牌，額頭到下巴，上半身和手，接著彷彿牽著誰的手往自己臉上磨蹭。四歲的她最喜歡和那團空氣玩，可以聞到那團空氣的淡淡牛奶味，手也能把那團空氣像黏土般，塑成和自己同個模樣。腦海裡將手摸過的位置定義出那是臉、那是脖子、那是頭髮、那是身體、那是手，還有腳。

「媽媽，妳摸摸看，妳摸摸看。」四歲的雅子拉著母親的手。

母親伸出手，「摸什麼？」

雅子不明白，她已經幫空氣捏出一隻手，為什麼母親還是摸不著？母親試了又試，最後放棄了雅子的遊戲。

沒有人能懂的遊戲是最孤獨的遊戲。

像是盲人摸象，雅子對那團空氣一無所知。它多大？多重？外型是圓是扁？那團空氣有時柔軟得像棉絮，抱著它像抱著棉被一樣舒服；有時則硬如牆壁，阻擋她再往前一步。那團空氣像貼身保鑣護著雅子，讓她沒有受過什麼傷。

雅子最愛邊照鏡邊想像雙手能給那團空氣捏張和自己一樣的臉，幫它捏出和自己一樣愛笑的眼，捏出小而挺的鼻子和忍住祕密不說的嘴巴，把那團空氣捏成另一個自己。有時那團空氣和雅子躲貓貓，儘管雅子看不到，卻能憑著那股淡淡牛奶味，一把就將它抱緊。

雅子去到哪，就牽著那團空氣到哪。

「以後妳就是我妹妹了，知道嗎？」雅子繼續別人眼中的想像遊戲，她知道終有一天，會有懂得並與她和妹妹一起遊戲的人。

■二〇〇一年八月八日十七時整

●雅子家

十二歲的小馬陪伴著雅子，早已習慣母親以任何藉口將他託給雅子母親照顧，那些時間母親去了哪裡他也不曉得，只能等待母親來接他。八歲的雅子習慣雙手在半空中捏塑，幾年過去了，對這遊戲依然樂此不疲。小馬注意到雅子旁的那團東西有了人形，甚至變得彷如雅子的影子，一樣身高、一樣髮型，眼型和嘴唇都有只是形狀還不明顯，臉上像有層薄霜覆蓋住表情。

「小馬哥哥，你摸，你摸摸看。」雅子要求。

「摸什麼？」小馬裝傻地問。

「妹妹，我妹妹。」雅子拉著小馬的手去摸，小馬的手直穿過妹妹。

「雅子，這裡什麼都沒有。」小馬聳肩，卻清楚看到妹妹的眼睛逐漸睜開直視他。

「媽媽看不到也摸不到，是因為手中沒有線，小馬哥哥明明手上有線，為什麼摸不到？妹妹說小馬哥哥說謊，說你看得到她。」雅子童言童語說著小馬不願面對的事實。

小馬從小就看得到躲在陰暗處的東西，跟母親說過幾次，卻只換來母親的斥責。母親怪他喜歡用胡言亂語引人注意，「你不要在那邊假鬼假怪，不知道的人還以為我沒有好好照顧你。」

他更不敢告訴母親，她的身後揹著一個女人陰陰笑著，女人像做給他看，用手掐住母親脖子讓她輕咳，小馬只能撇過頭假裝什麼都看不到。

假裝看不到，自己就能跟別人一樣。

「雅子，忘了妹妹，這個很危險。」

「什麼危險？為什麼危險？妹妹為什麼危險？」

小馬想到去年因為好奇暗處一動也不動的陰影，每日到國小垃圾場的角落去嘗試戳醒陰影。某日陰影突然膨脹如牆般巨大，小馬仰頭，陰影成為一大片倒向他，淹沒他。覆蓋在身上的陰影不斷從肌膚毛細孔往裡鑽，一點一滴滲進體內，小馬看陰影全潛入自己體內。接著雜訊在腦裡嘶嘶亂響，他看到持刀的手猛往曾經喜歡現在只有恨的女生身上刺，又看到那雙手在樹上以繩打結，接著自己在半空旋轉像音樂盒中無法停止轉圈的芭蕾舞者，痛苦到無法呼吸，他直想吐……

醒來後發現自己躺在醫院，斜眼瞥見有個人站在病床旁，仔細看，不是父親不是母親，是陰影長成一個人張著一雙眼瞪小馬，像責怪小馬吵醒他的眠夢，小馬被嚇得哇哇大哭。

很少在家的父親在病床一旁安撫著小馬，「小馬，怎麼了？乖，不要怕，沒事了。」

「爸，爸，有人，那個人跟過來了。」

小馬把經歷告訴父親，父親與站在一旁的叔叔互看，叔叔表情凝重，卻了然於心般地點頭。

「去請黃大師過來看看吧！」叔叔建議。

母親在一旁冷冷說：「我之前帶他去看過兒童精神科了，醫生說孩子缺乏父愛，所以藉這種幻想吸引別人注意，你自己做警察的，科學一點好不好？」

父親沒有理母親，只交代叔叔說：「幫我 call 一下黃仔，說緊急事件。」

「你們兄弟倆是怎樣？」母親怒斥著。

父親問一旁的母親：「小馬看得到東西多久了？」

這次換母親安靜不語。

「多久了？」父親大聲吼著，外頭的醫護人員急忙跑了進來。

「怎麼了？病人狀況有問題嗎？」一名護士關心問著。

「對不起，沒事。」父親忍住怒氣說。

待護士出去後，父親繼續說：「就是因為警察當久了，才知道科學不是一切。」

「你要這孩子跟你一樣？」母親問。

「就是不要才得找人幫忙。」父親說。

「你這麼有本事照顧孩子，就多回家來照顧他，他的事以後我不管了，你自己看著辦。」母親說完，就丟下他們離開醫院。

父親摸著小馬的手安撫著，「沒事的，爸爸在，你不要怕。」

黃大師來到醫院，手持符咒化成陣，在他面前念念有辭，小馬親眼見到纏在身上的男人化成沙消逝不見，就安心的閉眼。

「好了。」黃大師轉頭對他父親說，「你這孩子顯然繼承你們家血統，這輩子都躲不掉和這些東西糾纏的機會。你能附乩、阿原能感應，這孩子看來是能讓這些虛無的東西從無到有或從有到成形，屬於神通的一種。他能感悉那些東西的心念，那些魂體也在找懂祂的人，小馬越有興趣、接觸得越頻繁，那些東西就越能化成人形留在世上越久……」

「黃仔，你就直說吧，要怎麼做對這孩子最好？」父親問。

「讓他跟著我修。」黃大師回答。

「其他方法呢？」父親又問。

「沒了。」黃大師篤定說著，看看他的父親後又繼續說道，「你看起來氣色很差，自己多注意一點比較重要。」

「那幫我把他的神通給封了吧！」父親說。

黃大師嘆口氣後說著，「封是可以封，但是有危險性，教他怎麼跟那些東西共處和一些保身之道更重要。而且就算封，也是暫時的，之後會一點一點地又漏出來。能封多久、封多少能力都不知道，真的要這麼做嗎？」

父親點頭說著，「能少點苦總是好的。」

「既然你都這麼執意了，東西我還要準備，等孩子出院，過幾天再來我那邊找我吧！」黃大師說。小馬雖然眼睛閉上著，耳朵卻把父親與黃大師的對話都聽進去。

「黃仔，今天多謝了，過兩天帶孩子還有一瓶陳年好酒去找你。」父親說。

黃大師走了出去。

後來小馬知道那些東西有危險，假裝祂們不存在，自己才可以平安無事，也不會再讓母親擔心害怕。此時的小馬雖然知道那團東西從雅子出生起就跟在她身邊，看來無害，但誰知道這和平假象可以維持到什麼時候？如果哪天這團東西需要一個身體，那麼雅子又能躲去哪？至今夢裡偶爾還是會出現「陰影」過去的人生片段，小馬被迫看那些不屬於他的故事，彷彿自己死過一遍又多活一次。原本該是純真的童年一下就被替換成「陰影」紊亂的一生。

「雅子，聽小馬哥哥的話，不要再跟『這個』玩，大家會當妳是怪人、會害怕，如果大家覺得妳很奇怪都不理妳怎麼辦？小馬哥哥陪雅子玩，妳不要再理『這個』什麼『妹妹』的，好不好？」小馬勸著。

「不好，不好。」

「妳如果繼續跟祂玩，小馬哥哥以後就不跟妳玩了。」小馬威脅著。

雅子放聲大哭，雅子母親匆匆過來，蹲下抱著雅子，「雅子，怎麼了？不哭不哭。」

「小馬哥哥……小馬哥哥說……小馬哥哥說他……以後……不跟我玩了。」雅子抽搐哽咽地指著小馬。

「小馬哥，怎麼了？雅子欺負你了嗎？」雅子母親關心地問著。

他搖搖頭。

「雅子還小，還不懂事，小馬哥是哥哥，多包容妹妹好不好？」雅子母親說。

「妹妹」被雅子的眼淚融化，從人形化成一灘黑水，逐漸漫向小馬，黑水碰到他的手，小馬感受到雅子的情緒，也接連上「妹妹」的記憶。有聲音喚醒碎成片片的「妹妹」，溫柔的聲音伴隨意念養分像日照和雨淋，讓「妹妹」有了定根處，長出自己的樣貌。

小馬總算懂得當時黃大師為什麼這麼說了，那些鬼會成形是來自於他的好奇、興趣、渴望和接觸。那團「陰影」因為他時常接觸，原本無害會隨時間自然消失的「念」，吸收了他的力量而成人形具有意識，想的卻是如何強佔他的身體。「妹妹」在雅子母親肚內形體不復，靈體飄回混沌未明之時，由於自己太想見到雅子母親肚裡的兩位妹妹，所以讓不存在的「妹妹」聚靈成形。就像雛鳥破殼，睜眼所初見的就當母親，所以他之於初到人世的「妹妹」而言，等同是「妹妹」的母親、創造者，或者神。

被母親、被創造者、被神所拒絕的人又怎麼會快樂呢？

就像自己被母親厭惡和拒絕一樣。

小馬不願雅子受不能言說的苦，也不願「妹妹」受與他一樣的苦，他開口對雅子承認，「我能看到。」

雅子母親問：「嗯？看到什麼？」

小馬對雅子眨眨眼，說：「這是我和雅子的祕密。」

雅子睜大眼看著小馬，破涕為笑，說：「我就知道妹妹沒有騙我。」

原本攤成一地的「妹妹」灌足氣，回復成雅子外表模樣，小馬看「妹妹」臉上的霧靄不再，表情精緻到讓小馬分不清誰是雅子誰是「妹妹」的地步。

■二〇〇一年八月九日十八時零四分
●雅子家

「小馬哥哥，你有祕密嗎？」雅子問。
「每個人都有的。」
「是什麼？是什麼？」
「就是不能說才是祕密啊！」
「我不管，告訴我。」雅子說。
「好，等妳長大後，我會把祕密寫在紙飛機內交給妳，妳把它打開就會知道。」小馬說，心裡想著自己哪會對一個不過八歲的小女孩說家中母親的背後跟了一個女鬼。
「如果我有祕密也會寫在紙飛機裡，從我家『咻』的一下射到小馬哥哥家。」
「那妳要多練習，射準一點，不然飛走了怎麼辦？」
「我會準備幾十架，不，幾百架的紙飛機射給小馬哥哥，像成群的小鳥過境一樣，你一定會看見的。」雅子認真說著，小馬被逗笑。
「對了，小馬哥哥，既然妳看得見妹妹，那妹妹長什麼樣子？」雅子牽著妹妹的手一同坐在地上。
「和妳長得一模一樣。」小馬說。
「為什麼我看不到妹妹？」雅子繼續問著。
「就像我只能看到妹妹，但摸不到，雅子能摸得到妹妹卻看不見，很多人則是摸不著也無法看到。」

「小馬哥哥，我問你喔，妹妹很寂寞吧！只有我們兩人知道她在這。」

「妹妹很高興吧！至少還有人知道她在這裡。對了，妳說自己身上有線，我身上也有線，什麼線？為什麼我看不到？」

「我的手上有一條線連到妹妹的身上，小馬哥哥你看。」雅子把右手小拇指湊了過來。

小馬仔細地找，仍見不到雅子口中的那條線。

「沒有啊！」小馬說。

「有啦！小馬哥哥的手上也有一條線連到妹妹那。」

小馬舉起手來翻轉，看不出一個所以然。

「如果我回家的時候呢？線不會斷嗎？」小馬問。

「那條線會一直延伸到小馬哥哥家喔！我有注意過。」

「如果我去上學呢？」

「也是啊！」

「如果我去很遠很遠很遠的地方呢？」

「一定也是吧！」

「所以不管小馬哥哥躲去哪，妳都可以順著那條線找到我嗎？」

「一定可以，不管小馬哥哥去哪裡，我都會把你找出來。」

「是嗎？那打勾勾。」

小馬卻在幾天後徹底失蹤了。

■二〇〇一年八月十日二十一時零八分
● 小馬家

小馬撐起身子爬下床，外頭昏暗，每踏一步都覺得好像持續地震般讓他走不穩，只記得下午返家後母親難得為他準備茶點，他坐在餐桌前正襟危坐地吃，怕點心殘渣落到盤子外，每一口都吃得特別用心。母親用手抵著下巴，兩肩左右搖晃，還笑著問：「你吃東西的樣子好有趣，為什麼你和你爸長得那麼像？」

這才注意到，原本纏在母親身後的女人不知道去了哪，他怕那個笑得很艷的女人。女人的笑容像夜裡的小小火苗，小馬有時忍不住盯著那唯一的光，無法將眼神從她身上移開，直到女人笑開了，他才回過神裝無事。女人知道他看得到她，好幾次刻意做給他看似的，用手掐住母親脖子、緊扯母親頭髮，或以長長的指甲刺進母親胸口，母親反應出咳嗽、頭痛或心絞痛。

那個女人是什麼時候來到家裡的？

去年某天一進家門就見母親與女人共坐在客廳，他和母親打過招呼又轉頭對女人說阿姨好，母親的臉色垮了下來，他知道自己看到不該看的東西、說錯了話，又惹得母親不開心了。母親關上電視要他到房間做功課，平常母親只在晚飯時間才會喚他，那一次，母親陪他進房監督他做功課，他猜想或許母親也怕不存在的人。過一會他看見那個女人穿過牆，右臉龐緊貼在母親的背上盯著他瞧。

小馬不知道這跟母親後來變得多疑、易怒有沒有關係，母親常質問進家門的父親剛剛去哪，又和哪個女人鬼混。父親怎麼解釋都無法讓母親住嘴，被迫選擇逃離家庭住在宿舍，偶爾回來拿拿物品或是看看他。

女人糾纏母親許久，母親脾氣變得更加古怪。

今天那女人消失了，母親露出許久不見的微笑，臉上化著淡妝塗著紅唇，他瞥見母親的手，才注意到母親像那女人一樣，塗著鮮紅的指甲油。他害怕這顏色，像血，母親塗過口紅的笑容，更像血盆大口。

他急急吃完母親為他準備的點心就回房複習功課，將鉛筆擺在桌子右邊、橡皮擦在左邊、削鉛筆機在右上方、鉛筆盒橫置在左上方，一切按照母親訂下的規矩行動。眼皮好沉，在開闔間掙扎了幾次，抵抗不了濃厚睡意，便離開書桌往被窩裡鑽去。

隔了多久時間？被肚子餓醒的他，頭昏沉沉，身體彷彿不是自己的，每走一步都需要集中精神才有辦法跨出下一步，東倒西歪邊走邊扶著牆到樓下，冰箱內空無一物，牆上時鐘滴答滴答響著。凌晨兩點多，母親沒有按照時間叫他起床吃晚餐，還是母親叫過了？這麼一想，小馬更加焦慮，想著母親現在一定氣炸了。

他的四肢逐漸回復知覺，總算能自由控制，走回樓上輕敲母親的門，沒人回應，轉開房鎖伸頭往內探望，房內無人。再到樓下，父親房門虛掩，小小的、黑暗的入口內像有人召喚他進去。小馬將房門敞開，窗簾像牆讓外頭的光線無法趁虛而入，他摸黑找牆上開關。

燈亮，雙親躺在床上動也不動。

閉眼睜眼，父親和母親各自坐在床緣沒有說話。

再看床上，躺著不動如死人的雙親依舊在那。

他腦袋空白，坐在角落直盯著床緣的父親母親及床上的父親母親，怕再閉上眼四人就消失不見。窗簾阻隔了他對時間流動的感知，沒有黑夜和白日的區分，電話好像響過幾個世紀，敲門像鼓聲咚咚咚，他不想離開這去接電話去應門。

隔了多久？總算跳脫不斷播放同支短片的夢魘，床緣的雙親停止那些重複且固定的行為，同時望向他，小馬以為雙親恢復意識，開口叫著爸媽，卻發現兩人的眼神像獵豹發現羊，讓他開始慌張。一人一手彷彿要趕在對方之前，扯斷他的半邊身體又像要鑽進他的體內，小馬覺得痛，無論是身體或心理，父親母親死前的記憶和苦痛如電流貫穿他的身體和腦部。

小馬放棄掙扎和呼喊求救，如果這是父親母親想要的，他願意跟他們一起離開。突然間，有人將他從觸電處給拉離，他癱在一旁大口喘著氣，抬頭就看見雅子，不，是妹妹。小馬總算看到雅子口中的線，妹妹丟掉剛剛扯下的線，小馬看到剛剛像發瘋的雙親，再度回到固定的軌道重複著一樣的動作，母親低頭，父親看看手錶準備站起身，而此刻的他只想閉眼好好休息。

■二〇〇一年八月十二日十一時三十四分

●醫院內

小馬不習慣電視頻道上不斷報導著自己的身世和雙親的命案，畫面中的他被打上馬賽克但輪廓還是可辨識，父母親生前的照片被分放在畫面左右，主播說著，「前天發生一件駭人聽聞的社會案件，位於中和一位鄰居口中個性溫和的主婦怎麼會手刃自己的丈夫呢？讓我們來看一下稍早的新聞畫面。」

叔叔李坤原從外頭走了進來，拿起小馬手上的遙控器將電視關掉。

「為什麼沒有第一時間打電話給叔叔，你差一點死在自己家裡，你知不知道？」李坤原問。

明明該去打電話給一一〇或一一九求救，但他怕，怕跟誰聯絡之後，他就真的見不到父親母親，從此以後就是孤身一人了。想到父親母親，他的眼淚又不斷地落下。

「幸好學校的老師發覺不對勁，不然叔叔就連你也見不到了。」李坤原緊緊抱著小馬哭著，「來和叔叔一起住吧！」

隔天出院後，叔叔帶他返家整理物品，叔叔問他：「你不覺得你家有點冷嗎？我們還是趕快把東西整理好離開比較保險。」

他抬頭問叔叔：「爸爸媽媽怎麼辦？」

叔叔低頭問他，「什麼意思？」

「媽媽還坐在床上哭，爸爸一直要往外走，但走不出去。我走了，爸爸媽媽怎麼辦？」

叔叔聽完頓了一下，才又繼續說：「我們遠離這裡，徹底忘了他們，他們就會消失。如果你一直待在家裡想著這事，他們會被困在這裡，才是真的走不了。」

「我要爸爸，我要媽媽，我要留在家裡永遠不走，我要爸爸媽媽也永遠在這裡。」他哭著。

叔叔蹲下身與他同高，問：「你看到的爸爸媽媽，表情是快樂的？還是憂傷的？生氣的？不開心的？怨恨的？笑著嗎？還是哭著？你真的希望他們永遠這樣子嗎？」

他搖搖頭。

「和叔叔打勾勾，不要再回來這裡，讓他們做天使去，而不是留在這，好不好？」

他點頭，只因為習慣當個好孩子，知道何時該點頭。

搬家後，小馬依舊趁著叔叔工作繁忙時偷偷回到舊家，躺在床中央像被父母親圍繞，舉高雙手已不見手上的線。透過線才知道母親一直以謊言對待他，不斷告訴他父親在外頭有了女人，其實父親是受不了母親的怪異舉止，要求母親就醫和讓黃大師看看都遭拒，別無他法的父親只好搬到宿舍生活。母親錯植了他對父親美好的記憶，日日夜夜對他耳提面命，別忘了父親的不是，讓他深信父親是個拋家棄子的人。

小馬發覺妹妹像守護著他，每當他返家，妹妹就坐在梳妝檯上，兩腳懸空踢著。

「妹妹，是祢幫我的嗎？」

妹妹依舊面無表情直視著他。

小馬站起身走近妹妹，伸手就摸，觸感像順過由許多細線所做成的簾子，卻怎麼也無法實抓。

「如果祢可以拔掉線，那可以幫我重新接上去嗎？」小馬說。

妹妹沒有理會。

「幫我接上好不好？我想要爸爸和媽媽。」小馬哭著。

妹妹還是不發一語。

「藉著線我可以了解爸媽在想什麼，雅子說我們也連著一條線，為什麼我不知道祢在想什麼？但祢那時卻知道我騙雅子假裝看不到祢，還能透過線告訴雅子我騙她。」小馬用力吼道：「祢不幫我，就把我和祢之間的線也拔斷，我不想再見到祢，永遠都不想。」

妹妹又溶成黑水，從梳妝檯一路滲進地板下，消失不見。

■二〇〇一年九月一日二十一時零九分

●黃大師家

李坤原有時打電話回家沒人接聽，猜想小馬忘不了雙親返回舊家，想起當時在醫院黃大師說小馬的體質能讓那些不存在的物體聚形，甚至有大哥的體質容易被附身。他無法坐視不管，先藉口舊家已租出去，禁止小馬再去，將舊家大門換鎖之外，請同事輪流在那過夜，避免小馬千方百計混進去。

他想起大哥遺願，聯絡黃大師後將小馬帶來，兩人一進屋，黃大師要小馬先坐著休息，將李坤原拉到一旁，說：「還是讓這孩子跟著我修吧！有那麼好的神通，可以幫助多少人。」

「黃大師，你和我哥是麻吉，知道他的脾氣，我哥因為乩身體質受過多少苦，怎麼會願意讓小馬這孩子受同樣的苦。」

「這是你們這家人的命，逃得了一時，逃不了一世的。」黃大師說。

「黃大師，逃得了一時是一時，我只求這孩子現在能平安健康。他好像知道自己的能力，常常跑回我哥和大嫂身亡的地方，我怕他引火自焚啊，唉！」李坤原嘆氣。

「還記得我說過吧，封住神通有風險的，跟這能力有關的記憶多少會被封住。多了，他會忘記許多人事物；少了，一旦意識到自己曾經有這能力，封印就會慢慢解開。」

「沒關係。」

「你都沒想過，如果有一天他回想起這一切呢？對他的傷害就不大嗎？」

「總比現在他一直往危險裡去好。」

「也罷，上次去醫院時我沒注意到，現在才發現這孩子被其他東西纏住很久很久了。雖然這東西無害，但和祂們混久了，還是會傷身傷形傷心。」

「被什麼東西纏住？」

「我不清楚，只能確定那個東西在保護你們家小馬，不然憑這孩子的能力，越想接觸的靈魂就越快成形。我猜以小馬對父母過世的不捨，根本一瞬間就可以讓你哥和大嫂聚成靈體。死去的靈體不認得誰是誰，只會把這孩子當成憑藉，若不是那個東西，小馬不可能活著被救出來。」

「你的意思是纏住小馬的東西幫了他？所以小馬不是因為情緒太過激動、整天沒有進食才昏迷？是因為……我的天啊！我怎麼會沒有想到。」

「有人會養小鬼來幫自己，我猜想，這個東西是小馬無意識中養出來的，但我搞不懂他到底用什麼來餵養那個東西？不是自己的血嗎？還是有宿主讓這東西依附？」

「好好好，不管怎樣都好，我現在不想管這些，只拜託你，黃大師，救救這孩子吧！他就是那種不聽勸、一意孤行的孩子，就算跟著你修，他懂越多就只會給你給自己帶來更多麻煩而已。」

「既然我曾經答應你哥，那就做吧！」

擺好案桌，黃大師身著道袍，在地上以朱砂畫上符陣要小馬盤腿坐中央，小馬自然清楚叔叔為什麼帶他來這，但他不想此後再也見不著父母。黃大師燒符紙化水要他喝，他低頭就偷偷吐，接著要他閉眼不睜開，小馬想偷睜眼，但一聽黃大師搖晃手上鈴聲，口中念念有詞，一連串的急咒像搖籃曲迫他昏昏欲睡，眼睛怎麼也睜不開。隱隱約約聽到黃大師喊著他的名字要他回應，他垂頭閉眼輕聲回應：「有。」

屋內沉香氣味將小馬逼入睡眠的深淵，夢境中他身處一片漆黑，黃大師的鈴響和持咒聲在天際迴盪，周遭的黑暗像逐漸吸飽水分的海綿不斷朝他擠壓，四肢變得無法動彈，連睜眼也辦不到。一切沒有停止的徵象，小馬感覺有東西強灌進耳朵、鼻子和嘴巴，他逐漸聽不見黃大師的聲音，呼吸開始困難也發不出聲音求救，整個人被黑暗緊緊裹覆，像琥珀裡的昆蟲。最後，他像被丟進洗衣機裡快速清洗，小馬覺得天旋地轉，作嘔得睜開眼。

「好了。」黃大師說。

小馬昏沉沉問：「叔叔……這是哪裡？」

「叔叔帶你來黃伯伯家走走，你累到睡著，現在時間也不早了，我們回家睡好不好？」李坤原擦乾小馬臉上冒出的汗珠。

返家後見小馬沒有異常，李坤原更不敢細問，怕問多了就把潘朵拉的盒子給掀開。雖然對小馬感到抱歉，但至少把這孩子給暫時守住，也算對得起哥哥了。

同一天，雅子發現妹妹與小馬哥哥相纏的線斷了，不知道該問誰也無人可問，只知道自己沒有守住誓言，她把小馬哥哥給搞丟了。她緊抱著身旁的妹妹嚎啕大哭，雅子的母親不知道八歲的雅子為什麼哭得那麼傷心。

■二〇〇七年三月十日十九時十三分

●李坤原家

「叔叔，你回來了啊！有件事我想跟你商量一下。」高中生的小馬對剛進門的李坤原說。

「啊？要找叔叔商量什麼？沒想到叔叔也能被你這個小天才找來商量。」李坤原從冰箱倒了一杯水，回到客廳沙發上喝。

「我想考警大。」小馬說。

李坤原一聽，正在喝的水全噴了出來，「什麼？」

「我要考警大。」小馬認真說著。

李坤原還在咳，手卻急揮著表示不行，「不行不行不行，我反對，而且這不叫作商量，是通知。你的成績那麼好，最高學府的哪個科系不是任你選，你選個警大做什麼？叔叔的工作總是朝五晚九，你是沒瞧見嗎？」

李坤原更害怕的是小馬的能力雖然被封住，但警察這工作出入案發現場太多，那些心有不甘而留在原地不散的靈體，說不定會嗅到小馬身上飄散出來的能力氣息。這樣密集接觸之下，小馬遲早會覺知到自己的能力，也可能會想起往事，這是李坤原最不願意見到和面對的事。

「叔叔，你和我爸都是警察，見你們工作時的模樣特別帥氣，我常以你們兄弟倆為榮，所以立志當警察。叔叔，你的良好表現深深影響到新世代的年輕人，應該感到高興才對吧，如果我爸還在的話，一定也會站在我這邊的。」

「NoNoNo，不用以我們為榮沒關係，況且你什麼時候看到我們工作的模樣？看到我們下班回家累得像條狗一樣狼狽還差不多。少拿你老爸、我哥來壓我啊，叔叔不吃這套，我和他相處的時間比你和他相處的時間久，肯定比你了解他，他寧可你這一生健康平安，也不要你出生入死。」

「拜託，當警察沒那麼誇張好不好。」

「不行不行不行，我不同意。」李坤原堅決說著。

「叔叔，警察是你想從事的職業嗎？」

「是沒錯……」

「叔叔，既然你那麼了解我爸，那你覺得他會後悔當警察嗎？」

「是不會……」

「叔叔，如果當警察是你們的志向和抉擇，為什麼要阻止我做這個選擇？」

「咳……怎麼說呢？」李坤原重重吐了口氣，「當警察要面對這些打打殺殺，都是屍體都是血，很恐怖的，能不要就不要當警察吧！」

「叔叔，你會對新進來的同仁說這種話嗎？還是這些都只是藉口？純粹只是擔心我看得到鬼或是怕我會被鬼纏上？」小馬問。

李坤原吃驚地看著小馬，繼續裝傻問著，「你……你看得到鬼？」

「叔叔，你不會忘了曾經帶我去過黃大師那吧！」小馬說。

「什麼！你都還記得？」李坤原放棄謊言，只是心中疑惑。

「不算記得也不算忘記。從黃大師那回來後我的確看不到鬼，過了兩三年，我常常夢到爸媽，在夢裡媽始終坐在床邊低頭哭，爸不斷看錶像要趕著出門上班，無論我怎麼叫，他們都沒反應。這夢斷斷續續一年多，劇情都停格在那，有天夢中又來到相同場景，我媽不是低頭、爸也沒看錶，兩人盯著我，我很興奮，像期待已久的續集電影上映。我熱情呼喊，他們往我方向走來，我張開雙手討擁抱，原以為是溫馨親情片，誰知道變成恐怖惡靈片。他們各拉著我左右手硬扯，而且像生化人一樣液態化，想佔據我半邊身體，我在心裡喊著幹幹幹，這不是我要的故事啊。突然一股電流像小老鼠竄進來，跑遍全身上下，我就嚇醒了。」小馬無事般生動說著。

李坤原想，原來小馬早就發現事情真相，還能默默隱藏那麼多年，只為了不讓身為照顧者的他擔心。

「醒來後，一方面覺得不是夢，像我真正經歷過的事，另一方面，我覺得自己瘋了，竟然會對夢境那麼在意。隔幾天，街道變得不同了，每天路過的街角坐著一個斷了胳膊的人，我急著想幫他，才發現他是鬼。那種不會動的還好，會動的就刺激多了，有的在鐵軌上爬、有的像行人一樣會走、有的從天而降……過去的回憶像牙膏一樣被擠出來，例如小時候我跟媽說那裡有人，她要我別亂說話，帶我去看醫生，逼我吃藥，媽變得怕我也厭惡我，我能做的就是假裝看不到和學會安靜。」

「那你還記得什麼？」李坤原問。

「黃大師來醫院把纏著我的髒東西除掉，還有你帶我去黃大師那，請他幫忙去除看得到和容易被纏上的問題。」

「還有呢？」

「沒了，就這樣。」小馬說。

李坤原緊抱著小馬，問：「真的只有這樣？除了這些沒有記起其他的事？」

小馬好奇地問：「還有什麼事是我應該記起來的？」

李坤原冷靜回應：「沒有。」

「叔叔，我爸媽都過世那麼多年了，我只想說，叔叔擔心的我都知道，這幾年我也沒再被鬼東西給纏上過。何況我也怕鬼、怕死、怕惹麻煩，遇到鬼我會躲得遠遠的，我跟叔叔保證。」

「不行不行不行，就算我同意了，我哥、你老爸一定也不會同意的，他會把我罵死啦！」李坤原像個小孩般裝可憐，企圖讓小馬回心轉意。

「叔叔，這世上到處都有鬼，只是你看不到而已。如果照你說的，有鬼的地方就不安全，我去哪裡都不會安全的。」

「不行不行不行，你不用再說服我了，我、不、能、答、應、啦！」李坤原急跺腳。

「叔叔，我要成為像你這樣、像爸這樣，讓人引以為傲的警察，你不是常跟我說，心存正氣就什麼都不用怕。叔叔，人會變鬼很多時候是有執念在，我們幫鬼把凶手抓出來，祂沒有執念就不會是鬼了。如果鬼知道我們是在幫祂，哪有害我們的道理？叔叔，你說是不是？」小馬撫著李坤原的背，把叔叔當孩子般對待，不斷用話術來軟化他固執如石的心。

李坤原滿臉淚抬起頭，說：「我恨死我哥了，從小吵架我就吵輸他，連他的孩子我都說不贏。為什麼你和我哥都那麼會說話？為什麼你們都那麼聰明？為什麼你要說服我？為什麼你明明記起這些事情卻不說，一人默默承受？為什麼你知道這很危險還硬要做？為什麼不站在叔叔的立場上想一想？你是李家最後的子嗣了，如果發生什麼事，叫我怎麼有臉見你爸？叔叔把話說在前頭，將來你真做了警察，我千方百計都要當你的上司，只要你惹麻煩，叔叔百分百會把你關在警局，讓你哪裡都去不得，聽清楚了嗎？你記清楚了嗎？」

「好，我答應叔叔，我不會惹麻煩，會當個聽話的下屬，只聽叔叔的指令。不會亂來，確保自己的安全，讓叔叔安心，絕不會讓叔叔以後挨我爸罵。」小馬笑著安慰李坤原。

「哇！你騙人你騙人，每次騙叔叔時你都會忍不住笑出來。」李坤原哭得更淒厲。

小馬站起身，取了鏡子遞給李坤原，說：「叔叔，你自己看，我笑是因為你哭得很醜，誰看了都會笑。」

「哇！現在大了，不但有自己的意見，還開始嫌叔叔醜了。」李坤原繼續哭。

「好啦，叔叔，那就這麼說定了，不陪你玩了，我要去準備功課。飯菜都在電鍋裡，我吃過了，你慢慢吃。」小馬走回自己房內。

李坤原回復成嚴肅的表情，雙手合十說著，「哥，家裡人的脾氣你自己清楚，勸不了的，像你、像我一樣。這或許就是黃大師說的天命吧！孩子大了，關不了一輩子，該做、該瞞、該努力的，我都盡力了。現在能幫的，就是在我能力所及的範圍內好好看管這孩子，你就別怪我了，也祈求你在天之靈好好保佑他。」

「對了，還有我。」李坤原補充著。

■二〇一一年五月二十五日二十一時四十九分

●李坤原家

「我回來了。」小馬兩手各拎著一大袋食材進門，不斷把袋內的東西往冰箱肚裡送，打算讓冰箱飽食一週慢慢消化，自己就不需要三天兩頭去超市補貨。

「你你你回回來了啊。」李坤原難得放假在家休息。

小馬即將從警大畢業，見叔叔在家機不可失，便把心中整理很久的話複習一遍後才開口，「叔叔，有件事我想跟你商量一下。」

李坤原橫躺在沙發上百無聊賴看電視，不斷切換頻道，瞄了小馬一眼，打個呵欠後說：「找找找叔叔商量的事，都都都都不是好事，別別拐彎抹角，直直說吧！」

「先說好不准哭。」小馬先打預防針。

「什什什什麼不不准哭？你你什什什麼時候看看叔叔哭哭過了？要要說快快快說，不不說我我也不不不打算聽了。」李坤原眼睛直視電視，不知小馬又要投下什麼震撼彈。

「那我說囉！」小馬看著李坤原，「真的要說了喔，你要不要再深呼吸一次。」

李坤原配合著用力吸氣再吐氣，吸氣吐氣，眼神瞥向小馬，心中進行最後倒數。

「畢業後我想搬回舊家。」小馬說。

小馬話一說完，李坤原就淚流不止地問：「是是是不是叔叔哪哪裡做做做得不好？你你直接跟跟跟叔叔說沒沒沒關係。為為什麼要要要自己搬出去住？你不不不是答應過要要要好好照照顧叔叔的？」

「說好不哭的。那時我誤以為你說會好好照顧我，哪個小學生會想到一個大人要他照顧的。」小馬說。

李坤原不理會小馬，繼續苦肉計，哭著說：「你你你長大了，想帶女女女朋友回家過夜怕怕怕不方便，沒沒關係。叔叔很很開放，你你你你可以帶女女朋友回回回家沒沒關係的。每每每天帶不同人也也沒關係，不不不用害羞。」

「就說好不准哭的。我沒有女朋友啦！」

「你你你幹什麼要要自己搬搬搬回去啦！假假如你喜歡的是是是男生，叔叔也不不不會說什麼的。」

「我喜歡女生，叔叔你不要再亂猜了。」

「到到底是是是什麼原因啦？我我我知道了，你你嫌叔叔煩，或或或是嫌叔叔髒，不不不不然就就是嫌叔叔又煩又髒。你你到底嫌叔叔哪哪哪一點，跟叔叔說，我我我改就就是了。以以以後回家叔叔襪子不不不不會亂丟，垃圾會會幫忙倒，尿尿先先把坐墊掀掀掀起來，也不不不在家裡抽抽菸了，好好好不好？」李坤原知道小馬一旦決定，就很難勸阻。

「叔叔，別哭了，你每一點都很好，哪一點我都喜歡，那些壞習慣都不是原因，當然能改最好。」

「哇！你你你騙人，那那為為什麼要要搬回去。你你你你不怕叔叔一個人住會會寂寞嗎？你你你怎麼那那麼狠心。」眼淚既然早晚要掉，不如為將來的道別提早先流。

「叔叔，不要每次說正經事時，你就卯起來哭不讓我說話，你坐好，眼淚擦乾，對，把鼻涕吸回去。嗯，不准哭，忍住。」小馬像教導幼兒般對李坤原說話，「那間屋子因為爸媽的關係被當成凶宅，我不喜歡這樣的結局，想要幫他們把得不到的幸福在那裡扎根。」

「叔叔不不准啦！你你沒沒沒有留下來照照顧叔叔，叔叔會會餓死啦！」李坤原繼續賴皮。

「叔叔也可以一起搬過去。」

李坤原回復成原本模樣，立即認真回答，「不不不要，離離我上班的地方好好遠。」

「你看，邀你去又不要。」

「我我我不管，你你留下來。」

「我現在留下來，畢業後就搬出去。」

「你你你現在留下來，畢畢業後也也也留下來。」

「叔叔，我已經決定，先讓你心裡有個底，怕你不適應沒人陪的生活。你加把勁，快點結束光棍生活，找個專職的人照顧你。」

「叔叔辛辛辛苦苦把把你養大，你你你長大了翅翅膀硬了，都都都還沒畢業，就就說畢畢畢業後要要拋棄叔叔自自自己去生生活。大哥大嫂，你你你們看看，你們看看你你你們家小馬這孩子怎怎怎麼會這這樣，一定是是是我沒有教好，還還還是因為你們以以前沒有好好教？」李坤原硬從眼角擠出兩滴眼淚。

小馬看看四周，說：「我爸和媽都不在，如果有來的話，一定第一個告訴你。」

李坤原板起臉孔說：「在在在的話也也千千千萬不不要說，我我不想知道。算算算了，不不管叔叔用用用什麼招式都勸勸勸不動你，不不跟你玩了。現現現在說說這些還太早，畢畢業後再看看。房房房子那那麼久沒沒住人，要要住之前也該請人整整整修一番，不不是一兩天就就就能弄好的事。有有有空你就先先去看看，該該該找誰處處理就就就找誰。叔叔工工作忙，沒沒沒時間幫你。」

「Yes, Sir.」小馬舉手敬禮。

李坤原走回房內取出沉甸甸的鑰匙交到小馬手中。

隔天小馬來到舊家外，之前叔叔說屋子租給別人，其實一直空著，只是不想讓他有藉口再返回這個家。打開換過鎖匙的大門，一推開，什麼家具都沒變過，隨他一起進屋的風將灰塵揚起，原本凍結的時間像再次被開啟。

「我回來了！」他朝空屋喊。

「我回來了！」漫天飛舞的灰塵被小馬的聲音給震落一地。

「我、回、來……」他跪下伏地，泣不成聲。

■二〇一一年十月十七日二十時三十三分

●小馬家

總算還是回家了，他將雙親的遺照掛在客廳，彷彿他們沒真正的離開。

小馬躺在一樓主臥那張大床上，想著這個家只剩下自己了。

從記憶逐漸恢復以來，有個似曾相識的身影時常浮現在腦海、在夢裡、在昏暗的遠方街道、在擁擠的人潮裡。不論自己怎麼回想，像是有人在他和那身影之間放下了一大塊透明薄幕，他追不上也看不清。小馬還在想，窗外好像有人用指尖輕輕敲著窗，清脆的叩叩叩聲，小馬被連續不斷的聲音干擾。起身到窗邊，看見對面的窗邊有個綁著馬尾、素淨著一張臉的女孩，手不停地從身旁拿起紙飛機往他這射，彷彿把他的窗戶當成靶心。

一架一架的紙飛機乘風而來，女孩見到他出現也不停止動作。小馬一開窗，那些紙飛機像亂竄的鳥，有些撞到他身上、有些從他身旁滑過、有些早早在半途中落地，一些順著風往高空繼續翱翔。

小馬探頭往窗外看，那裡堆滿像小丘陵的紙飛機。

「欸！」他出聲問對面馬尾女孩，「好玩嗎？」

「你是人吧？」女孩問。

「妳才是鬼。」小馬答。

女孩只是笑。

■二〇一一年十月十七日二十時四十分

●雅子家

今天之前的日子，對面的屋子像剛睡醒的動物張嘴呵欠，有工人不斷被吃進又被吐出，雅子湊熱鬧般和那些工人很快混熟，跟著他們自由進進出出。隨著日子過去，雅子發現工人們只是將電線水管重拉線、重新粉刷油漆，家具沒被撤走半樣，請來修繕師傅將十多年的家具加強、打磨、抛光、上漆，一切都沒變，保留屋內的舊時模樣，問工頭也不知道屋主是誰。熱熱鬧鬧好一陣子後，工人和修繕師傅陸續離去，對面的屋子彷彿也睏了，那裡又靜成一片黑暗，像過去一樣。

今日稍早，久沒住人的鄰家有人開了燈，窗戶透出光線像貓咪夜裡的眼，雅子興奮的將一簍紙飛機提來窗邊。用嘴對紙飛機尖銳的前端呵氣，彷彿將能量一併灌入，手腕往後蓄勢，接著使勁往前一拋，成功敲響了第一聲。心想如果屋主是小馬哥哥，看到紙飛機一定會想起往事，想起她。

自從小馬失蹤的那天起，她失心瘋般不斷追問父親、母親，換來的答案只知道小馬被叔叔接去同住，由於搬得很急，沒來得及留下他們的聯繫方式。雅子以為循著妹妹身上的線就能找到小馬，誰知線卻斷了，小馬彷彿完全消失。

她哭著問：「媽媽，小馬哥哥手中的線斷了，為什麼會斷掉？」

「什麼線？」母親問。

雅子牽起妹妹的小拇指，對母親說：「這條線，這條線。」

母親疑惑地看著她，雅子忍住哭，想起小馬哥哥說過的，「看不到的人很難相信妳所說的，妳能相信自己就好，不用刻意告訴別人。雅子，小馬哥哥看不到妳說的線，但相信那條線的存在。」

對面的窗戶被打開，雅子一看就知道那是小馬，憂鬱的眼睛、高挺的鼻子和緊抿著、彷彿忍耐一切的嘴唇還是和過去一樣。

「欸！好玩嗎？」對方問。

「你是人吧？」女孩問。

「妳才是鬼。」小馬答。

「你看，這像不像一條跑道？」她手指著用月光鋪成的路徑，試探地問：「新住戶？」

對方搖頭。

「見鬼了，不是新住戶是什麼？這裡被人當鬼屋很久了。」雅子說。

「我小時候住這裡。」對方說。

「你是那個……」雅子心想小馬怎麼可能忘了她？怎麼會忘了她？如果連她的事小馬都不記得，那麼一定也忘了線、妹妹還有紙飛機的事。

「叫我小馬就好。」

「還記得我嗎？鄭杏雅，雅子啊。」

「鴨子？」

「一、ㄚ、雅，三聲雅，典雅的雅，雅子。也是啦，都那麼久以前的事了，忘了也是應該的。總之，歡迎搬回來，如果見到我妹跟我說一聲。」

「妳妹？」

雅子想哭，但還是勉強給對方一個僵硬的笑容，迅速關窗拉窗簾，轉頭就低身啜泣。邊落淚邊起身走回自己房內，接著任身體、任整張臉、任思緒、任眼淚和哭喊，被床給一口又一口吃掉。

機密檔案：006

■二〇一五年九月十八日二十時二十分

●小馬家

小馬越是細想過去的事，兩手越奮力將密封記憶的樹洞給死命挖開，他如螞蟻往地底蟻巢更深處裡去，腦海裡出現父母躺在床上滿身是血的樣子，出現妹妹的眼睛，出現妹妹手中握著的線。

他用力想，使勁想，覺得自己可以想起更多。

見雙親躺在血泊，小馬沒有哭，看著兩具屍體，要他們活過來、要他們爬起床、要他們和以前一樣和他說話，說什麼都好。

父親母親是爬起來了但離活還很遠，不會說話，像機器娃娃重複著固定動作。

小馬要更多，要他們回到自己身體動起來。

他看到有細長的寄生蟲從左右小指底部鑽出來，在空中以蛇爬行姿態往雙親去，兩條寄生蟲鑽進父母的小指內。

兩人注意到小馬的存在，越走向他，線反而被拉得越緊，父親母親同時伸手抓住他。

小馬記起來父母要什麼，他們要他的身體，一個可以讓他們再活過來的身體。

他願意捨棄一切，可以學哪吒割肉還母、削骨還父，讓雙親自冥界重返人世，自己絕不回頭也不後悔。小馬不知道該怎麼做，更不知道是要給父親還是給母親。

雙親角力著，要搶先一步成為活著的人。

死前的怨恨、不甘、痛苦、殺意等情感從線襲來，像大潮將小馬的意識逐漸沖散。住手，他要父母都住手，自己沒真的偉大到可以為他們去死，活的意念遠遠勝過願意犧牲自己的情操。

妹妹出現，把纏著父母的線拔開，他們又變成沒有意識、重複相同動作的人偶。

小馬記起在醫院父親和黃大師的話，雖然他閉著眼，但兩人對話清清楚楚流入他的耳內，「你這孩子顯然繼承你們家血統……能讓這些虛無的東西從無到有……那些東西就越能化成人形留在世上越久……那幫我把他的神通給封了吧……之後會一點一點地又漏出來……」

原來雅子早就知道他的能力，那麼是假裝不知道配合著他？還是真的相信他早已散失了這個能力？

幼年的他在下意識中讓妹妹成形，有意識地讓父母成為鬼流連在屋內，過去是妹妹將他和父母身上聯繫的線給拔掉，這次也是妹妹斷開王美齡與他的糾纏。以前妹妹和他有線相連，經過黃大師施法線已不在，過去妹妹能感受到他的意念，如今呢？他在心中使勁呼喚，左看右看，不如自己所願，妹妹沒有出現。回想過去種種，小馬知道自己忘的是什麼了，黃大師封住他的能力，自己一部分的記憶也隨之被封住，包括雅子、妹妹還有擁有讓靈體聚形的能力。所以和阿哲在王美齡住處時心裡想著：「若能親自問王美齡，一切謎題就能解開」，自己半認真半玩笑的意念讓王美齡聚了形，並跟著他。

小馬閉眼深吸口氣，現在最重要的是解決吳添才這案件，至於自己，讓祕密繼續成為祕密，過去就真的過去了。

■二〇一五年九月十九日十一時二十二分

●療養院

「我說，到底為什麼那麼早把我挖起床一路殺來台東？」阿哲打了個大呵欠問。

「從吳添才刻意隱瞞的家世中找線索啊！」小馬剛停妥車，解開安全帶後到車外舒展筋骨。

「讓我叫你聲小馬哥，不要整人了行不行？就算我不當警察，從八卦媒體扒糞挖出來的資料，也可以對他的祖宗十八代了解透徹。我說給你聽，吳添才的父親在他國中時因意外過世，母親在他高中時瘋了，他辛辛苦苦求學到有今日的成就，堪為全民楷模。只能說他命運太坎坷，妻子小產、岳父因謠言畏罪自殺，最後妻子又捲入憂鬱症和被鬼殺死的案件中，不知道誰走漏風聲，媒體一致咬定殺人凶手是黃玉茹。」阿哲半瞇著眼，有氣無力說著。

「你看，這張是吳添才婚禮當天的照片，這人是吳添才、這人是王美齡、這人是王勝豪，據出席婚宴的賓客所說，這女人是吳添才的母親。」小馬指著照片中穿紅衣的女人。

「怎麼可能？是去做過整形大改造嗎？一個是女泰山，一個像西施。」阿哲張大眼問。

「對，不可能。所以這不是吳添才的母親，是替身，吳添才隱瞞了什麼，我們要從最源頭開始去找，才能找出他的破綻。」

「這不是很容易想嗎？因為母親瘋了，怕沒面子，所以請人出席。」

「你倒是都幫吳添才想好答案了，不過我猜他的確會這麼回答。」小馬說，「那吳添才的父親怎麼意外過世的？」

「幸好我有帶最新一期的狗仔週刊，你看看，裡面報導吳添才的父親凌晨返家，因酒醉失足從二樓摔到一樓，直到隔天一早才被發現，錯過黃金時間，失血過多送醫不治。」

「如果事情真的那麼單純的話。」小馬說。

「拜託，幾十年前的事情了，就算案情不單純你也拿吳添才無可奈何。而且他現在已經被媒體塑造成悲劇男主角，八點檔收視率都輸他一截。至於媒體為什麼一面倒向他，你不會不懂有錢能使鬼推磨的道理吧？」

「總之，走一步算一步，多了解吳添才一些或許對案情有所幫助。」

兩人走到療養院櫃台前，先與醫生護士打過照面，小馬例行詢問吳添才母親月娥的病情，醫生說：「她不與人接觸，常抓著一雙鞋蹲在角落，生活作息雖然不用別人照料，但抗拒到戶外，說外面有鬼，怎麼試都沒用。」

護士表示，「平時她的情緒很穩定，吳添才來時會特別激動，次次都如此，吳添才說母親可能不想見他，所以來的次數也少之又少。我記得有一次吳添才將母親手上的鞋子拿走，他母親哭喊，說不能讓誰穿鞋，他會來找她。等吳添才離開我們才又給她一雙鞋，安撫她的情緒。」

簡短談話後，護士領著兩人到休息室，指著角落的位置，一名婦人低頭坐在那。

「阿姨妳好，我們是警察，想問問……」阿哲走向前問，話還沒說完，月娥急抓著自己頭髮說，「警察……警察……人……人不是我殺的……他自己……他自己摔下來的……不是我……不是我。」

「阿姨，妳不要激動。」阿哲亂了手腳試著安撫。

小馬問：「妳殺了自己丈夫？」

「不是我……不是我……他自己摔下來的，你們找添才來，他可以作證，他可以作證。」

「妳為什麼抓著一雙鞋？」小馬繼續問。

「……」月娥沒有回答。

「那是妳丈夫要的？」小馬問。

小馬清楚看到一名男子赤腳站在月娥的一旁，是死去的吳添才的父親。他想起叔叔李坤原曾說過：「我們遠離這裡，徹底忘了他們，他們就會消失，如果你一直待在家想著這事，他們會被困在這裡。」

被殺的人要有多大的恨意，對逝去的人要有多強烈的思念，才能讓一個靈體存在三十幾年那麼久？

月娥像觸電般，抬起頭來東張西望看著。

時間像沙漏開始倒數，小馬心一橫決定直逼核心，「妳感受到了吧？他一直跟著妳，他跟我說，他要那雙鞋。」

「他真的在這？一直在這？」月娥把自己蹲得更低。

小馬沒有回答是或不是，繼續編織謊言，就算傷害吳添才母親也無所謂，只要早日讓吳添才俯首認罪，「他說沒有鞋子哪裡都不能去。」

「不可以，不可以，不可以給他鞋，他會找到我，他會找到我在哪裡，他會來報仇。」月娥緊緊將鞋擁進懷裡，生怕誰搶走。

小馬對月娥輕聲說著，「阿姨，妳看著我，聽我說，妳把鞋子給我，我保證妳丈夫會跟著我，他跟著妳的原因是因為妳把鞋子藏起來不給他。給了我，從此妳就可以輕鬆了，我會帶他離開這裡，沒有人會再跟妳要鞋子，好嗎？」

「可以把他帶走？」

「對，以後妳可以好好地吃好好地睡，可以把他給忘了，因為我會帶他走，讓他不再騷擾妳。」

「真的？」

他可以安心的走。」

「真的。」

月娥不安地交出懷中的鞋，小馬接過鞋，「他說離開之前，要知道自己到底怎麼死的真相，讓他可以安心的走。」

「什麼真相？人真的不是我殺的。」

「是吳添才殺的？」

「不是，不可能，那孩子那麼小，怎麼可能做得到？不是添才，不是他。那天我起床出來，就看到孩子他爸躺在地上，他酒醉摔死的，你跟他說，是他自己愛喝酒，酒醉摔死的。跟我，跟添才，都沒有關係。」

「阿姨我幫妳跟他說了，我現在把他給帶走，妳放心吧！」小馬站起身來朝阿哲點點頭，兩人就朝外走去。

「吳添才的母親是真的瘋了？還是也被吳添才催眠過了？」阿哲邊走邊問，「還有，你真的……看得到……」

「我又不是雅子大師，你想想根據週刊報導，吳添才的母親在丈夫死後，行為越發怪異，最後在其他親屬幫忙之下，將她送至療養院，沒錯吧？」

「所以？」

「那麼他母親可能覺得丈夫的死跟自己有關，最後受不了輿論壓力和內心譴責而崩潰，表現出來的怪異行為就是怕人搶走那雙鞋，把她恐懼的事情畫上等號，鞋子自然和吳添才的父親有關。」

「所以他父親的死真的只是酒醉失足而已吧？」阿哲問。

小馬聳肩，說：「誰知道呢。」

那些鬼到底是以什麼為依據跟著人呢？

是想念？是罪惡感？是真正的凶手？是隨機？他對鬼所知太少。唯一確定的是吳添才父親確實要那雙鞋，所以直跟在自己身後。

「你要那雙鞋做什麼？」阿哲又問。

「不知道，總有用上的時候。」小馬只是不願意看見一個老人三十多年來不斷受到內心煎熬和鬼魂折磨，再往療養院內看去，吳添才母親靠在窗沿用手拄著頭也望向他，表情判若兩人。

小馬打了個哆嗦，吳添才父親是怎麼死的已經不重要，如果吳添才可以長期布局來搞瘋王美齡，他的母親難保不是裝瘋，以便躲避吳添才的毒手，還是另打什麼主意？

■二〇一五年九月十九日十一時三十分
●吳添才辦公室

「喂！你好，我是療養院的楊護士，請問吳先生在嗎？」祕書接起電話，對方低聲說著話。

「請稍等一下。」祕書一聽是楊護士，將電話立即轉給吳添才。

「妳好，我是吳添才。」

「吳先生您好，剛剛有兩個警察來醫院找您母親，跟您通知一下。」楊護士說。

「警察？」吳添才想到李雲光說兩名年輕警察帶來幫手，一口咬定他曾對洪智多和黃玉茹催眠，李雲光擔心黃玉茹受對方暗示，會說出不利於他的說詞。這次那兩個小警察找上一個瘋了的女人要做什麼、能做什麼，自己也摸不著頭緒。就算要追究他殺父的罪名，早就過了法律追訴權，更何況沒人知道他殺了自己父親。他派人查過兩人底細，一位是宋信哲，另一位是李馬傲。

「謝謝，我知道了，我會請人匯款給妳。」吳添才掛上電話，想著那名叫李馬傲的警察是最麻煩的人物，自己精心策畫的案中案盡被他給識破，儘管檢方目前的證據在法庭上一樣拿他沒轍，且自己尚保留最後一手棋。身為完美主義者，只差一步就可以優雅下台，都怪這個多事的警察，讓他跌跌撞撞、亂了陣腳。他要李馬傲為此付出代價，而那名叫鄭杏雅的女孩就是祭品。

吳添才撥電話給祕書，「幫我以『常運建設』的名義邀請鄭杏雅到私人招待所，洽談整棟辦公大樓室內設計的案子。」

■二〇一五年九月十九日十三時五十六分

●呂老師住家

「不好意思這時間來打擾您。」小馬說。

呂老師端上茶，說：「不會不會，請喝。」

「可以麻煩呂老師說說對吳添才的印象嗎？」

呂老師閉著眼緩緩說著，「這孩子我印象很深刻，很聰明但安靜，平常不惹人注目，對事情有強迫到完美的傾向，勞作和作業都要到達自己設定的目標，不然旁人怎麼勸都無法讓他停下一改再改的偏執行為。人際方面，班上有位同學常針對他，他避著對方，不曾見他動怒，感覺是懂事、高EQ的小孩。有一天班上某人錢包不見，後來在那位同學的書包裡被發現。以我教書多年的經驗，看得出來錢包不是那位同學偷的，眼神騙不了人。反倒吳添才像狩獵者雀躍般的表情，他在等待獵物到手。再隔兩週那位同學家裡的狗不知道被誰毒死，是不是和吳添才有關我說不準，但他的確不達目的絕不罷休。如果那時我可以戳破一切，或許吳添才那孩子也不會變成如今這樣。」

「呂老師也覺得王美齡是吳添才殺的？」阿哲睜大眼興奮地問著。

「如果你們不是這麼想，那麼何必來問我過去的事？」

「那呂老師對吳添才的家庭背景還記得嗎？」

「吳添才的父親當保人揹了一身債，之後藉酒澆愁，酒醉後常對吳添才暴力相向。他沒對我說過，偶爾我發現他身上有瘀青，問他也不說，問他母親只說是孩子不乖受到一點小處罰，過兩天就會好不礙事，謝謝老師關心。不管誰來看都知道，根本不是什麼小懲罰，只是那個年代家長的管教權很大，旁人管不了那麼多。很湊巧的，只要跟吳添才扯上關係、他厭惡的對象，都不會有好下場。就像吳添才的父親死於意外、母親進療養院，沒錯吧？」

「呂老師是想要提醒我們什麼嗎？」小馬從呂老師睿智的眼中看到一抹憂悒。

呂老師推推眼鏡，看著兩人問：「吳添才是個追求完美和伺機而動的人，如果他知道是誰不斷調查這案子，甚至破壞了原先的計畫，你確定自己或周遭的人會沒事嗎？」

阿哲只需擔心自己就好，呂老師的勸告對他而言不痛不癢，反倒小馬有不好的預感。

■二〇一五年九月十九日十四時整
●某大樓內的招待所

前一天已經請李雲光跟檢方說明有個重要合約要處理，約好今晚七點主動到地檢署說明，時間不多，但吳添才想做的還很多。當計畫不再完美，便需要一點破壞來增加高潮。吳添才換了造型，這是他過去打工生涯裡學到的絕活之一，在舞台上表演魔術，有時需要扮演不同角色，年輕的年老的、紳士的地痞的、男的女的、精明的樸實的，一點簡單的配件、化妝技巧和動作就能騙過其他人。

為了避開新聞媒體的追逐和檢方的跟監，他把頭髮剃短染黃並且集中抓高、拔下眼鏡戴上瞳孔放大片、將眉毛修整齊、在腮幫子兩側各塞進厚厚一團棉花、黏上鬢角和鬍子，最後穿上和自己年紀不合時宜的嘻哈衣服和戴上粗大的嘻哈風項鍊，和新聞中那個兩鬢霜白、戴著金框眼鏡、斯文有禮的人，形象已全然不同。

吳添才對看起來出社會不久、一臉生澀模樣的雅子說：「鄭杏雅小姐妳好，關於我們新的開發案，應該有在電子郵件中先讓妳瀏覽過了，這一次辦公大樓的整體內部設計，我們想走大膽一點的風格，要突破以前那種分割的OA辦公家具概念，想打造空間奢華感，又不想模仿其他企業已有的風格。我們對鄭小姐最近在業界的幾款設計很感興趣，我想應該可以達到我們想要的方向，所以找鄭小姐來合作。」

「謝謝您的讚賞，我對貴公司的案子也很有興趣。」

「對了，我希望空間設計中加入濃濃的遊戲風格，不要太死板，但可千萬不要放撞球檯、遊戲機那些，我說的是那種讓人一走進空間就想遊戲、發揮創意的感覺，妳懂吧？說到遊戲，鄭小姐喜歡遊戲嗎？」

「什麼樣的遊戲？我喜歡嘗試和挑戰。」

「我最喜歡勇於嘗鮮、創新、不怕難的人，不過用不著緊張，這遊戲很簡單。」吳添才取過三個不透光的杯子倒扣在桌上，從口袋掏出一枚中間被穿孔過的硬幣，當著雅子的面將硬幣放入其中一個倒扣的杯內，繼續說：「猜猜看硬幣在哪個杯子，開始了喔。」

吳添才移動杯子，雅子的目光像貓追著老鼠跑，緊追在吳添才手的動作之後，左右來回、旋轉交叉、上下平行，最後動作停了下來，吳添才問：「硬幣在哪個杯子裡？」

雅子追丟了硬幣，隨意指著中間的杯子碰碰運氣，吳添才將杯子打開，空無一物。

「繼續另一個遊戲？」吳添才問。

「所以剛剛的硬幣在哪裡？」雅子好奇剩下的兩個杯內到底有沒有那枚硬幣。

「為什麼人都喜歡追根究柢？」吳添才打開最右邊的杯子，硬幣躺在那。

他取出那枚硬幣，放在左手內，「這個遊戲比剛剛更簡單，妳只要猜猜看硬幣在哪隻手就可以，準備好了？」

吳添才以快速的手法將硬幣在兩手之間傳來傳去，硬幣像活著的小動物在指間、手掌、手背來去，最後吳添才雙手合十再分開，答對機率成了半半，「哪隻手？」

雅子指著左手，吳添才攤開，什麼也沒，硬幣出現在吳添才的右手掌心內。

「最後一個遊戲了。」吳添才邊說邊拿起右手的硬幣，硬幣中央有個小孔，他從口袋中抽出一條線穿過硬幣中間的孔，「等會妳仔細盯著這枚硬幣，妳相信我可以在妳面前讓這枚硬幣消失嗎？」

雅子露出不可置信的表情，「就這樣讓硬幣憑空消失？我不相信。」

吳添才持著線的一頭，讓硬幣像鐘擺一樣擺盪著，左，右，左，右，一如飄蕩在海浪上的小船，越盯著半空中左右來回的硬幣，雅子的思緒似乎乘上了吳添才為她準備的船。

「來，看著硬幣。好，放輕鬆。先閉上眼，再睜開。閉上，睜開，閉上。來，鄭杏雅，妳來到一個度假小島，這裡的人很和善，這裡很自由、很安全，不要害怕。妳站在一片大草原中央，現在妳想要躺下來休息，對，很放鬆的躺下來。」

吳添才喜歡遊戲，遊戲讓人著迷。

那些抗拒不了遊戲誘惑的人，最後都會落入他設下的陷阱裡。

■二〇一五年九月十九日十四時五十六分

●退休法醫家中

「你們來是要問吳添才父親的事吧？」年老的退休法醫問。

「那麼久以前的事了，您還記得嗎？」小馬問。

「依照我當時的判斷，如果因酒醉從樓梯摔下來，身上應該會有多處瘀擦傷痕。但從那個高度的樓梯摔下來，傷勢理當不會那麼嚴重。」退休法醫以大手勢比畫著當時的狀況說，「他摔下來的姿勢，比較像是被人推下來或是受到驚嚇往後跳摔下來的，身上瘀青處很少，背部和尾椎最為嚴重。」

「所以說有他殺的可能嗎？」小馬繼續問。

「是有這個可能，但沒有這個事實。」

「怎麼說？」阿哲好奇問著，心想這法醫連表情都是戲，不去演戲真是太可惜。

「過去遇到的他殺案件，一般的犯人會對被害者的頭連續撞擊或敲擊，確認對方會死或已經死了才停手，但吳添才父親的頭部傷口只有兩處，一處是小傷口，來自於撞擊樓梯突起物而失血過多，一處是大傷口，造成他當場昏迷的主因。如果是他殺，犯人手要夠有勁，心也要夠狠，才能一次到位。死者家中只有一位婦人和一名國二的孩子，不論哪位，力道應該都沒那麼足。當然，也有可能是我們太小看女人和孩子，畢竟緊要關頭，用一己之力推開擋路的車也是有可能的。主要還是因為死者身上沒有其他指紋，無法證明被人推下樓或遭人殺害，最後案子以酒後失足自樓梯間跌落，意外死亡，無他殺嫌疑而定讞。這些線索對你們現在所追的案子會有所幫助嗎？」法醫從左走到右，又從右走到左，像教授授課一樣看著他們。

「當初那案件還有什麼讓您覺得奇怪的地方嗎？」阿哲問。

「檢察官有跟我說樓梯處有連續的血跡痕，原本我想死者摔到地上想爬起來，摸摸頭發現流血，想上樓求救，爬了幾步後體力不支或是意識昏迷又滾了下去，所以樓梯間才有血跡。當初我和檢察官不以為意，結了案，隔了好幾年又談到這樁怪事，我才恍然大悟。」

阿哲已經入戲，像個粉絲般追問：「悟到什麼？悟到什麼？」

「我們真的錯放了凶手，唉。」法醫一臉悔恨，搖頭嘆氣。

「怎麼說？」阿哲問。

法醫才要解釋，小馬開口說：「死者頭部傷口有兩處，照理說先撞到突起物才頭部著地，從大傷勢來判斷死者應該是當場昏迷，不可能自己爬樓梯，樓梯處有血漬，代表有人將昏迷或者是沒有氣力掙扎的死者拉到樓梯突起物處，將死者後腦勺插進那，流血過多才是致死主因。」

阿哲快速擺頭問法醫：「這是標準答案嗎？」

「接近了，接近了。只要再加上這條就是了，樓梯的血漬沒有死者的手指指紋痕跡，所以真的有凶手。」

「凶手是？」阿哲又問。

「我不知道。」法醫果斷回答。

「什麼嘛！」阿哲像聽故事等不到結局的孩子般生起悶氣。

「剛剛不是說過了，死者家中只有一女一小，在我認知裡，不論是哪一個都辦不到。」法醫做了結論。

「不論是哪一個都辦不到。如果是兩人協力呢？」小馬問。

法醫一聽先睜大眼不可置信，接著露出一副原來如此的神情邊點頭，最後以心滿意足的笑容收尾，短短一瞬間，表情充滿變化，阿哲在一旁看得幾乎都要鼓掌叫好。

小馬只是靜靜地思考，如果吳添才連自己的父親都敢殺，那麼其他人更不用說了。

■二〇一五年九月十九日十五時三十四分

●某大樓頂樓

吳添才催眠雅子閉眼走上頂樓，風在四處狂亂吹著，呼嘯風聲像鬼吼。變裝後的吳添才繼續暗示雅子，「鄭杏雅，繼續閉著眼，感受海風一陣又一陣襲來，現在我要帶妳去一處島上居民的祕密景點，等妳睜眼後，將會看到最美的風景。對了，說到絕世美景，妳會想和誰分享呢？我猜猜，李馬傲對吧？」

雅子雙眼閉著，微笑點頭。

「鄭杏雅，妳手機有李馬傲的聯絡方式吧？手機給我，我幫妳撥給李馬傲，讓他來陪妳一起欣賞美景，好嗎？」

閉眼的雅子從袋內不費力地取出手機交給吳添才。

吳添才從聯絡人選項中找到小馬的號碼，撥出視訊通話。

「雅子？」小馬的臉出現在視訊通話中，看起來是在行進的車上。

「李馬傲先生？我要讓你看一齣戲。」吳添才面對鏡頭刻意將聲音壓低。

「你是吳添才吧！」小馬要把對方給看透似的盯著手機。

「你說什麼我不知道。」吳添才嘴上裝傻，心裡納悶李馬傲為什麼一眼就識破他的完美變裝。

「如果你不是吳添才，為什麼王美齡會跟在你後面？」小馬總算知道從他身上斷了線後的王美齡去了哪裡，那表示……吳添才回去過案發現場？有人將王美齡帶到吳添才那？王美齡有了自己的意識？小馬的腦筋一片混亂。眼前更重要的是吳添才為何變裝？雅子怎麼會落入吳添才的手中？吳添才究竟要對雅子做什麼？還是真如呂老師所說，只要跟吳添才扯上關係就要注意。

小馬花費工夫去拉開和雅子的距離，只求她的生活能平遂能安穩，沒想到雅子還是因他而處在危險中。

阿哲邊開車邊關心通話中的小馬，知曉現在是關鍵時刻，能做的就是趕緊將小馬送回台北。

「什麼王美齡，少給我說那些鬼話，你好好欣賞我精心為你準備的特別節目。」吳添才對畫面另一邊的小馬說：「It's show time.」

「鄭杏雅，李馬傲說他很快就會來了，需要妳再等他一下下，妳願意等嗎？」

雅子點頭。

小馬大喊雅子，試圖將她給喚醒，被催眠的雅子似乎只聽得到吳添才的聲音，無論自己怎麼呼喊，雅子還是緊閉著眼。

「鄭杏雅，李馬傲要妳先坐在不遠處的小牆上等他，眼睛還不能睜開喔，我會慢慢引導妳走到牆那邊，往前，再往前，對，再往前，兩手伸直，摸到牆了嗎，現在慢慢地，慢慢地，坐上那道牆。」

「不要。」小馬急著起身阻止，忘了自己還在車內，一站，頭就被車頂的鈑金給硬生生地壓回，痛得用手直揉頭。但更怕頂樓大風惡意刮弄搔癢雅子，使她重心不穩而直墜大樓底下。畫面中的雅子一派輕鬆踢著腳，將腳上的鞋給踢落，嘴裡還哼著歌。

吳添才繼續暗示，「鄭杏雅，等會我要妳睜開眼睛時，轉頭往底下看，把身子轉得越低、越往下，妳就會看到越漂亮的風景。」

「給我住手，吳添才。妹妹，妳快去幫雅子，快點，怎樣都好，妳快阻止吳添才，快啊！吳添才，我拜託你住手，我求你。」

「那我要你們住手時，你住手了嗎？沒嘛！憑什麼要我住手？不公平啊！」

小馬無計可施，心中怨恨為什麼雅子身旁有妹妹也有王美齡，卻一個幫不了雅子，一個無法替自己報仇，小馬不加思索大喊：「妹妹，把王美齡的線接到雅子身上。」

「好，睜開眼睛。」吳添才不理會小馬的胡言亂語，什麼王美齡、什麼妹妹、什麼線？

雅子睜開眼，身子沒轉頭也沒往下看，動作像機械人般僵硬，眼睛緊盯著眼前的吳添才，這種事吳添才一次也沒遇過，不知道自己的催眠哪裡出了問題。

「你……想……做……我……不……饒……」雅子開口，聲音卻像壞掉的音軌，斷斷續續。

吳添才一見催眠失效，伸手要將雅子推下，這才發現眼前的雅子變了張他熟悉的臉孔，那是王美齡。

「你還要殺我第二次嗎？」

吳添才嚇得縮手，「不，這不是真的，妳不是王美齡，這是怎麼回事？王美齡已經被我殺了，妳到底是誰？」

「是誰求婚時將戒指藏在玫瑰裡？是誰要我假裝懷孕來結婚？是誰讓我誤以為最愛我的父親強暴了我？又是誰殺了我？」雅子動作生硬地下牆，身體以奇怪的姿勢慢慢走向吳添才，但說話漸漸流利。

「妳沒死？不對，妳死了，我確認過，我用殺我爸的方式殺妳，妳是誰？妳不是王美齡。冷靜冷靜。」吳添才用力深呼吸，閉著眼對自己說，「不可能不可能，那些東西不存在，不可能存在，不要理它，幻覺，是幻覺。」

吳添才想起他彷彿看過父親的鬼魂，在現實生活還是在夢境？不管是哪個，他都對自己說，一切都是自己憑空想像出來的遊戲，用來訓練無論何時何地都能無懼父親的鬼魂。

「這只是幻覺。」吳添才再次安撫自己，睜開眼，王美齡的手指已經緊緊掐進他的手臂裡。吳添才手一鬆，手機落地，但視訊通話仍繼續。

「還是這樣你才認得出我來？」王美齡說完，又換了張臉，那是遭殺害時的慘狀，另隻手也緩緩朝吳添才伸來。

「不要過來。」吳添才大喊，用力甩掉王美齡的手轉身逃走。

「拔掉線，線，拔掉。」小馬喊。

雅子每往前一步，身子支撐力就少一分，下一瞬間，整個人癱在地上，掉在一旁的手機持續傳來小馬的叫聲，「雅子！雅子！」

趴在地上的雅子隔了好一陣子才緩緩睜開眼，身體卻像能量被抽乾似的，想動也動不了，勉強循小馬聲音以僅存的力氣用手將掉落一旁的手機勾近，透過視訊通話看到小馬焦急的表情。

雅子有氣無力地問：「我怎麼會在這？剛剛好像死過一遍。」

「妳剛剛被吳添才催眠了，快離開那裡，到警局去。」歷經雅子的生死一瞬，小馬見雅子總算平安，眼淚直落。

「小馬，別哭，傻瓜，我沒事。」雅子安慰著小馬，卻聽到視訊通話那頭一旁駕車的阿哲放聲大哭。

「哲哥，這會又換你怎麼了？」雅子問。

「沒怎麼，你們不知道我內在有顆少女心，每次看戀愛片都會哭，哇哇哇。」

「對了，雅子，仔細聽，不要洗手，不要換衣服，手機等會封好，這些都是重要的物證。」小馬說。

「嘖！你這個人真的很不解風情耶，這麼關鍵的 moment，還在講這些。」阿哲說。

雅子的記憶只停留在那枚左右晃動的硬幣，雖然不知道後來經歷什麼，有件事卻像烙印在肌膚上般記得一清二楚，就是王美齡死前的痛楚和那股恨意，讓雅子久久無法自已。

■二〇一五年九月十九日十六時零四分
●行進中的車內

「洪檢察官嗎？」小馬對電話那頭說：「證據我都找齊了，吳添才變裝逃脫你們的監控，綁架我的朋友鄭杏雅要致她於死，趕緊將他拘提到案。他現在變裝成金髮模樣，穿著藍色寬大衣服，沒有戴眼鏡，請鑑識組做一張符合我描述的造型的圖片逮人，避免他變裝潛逃出境。」

「李馬傲，你是真的要梭哈了嗎？這一次沒有扳倒他，社會觀點會認為我們濫用法律，不像你們說服李坤原、說服我那麼簡單就能說服大眾。」洪智多說。

「我已經掌握到可以定他罪的證據了。」小馬說。

「你現在在哪？」洪智多問。

「台東回台北的路上，還要四個小時才會到台北。」

「你們路上小心，這段期間我先派人全力緝捕吳添才，有後續消息再跟你們聯絡。」洪智多匆匆交代完便結束通話。

掛上電話，小馬深嘆一口氣，阿哲擔心地問：「洪智多不是說像吳添才這種自尊心超強的人到死都不會認罪嗎？又說催眠不僅難鑑定，也很難在法院上呈現證據，更不用想靠這說服法官判他重刑。你到底要怎麼定他罪？」

小馬整個人癱軟，閉眼虛脫解釋：「剛剛行車記錄器把我和吳添才的聲音都錄下來了，他可以喬裝可以變聲，但聲紋是變不來的，將兩者資料比對就會知道是同一人。此外雅子手機以及身上也有機會採集到吳添才的指紋，加上雅子手曾緊抓住吳添才，如果殘存他的毛髮皮屑等ＤＮＡ資料，都會讓他無話可說，這一次他絕對逃不了法律的制裁。」

「為什麼像他這麼聰明的人不把腦袋和精力放到好的地方？像你，也很聰明啊，就不會為錢、為權、為自己，去做那種泯滅天良的事。如果不幸的童年讓他憤世嫉俗，你的童年也沒比他好多少，就沒見你傷害過誰。我覺得你和吳添才就像電影中的正派和反派，啊啊啊，像那個啦！《死亡筆記本》那部漫畫知道吧，你是L，他是夜神月。」阿哲感嘆著。

「很爛的比喻好不好，L最後犧牲自己性命，才讓夜神月能控制別人死亡的事曝光，而且夜神月也逃過危機。」

「呃，隨便啦，我要說的是，幸好你是屬於正義這一方，如果你和吳添才站同邊，我想鬧出的案子肯定更大，絕對無人能解吧！」阿哲表情誇張地說著，只差沒將將方向盤上的手舉起比畫。

小馬回想暈倒那一次，王美齡透過線傳來要吳添才認罪、要殺吳添才報仇的意念，那條線雖然已去除，身體和腦子卻把王美齡的記憶和感受誤以為是本體的經歷，以某種方式偷偷備份隱藏在某處，平常小馬不會受到干擾，只有夢裡他成了電影廳中唯一的觀眾看著銀幕上王美齡的一生。

過去自己對妹妹的能力停留在猜想：「如果妹妹能將線拔掉，或許也能將線接上。」這次小馬認定既然自己是妹妹的母親、創造者和神，那麼他要妹妹做什麼，她就得完成。就像過去自己無意識要她接上雙親的線、有意識要她拔掉線，無意識要她接上王美齡的線、有意識要她拔掉線。

當吳添才挾持雅子時，唯一的念頭就是讓吳添才死，理該直接將王美齡的線連結上吳添才就好，根本不用多此一舉，讓雅子受王美齡附身折磨。小馬覺得王美齡殘存的念頭像寄生蟲控制宿主般偷偷影響他，他繼承了王美齡的意志，要吳添才以命還命之外還要他認罪，才會出此下策命令妹妹讓王美齡附身在雅子身上。

小馬怕越了解自己的能力，在某些時刻，就越會擅用這能力去傷害人。小馬緩緩睜開眼，看著專心駕車的阿哲說：「如果哪天我沒有站在正義這一方，你要負責打醒我。」

注視前方路況的阿哲似乎感應到小馬投來的視線，撇頭看他一眼，表情不再吊兒郎當，露出任誰看了都覺得信賴的一抹微笑，說：「你放心，打人我專門的，如果你變壞，我會用『還我漂漂拳』將你打回我當初認識的那個小馬。」

「去，見你難得正經起來，結果一說話還是破功。」小馬又閉眼休息。

「不管……需要……花多久時間……不管那時……有沒有人……願意……相信你……不管你……還把不把我……當兄弟……我都會陪在你身邊……」

小馬聽到阿哲哽咽抽搐說話，緊張地一把坐起望向他：「你有病啊？哭什麼？」

「小馬，你要好好做人，不要變壞孩子，知道嗎？」阿哲滿臉鼻涕眼淚。

小馬遞幾張面紙給他，「拜託，你不要那麼入戲好不好？我還是站在正義這一方的，ＯＫ？」

「雖然我沒看到剛剛吳添才做了什麼，雅子發生什麼，你又在那邊亂喊什麼，但你不知道，你散發出來的殺意，方圓百公尺都感受得到。」

「抱歉，我太激動了，不過你形容得太誇張了。」

「不用抱歉，如果是我見到吳添才要加害雅子也會一樣激動。」

小馬回想剛剛的影片，如果從外人的角度來看，的確會覺得他怪里怪氣，也不會知道為什麼吳添才後來變得莫名其妙。

「逮捕犯人是我們的職責。其他的不是。說完了，你休息吧！」阿哲沒多說，像把一切看在眼底。

小馬聽話閉眼，把阿哲說的每句話和神情在腦海裡重整一次，原來過去是自己把阿哲看淺了，剛剛他所說的那些話環環相扣，不僅幫他定錨應站在正義這方，提醒他以暴制暴的叢林法則並不適用之外，還暗示更多。總算了解老大當初為什麼會把他們兩人硬湊成一組，一個開朗一個陰鬱，一個看似花花大少一個與花邊新聞無緣，一個大而化之一個心思縝密。表面上阿哲「讀不懂空氣」，時常說錯話、沒長眼到處得罪人、只會耍嘴皮沒有真功夫，卻又能負負得正，讓停擺的案情繼續、讓斷了蹤跡的又發現線索、讓定案的都可翻案。需要有人負責、道歉、下台、仗義直言時，阿哲生怕別人看不到、聽不到一樣，站得比誰都前面。小馬知道阿哲不怕被當成棄子，只要棋局能「活」就好，那種信念堅定的溫暖力量正是自己所欠缺的。

如果自己沒被王美齡附身過、如果吳添才沒有將雅子拖下水，或許他對吳添才可以理性看待，但他恨吳添才以催眠手段控制人心，以此犯法也難驗證並定他罪，為什麼自己不能以法律無法驗證的方式懲戒吳添才？法律難以判決的，難道沒有人可以用其他力量來讓那些人受罰嗎？

法律給的正義，是他能接受的正義嗎？

他的正義就不能代表正義嗎？

他閉眼問自己這些沒有答案的問題。

■二〇一五年九月十九日二十一時零七分
●警局外

見一台車頂裝了警示燈的汽車從遠方筆直快速地駛近，一個完美的甩尾將副駕駛座車門正對警局入口，小馬從副駕駛座車門急奔而出，衝入局內，先將行車記錄器的記憶卡交給鑑識組同仁，「幫我比對錄到的男性聲音和吳添才的聲紋是否一致。」

走到一旁問另名同事，「洪檢察官那邊有最新的消息嗎？吳添才落網了嗎？」

那名警察搖頭，「還沒，不過現在已經鎖定他的位置，縮小搜查範圍中。」

小馬像上緊發條的機器人，停不下動作，又對鑑識組人員交代，「先把資料拷貝一份，把吳添才變裝後的樣子先傳給媒體，再把他可能變裝的幾種造型，包含女性裝扮，弄成八格模擬畫像給洪檢察官，請他交代移民署多注意。吳添才過去在美國讀書，王美齡有綠卡，不確定吳添才是不是有美國護照，怕他會持美國護照潛逃出境。」

阿哲停好車後進到警局，笑著舉雙手向局內的同仁打招呼，試圖緩和小馬帶來的壓迫感，他拍拍小馬肩膀，「我是老鳥，這些我都會處理，你就別忙了，現在你有更重要的事要做。」

「更重要的事……啊！對，還沒跟老大報告，那我先……」小馬轉過頭才發現雅子坐在他的辦公桌前對他揮手，小馬對阿哲使眼色怪他不明說，急忙向前，「都幾個小時了，妳怎麼還在這裡？」

「五個多小時而已，還好吧。」

「鑑識人員已經採集過妳指甲內是否有他人的皮膚組織或毛髮？」

「嗯！」

「手機和身上指紋也都採證過了？」

「都處理好了。」

「那就好，妳趕緊回去休息，還是我請人幫忙載妳回去。」

「我在等你回來，確定你沒事和你說句話後就會自己回去。」

「妳還好嗎？沒事吧？歷經那麼多事情不累嗎？幹嘛要等我回來？現在我回來了，人很好，妳可以回去休息了吧！」

「我人更好，雖然不清楚自己到底發生什麼事，至少現在沒事。那你呢？你是回來了？但真的真的真的都沒事嗎？」

「我能有什麼事？現在會很忙是真的，很多事情等我處理，聯絡過妳爸媽了嗎？」

「聯絡過了，他們要我向你問好。但我一見你就知道你不好，你有事，對吧？是不是在氣自己把我捲進事件來？」

「……」小馬沒回答，開始收拾桌上的東西。

「小馬，你看，我不是好好地站在這裡嗎？我很好，你不要怪自己。」雅子站起身笑著說。

「鄭杏雅小姐，這是我們的辦公區，一般民眾禁止入內，否則以妨礙公務罪論定。」

「你放心，我能留在這，是叔叔特准的。」

儘管雅子和小馬兩人壓低音量，但局內所有的人不時注意他們的互動。阿哲繞行在同事間邊交代工作邊送耳語：「那女生是小馬的青梅竹馬，小馬就像那女生的『大仁哥』，有沒有結果就靠這次，不要去吵人家啊！」誰都怕成為別人感情的破壞者，加上阿哲話中帶有警告意味，大家謹守在自己位置上奮力作業，不敢有多餘動作、神情、眼色和話語交談。

「拜託妳趕快回去，不要再跟我廝混了，不會有好事的。要走不走隨便妳，反正我要離開這裡了。」小馬拿起桌上公文轉身要走。

「我不管你會不會理我，反正我決定纏你一輩子了，就算你真的是倒楣鬼投胎轉世，就算我真的被你連累，那也是我自己心甘情願、自己選擇的，你就是我要的。為什麼你要怪自己？應該怪的人是我。是我愛上你，是我黏著你，是我沒有看男人的眼光，所以才會那麼愛你。」雅子走向前，單手用力往牆壁一撐阻止去路，小馬就這樣被壁咚了，警局其他人紛紛停止手上動作，專注看著這場愛情實境秀。

雅子將臉靠近緊貼牆邊的小馬說，「不要怕，從小到大，妹妹都在身邊保護我，不然以我一個血友病且那麼粗線條、迷糊的人，怎麼還有辦法好好活到現在，早就不知道流多少血死掉了。你是我喜歡的人裡面，沒有遭妹妹作祟的人，可見妹妹也喜歡你。」

「告白這種事該交給男生吧！」小馬說。

「好，那換你說，如果你會說早就說了。」雅子維持相同的動作。

「以前……我覺得默默喜歡妳就好了，看妳交過一個又一個的男朋友，我告訴自己：沒關係，畢竟我的父母沒有美滿的婚姻，我對婚姻也感到害怕，我怕自己無法成為一個好情人、好丈夫。在我想努力看看自己會不會是個好情人時，又害妳陷入危機，妳說，我怎麼可以那麼自私，只想到自己而不想到妳的安危？我不能跟妳在一起，也拒絕妳的告白，妳走吧。」

原本安靜的警局，有人藏身辦公處發出極小的噓聲，似乎不滿意小馬的說法，越來越多人加入聲援，小馬被「噓」得狗血淋頭。

雅子將另一隻手也一併用上，小馬被困在雅子雙手範圍內，雅子說：「我知道你忘了小時候的事，我現在告訴你。幸好當時有你，讓八歲的我知道原來這世上有人跟我一樣，自己並不怪，如果不是你，我的心遲早會被黑暗吞噬變得扭曲也說不定。你失蹤十年，這十年來，我沒有一天不是活在懊悔裡，因為我曾經誇下海口說你躲去哪都會把你找回來。你是回來了，但你忘了我也忘了妹妹。我想你肯定不知道你這倒楣鬼的特殊能力是什麼，我怕你不經意中惹來災禍，所以日夜盯著你，時時檢查有沒有什麼怪東西纏上你。四年了，我對你明示暗示，你選擇逃避，假裝不知道我喜歡你。三年了，我為了氣你，交過一個又一個的男朋友。四年了，在你嘗試如何當個好情人時，又怕我遇到危險而退縮。加上你失蹤的十年，人生有幾個十四年？你還要找多少藉口看我繼續受苦？」

「不是這樣的。」小馬試圖辯駁。

局內女同事拿出手帕、衛生紙或將就用身旁男同事的衣袖拭淚或擤鼻涕，男同事則咬牙切齒恨這小子身在福中不知福，大家不約而同地站起身，連李坤原也從辦公室偷偷探頭瞧個究竟。

「李馬傲，我告訴你，我鄭杏雅雖然身體不好，但愛一個人的勇氣總是有的，我現在、此刻、**right now**，我要我們在一起。我等你十多年，不想再等了，我知道你會因為自責偷偷上演失蹤記，你聽好，李馬傲，你，不准、不可、不要，再從我身邊失蹤了，就讓我們好好在一起，否則我會找條狗鍊把你永遠拴在身邊。」最後幾句，雅子聲嘶力竭地吼著。

「可以是可以，但……」小馬才要說。

「是男人就不要那麼婆婆媽媽。」雅子緊接著說完後，軟軟的唇就緊緊貼著小馬的唇，警局的人歡聲雷動、鼓掌歡呼，就差敲鑼打鼓和祥獅獻瑞了。阿哲為強忍著不說愛的兩人能在一起，高興到落淚不止。

雅子邊吻邊問：「你是又去哪裡帶回來了不該帶的東西？」

小馬沉浸在吻裡沒有回答也不想多答。

機密檔案：007

■二〇一五年九月十九日二十二時零二分

●警局內

熱鬧終歸平靜，所有人目睹精彩節目還在回味沉溺不想面對現實工作，但在阿哲的銳利眼神逼退之下，只好步步退回自己崗位加班，協力將在逃的吳添才盡早緝捕到案。雅子離開警局，小馬回到電腦前，將之前驗證的視覺錯覺、立體投影和催眠的資料整理出來，阿哲在旁問著，「有什麼小事情是我可以幫忙的？」

「難得你有心幫忙，不簡單喔，平常不是躲最快？」

「拜託，這可是大案子耶，都已經接近故事尾聲，我本來就沒什麼戲分，再躲就更沒鏡頭了，至少露個臉，等破案後，肯定可以往上晉升一級。」

「難怪那麼積極，好啦，那麻煩『阿哲大隊長』幫我聯絡陳佩心和林德權，我要請他們來當證人錄口供，要以專業的角度來解釋王美齡被王勝豪性侵的記憶都是經吳添才催眠所錯植。另外請『阿哲大隊長』去調查吳添才的學歷背景，從大學到研究所曾修過的科目，可能的話，打越洋電話詢問他留學時的指導教授對吳添才的看法。」

「我是說有什麼『小事情』，不需要把那麼複雜的工作交給我吧？找陳佩心我是非常樂意，但是林德權……你要他這個痛恨體制的人來做筆錄，他肯定打蛇隨棍上，會要求東要求西，你就不怕我失身？」

「如果你的失身可以換來破案的話，那算很值得。」

「Good，記住自己說的這番話啊！假使林德權要的是你的肉體，你就別小氣。」阿哲對小馬挑眉說著，小馬才知道被他擺了一道。

「還有，要我找到他的指導教授還肯讓我問，這根本是大工程好不好。」

「整個警局洋墨水喝最多的就是你，不靠你沒有辦法。我們現在可是跟時間在賽跑，不在最短的時間內找齊證據，幫洪檢察官起訴吳添才，不知道下一個受害的又會是誰。」

阿哲打了個呵欠，「現在時間剛好是美國那邊白天，我聯絡完陳佩心和林德權後立馬去處理，這是最後的工作了吧，我怕還沒抓到吳添才我就先嗝屁了。」

「放心，沒當上『阿哲大隊長』前你都會生龍活虎的。」

「只怕當上局長，有你這樣的下屬，有幾條命都不夠用。不說了，處理去。」

小馬埋頭於資料間，越是整理手上的線索，越覺得似乎漏掉什麼，抬頭看時鐘，才發覺自己已經許久沒喝水也沒去廁所。站起身環顧四方順便活動筋骨，局內一些人先返家，一些人趴著小憩，小馬去休息室補充熱量順便讓腦袋放空，拿出手機玩起第一代的「GROW ver.1」。

遊戲規則就是玩家憑直覺從左右兩選項擇一，就會衍生不同情節，例如最初畫面正中央有顆球，最下方是七格計分量表，左下是鳥巢、右下是鏟子；若選擇鳥巢，球會落進鳥巢內，選項會變成左下是太陽、右下是月亮；若選擇太陽，地面會升起人造太陽將鳥巢內的球孵化出某生物體，選項變成左下鼻子右下鬧鐘；選擇鼻子，生物變成可愛熊臉，左下三葉幸運草右下愛心；選擇三葉幸運草，可愛熊臉一分為三，左下椰子樹右下梯子。

最後抉擇讓地面冒出椰子樹，三顆可愛熊臉圍著樹彼此追逐，直到牠們融化成一地白色奶油。這是結局的一種，計分量表顯示5分，不是最佳得分，只有當計分量表到達MAX，才得以一窺遊戲設計者心中的完美結局，除此之外還有玩家追求的夢幻隱藏結局。

小馬覺得如果他和阿哲沒強出頭，那麼洪智多選擇的結局或許不是完美結局，但也是一種結局。為什麼當所有人都選擇相信他和阿哲尋找出來的解答是真正的答案時，自己反而退卻了。小馬不斷質疑推斷出來的，到底僅是眾多結局的一種？是完美結局？還是尚有他猜想不到的結局隱藏其中？

GROW 遊戲設計者之後又陸續開發出「GROW ver.2」、「GROW ver.3」、「GROW Cube」等系列，玩法跳脫一代非左即右模式，將數個物件擺在左右兩側，玩家最初憑直覺隨意點選，就像骨牌，前者影響後者發展，點完所有物件就可看到結局。玩家觀看結局後，物件欄中會顯示等級，從 LV.1 到 LV. MAX，提示玩家達標與否。

玩家們瘋狂地在 GROW 系列的遊戲中摸索解謎，看似無關的物件其實需要嚴謹的推理和數學運算或者絕佳的直覺和運氣，才能推算出或恰巧找到完美結局為何。網路時代不需要孤軍奮戰，眾多玩家將次次的選擇順序及結局張貼於討論區去交換他人的結局，直到完美結局和隱藏結局被公布，玩家按標準順序操作看過兩種結局才心滿意足。

小馬結束遊戲也填飽肚子，心卻不滿足，面對吳添才的案件，就像這款 GROW 遊戲般，該有的物件自己一一確認過，東西是都齊全了，順序排列組合似乎也沒錯，可是面對這結果還是覺得並非完美。

阿哲睡眼惺忪地走進休息室，對小馬說：「看你不在位置上，果然在這裡。喏，『最後的工作』我都處理好了，資料我弄成書面附隨身碟，等我說完下面這些話後，二十四小時內不要再吵我。吳添才在國外拿雙碩士學位，一個是金融一個是心理學，被你料中了。財金教授說他資質好，應該留在美國發展；至於教過他的心理學教授接到我的電話顯得很興奮，問我他幹了什麼壞事？我只簡單說他捲入一場謀殺，還在等待結果。教授說『我就知道』，覺得他聰明但城府太深，不是誠實的人，『我討厭他』。又說他擅長隱瞞和等待，就像深海裡的魚要忍受寂寞發出微光，屏氣凝神等待獵物上鉤，『這一點倒是讓我佩服，我還是討厭他』。好了，我真的要去睡了，再不休息我就要爆肝，也不會有『阿哲大隊長』了，晚安。」

「等一下。」小馬叫住走路東倒西歪的阿哲。

「我腦袋的運轉要休眠了，倒數一分鐘，說吧！」

「為什麼吳添才什麼都有了，還要殺王美齡冒這個險？」

「之前不是說過了，王美齡一跟他離婚，他就什麼都沒了。」

「即使之前的催眠被解開，但他既然可以用催眠控制王美齡的行動，表示吳添才還能掌控她，只要把王美齡囚禁住，不讓她和外人接觸不就好了？」

「他不讓王美齡和外人接觸，外人總會想辦法和王美齡接觸的嘛，況且你又不是不知道，很多人被逮捕後，根本不知道自己當下為什麼要行凶。犯人的犯罪動機不是我們要關照的，我們看的是犯罪過程和結果，以上。你還不累嗎？到底喝了幾箱提神飲料啊？」

「我想先把手邊的工作結束。」小馬說。

「不管了，『我蓋上這張牌，結束這一回合』，晚安。」

「好好休息。」

「記住，不管發生什麼事，二十四小時內不要再吵我。」阿哲決定暫且到三樓的宿舍區大睡特睡。

小馬看過阿哲整理的資料，起身要回到自己位置，李坤原走進休息室對他說：「你你你你看新聞……」

李坤原打開休息室裡的電視，新聞畫面中，各家媒體爭先恐後擠在看守所前，報導吳添才被羈押禁見的消息，女記者開始巨細靡遺的說明吳添才如何詭計多端，才有辦法自導自演這齣鬼殺人戲碼，先以公司有重要合約要簽訂拖延檢方傳喚到案說明的時間，喬裝後躲避媒體和檢方跟監從公司離開，又在這期間對無辜民眾行凶未遂，最後在機場企圖用美國護照掩護下通關，所幸被攔截下來。當女記者將畫面交還給女主播，大波浪鬈髮熟女主播報導檢方對案情有重大突破，吳添才利用黃玉茹對他的情感，讓他躲過重重監視器的監控，罔顧肚內還有自己親生骨肉，竟讓黃玉茹成為殺害王美齡的代罪羔羊，自己卻想一走了之。

「吳添才落落落網，暫暫且可可以安心了，快快快去休休息吧。」李坤原直抖著，猛搓自己雙手生熱取暖，「今今今晚晚是有寒流來來來嗎？怎怎麼冷冷冷成這樣。」

「明天可以請洪檢察官再給我一點時間，單獨和吳添才說幾句話嗎？」小馬問李坤原。

李坤原揮手斷然拒絕：「不不不不行，你是麻麻麻煩精，一定會會出出亂子，剩下的交交交給我我們這些『大大人們』來來來處理就好。冷冷冷死了。」

「老大，是這樣的，有人要求我，要親自把東西交給吳添才，所以……」小馬臉上盡是為難表情，不好意思地說。

「是是什什什麼東東西？」

「你看不到的東西。」

「見見見鬼了！什什什麼東西是是我看看不到的？」李坤原大聲問，突然從腳底整個冷到背脊，打了一個哆嗦，他左看右看後，試圖保持冷靜，用眼神打著摩斯密碼詢問：「是那個嗎？」

小馬聳肩露出「你知道的」無奈神情。

「哈啾！好，就就就依你的，不不過你，哈啾！現現現在就就去休息。哈啾！」李坤原猛打噴嚏，交代完後急忙離開休息室。

小馬點頭後看看自己左手邊方向，報紙架立在那，夾好的紙張一張張飄起又落下，彷彿有人正在翻閱。小馬想或許完整拼圖缺的就是那塊拼片，說不定可以找到真正完美結局或是隱藏結局。有人說「好奇心殺死一隻貓」，小馬相信也能殺死人。但好奇也是想像力、冒險力、進步的原動力，他記得看過一篇實驗報告，研究者給予線蟲充沛的食物、四周有大量的潛在配偶，線蟲卻離開人類給予牠的伊甸園。小馬不知道線蟲有沒有好奇心，但探索未知是所有生物的本能。

回到辦公桌，他取出袋子裡的鞋子後又進到休息室，拉上窗簾、關窗鎖門後躺在沙發椅上，他了解王美齡和吳添才父親屬於雅子曾解釋過的第二種類型「有執念，只要心願達成就會消失」，妹妹是第三種類型「被人養出來的，會保護主人也會去完成飼主心裡想做的事」，王美齡的執念是什麼小馬很清楚，現在他想知道吳添才父親的執念又是什麼，而自己又能操控妹妹到什麼程度。

閉上眼呼喚妹妹，像上次一樣沒出現，他知道必須去雅子那一趟，才能完成這場想像力的探索遊戲。

■二〇一五年九月二十日一時十三分

●雅子家外

月光從雲層穿刺出，彷彿神諭，來到雅子家外，就見到妹妹坐在牆下，似乎在等他，小馬坐在妹妹身旁，說：「我不知道自己無意識中創造出祢是好是壞？我不知道祢是靠什麼過活，至少我從來沒餵過祢血吧？雅子說祢們像人偶沒有自己意識。如果再度連接祢和我的線，是不是我就能知道祢在想什麼？」

雅子妹妹仍將眼神放在小馬家的窗戶，月光籠罩下來，雅子妹妹全身發著晶亮，像滿天星光。

「我不知道祢在想什麼沒有關係，但祢一定知道我在想什麼，不然祢也不會將王美齡的線連接到雅子身上。其實我很痛恨自己的能力，讓我遭遇到這些莫名其妙的事，但也因為這能力，讓我和雅子能相知。我很膽小，怕雅子因為我的關係而受傷，雅子很堅強也了解我的膽小，仍決定和我在一起。我很謝謝祢一直在雅子身邊保護她，這一次換我該勇敢了，如果我繼續恐懼自己的能力而不去了解，那我永遠保護不了雅子。」

身旁的妹妹像機器般喀喀喀的將頭轉至小馬方向，小馬對她微笑。

「妹妹，我知道祢辦得到，幫我和吳添才父親的線接上，我知道自己會很安全，因為祢在，祢知道該在什麼時候將我們分開。別擔心，後遺症我也曉得，我只是想證實亡者的記憶和感受瞬間衝灌進我的腦子，人腦看似無法同時容納那麼多記憶容量，但就像電腦分割成C槽和D槽，C槽是我的意識、D槽是潛意識，關於王美齡的記憶我只存有部分在C槽，剩下的全轉存進D槽，對我的生活沒有多大影響。我不知道為什麼會這樣，或許人本來就具有這樣的保護措施。D槽有多大我也不清楚，有人說愛因斯坦的大腦使用量有八％，一般人只有三％到五％，也就是說D槽至少有九〇％的空間，存了王美齡的部分還有八五％，多存一個吳添才父親也不會有問題。我保證這是最後一次了，可以嗎？」

妹妹搖頭，小馬知道雅子錯了，妹妹並非只靠本能行動，能拒絕他就代表具備思考能力，並且知道他在說謊。

小馬笑著：「好啦！不見得是最後一次，我現在有雅子了，我的命不再屬於自己一人，我不會讓雅子為我哭，好好活著讓雅子幸福就是我要做的事。這次之後不到真正危及我生命或雅子生命時刻，不會再做這件事，這一點小馬哥哥能保證。」

妹妹站起身走向小馬身旁，手伸進吳添才父親的靈體內掏出一條線，小馬舉起手，對雅子妹妹點頭，線連接的瞬間像頭頂被開了洞，有人用巨大針筒瞬間將一堆記憶和情感注入。像癲癇病人發作，小馬躺在地上抽搐，電流停止，他大口呼吸，努力睜開眼睛保持清醒。他感受到一股冰冷的觸感，妹妹用手輕撫著他的臉。

小馬集中注意力在四肢上，撐起身體露出笑容，他知道想說的話妹妹都會知道。他將正確的拼片完整嵌入缺塊中，破解遊戲設計者的巧思，總算找出完美結局和隱藏結局。

■二〇一五年九月二十日十五時四十分
●偵訊室

偵訊室牆上時鐘滴答滴答響，像沒關緊的水龍頭，桌上的收音機播放著西洋老歌，吳添才和小馬面對面僵持了好幾分鐘的沉默，吳添才先開口：「你找我單獨談話，又遲遲不開口，在等我為那女孩的事道歉嗎？」

小馬搖頭，「如果願意道歉當然最好，不過我是在等你什麼時候會把我催眠？」

「那種騙小孩子的玩意你還真信？我怎麼可能會。」吳添才像說給誰聽一樣，刻意把音量放大。

「放心好了，這裡和外面都沒人監視也不會有人監聽，況且非法的錄音錄影也不能當成法庭上的證據，我們可以直來直往沒關係。」

「我很佩服你的聰明和勇敢，有看穿計謀的本領，也不怕被我催眠，不過很可惜，不知道在你們調查資料中，有沒有查到我長年都有去精神科就醫的紀錄，這時候多多少少應該派得上用場。催眠這種事法官不可能認定，如果單就殺人事件，我想法官會考量我照顧一個瘋女人那麼久，照顧到自己都得病，在有精神疾病及沒有服藥的狀況下犯下這等罪刑，應該也算情有可原吧。」

「嗯！我知道，醫院記錄中確實記載你有重度憂鬱症且固定服藥，但這兩個月沒有回診，我相信你為自己的劇本寫了好多版本的結局，且每套說詞都能讓媒體、民眾和法官覺得你實在是情非得已。站在我的立場，該做的都盡力了，你的判決結果不是我能控制的，或許一切會照你的預測走也說不定。只是有些事我實在不明白，所以想私下問你。」

「你問吧！」吳添才見小馬是個聰明人，反而想聽聽他要問什麼。

「昨天下午在大樓頂樓，你為什麼那麼驚恐？」

小馬話才說完，吳添才不可一世的表情淡然無存，嚴肅地反問小馬：「我才要問你為什麼要說那些話。」

「哪些話？」

「如果你希望我接下來能誠實回答你的其他問題，就少裝傻。」

小馬認真地答：「因為我看得到。」

「你不要以為我是被唬大的。」吳添才用憤怒來掩飾心中的恐懼，接著又嗤之以鼻笑著說：「哼，你看得到。」

小馬繼續說：「你有想過一個問題嗎？既然你什麼都有了，為什麼非殺王美齡不可？就算王美齡知道你催眠她的事，再怎麼抵抗被再度催眠，但她被你監禁、自由被剝奪，意識遲早也會屈服，不是嗎？為什麼要冒這樣的險？你從來都沒想過嗎？不會後悔嗎？」

「你現在是想羞辱我蠢，說我貪心過頭，所以才鋃鐺入獄，要對我說教、講人生大道理，是不是？」

「你沒有想過自己可能被人利用？」

「誰能利用我？我沒有共犯，不需要套我話。」

「還記得你父親的事吧！當你放出蝙蝠，抽走樓梯下的毛毯，害你父親嚇得摔下樓，你父親向你求救，你卻抓他頭去撞地板。你覺得這是完美復仇，卻不知道你父親當時的確被撞暈一下子，但被你的舉動嚇到不敢睜眼而裝死吧！殺你父親的不是你，是你母親。你回房後不久她走下樓，你父親清醒，趕緊跟她求救，你母親當時親口跟你父親說：『母親的話永遠是對的，兒子永遠都會聽母親的話』。」

「你……這些……我媽……不可能……怎麼……他明明就死了，哪有裝死？除了我之外，沒有人知道這些事，你到底是誰？」

「我就想到王美齡的臨床心理師有說，王美齡曾偷偷去台東找過你母親。」

「這我知道，她找一個瘋掉的人有什麼用。」

「對，我也這麼認為，但根據王美齡當時描述，你覺得一個瘋掉的人會說出『那麼急做什麼？遲早會找上妳的』這些話？按道理她沒見過王美齡，為什麼會知道來看她的人是誰？我有一個假設，你聽聽看就好。你和王美齡都是獨子；王美齡的父親死了，也沒再婚；你和王美齡是夫妻關係，又沒有小孩。」

「你到底要說什麼？」

「王美齡對你而言是個阻礙，就算你的催眠功力再高，仍要擔心會不會有多事者，而且必須花費許多時間去監控，以免出了問題。你母親知道你不會因為道德、法律等因素而對殺人感到退卻，從你精心策畫弒父那事就可知道。加上你聰明，不會打沒有把握的仗，讓你殺了王美齡，你有許多套說詞可以讓自己脫罪，甚至找不到確切的證據可以證明王美齡被你所殺。這個計畫表面如你所願，坐穩台光金控的江山寶座，但你可能只是一個工具，『螳螂捕蟬，黃雀在後』，總有一天你會被犧牲掉，那麼誰會是最大的贏家？」

「我……怎麼可能？你是說……她被我逼瘋了，怎麼可能做出這些事？」

「我是來幫助你，願意的話我帶那名催眠師來，說不定可以找出蛛絲馬跡。」

「你放屁，我不需要你幫，也不可能被利用。我殺王美齡就只是因為她該死，懂了嗎？那個在療養院的女人只是個鄉下的蠢婦，她懂什麼？我沒殺她就是對她最大的恩惠，她還能利用我，編故事也要合理一點好嗎？」

「你相信有鬼嗎？」

「我還以為什麼，當然不信。想嚇我？是不是要跟我說，你看得到那個男人跟在療養院那蠢婦後面，也看得到王美齡在我背後？是這樣嗎？就算有鬼又怎樣？她纏我一輩子我也不怕。」

「她不想纏你一輩子，她要你認罪也要你的命，我是來幫……」

「你是真的有毛病是不是？想用這招逼我在法庭上認罪？別傻了。你不懂，最可怕的不是鬼，是人，只有人才能殺人，鬼不能。她真有本事殺我，就不會讓我活到今天。如果我有機會出去，一定要你付出代價，你最好二十四小時都保護好那名叫鄭杏雅的女孩，記住我說的話。」

小馬低下頭像沉思、像禱告，更像告解，原本好意來提醒吳添才，卻讓雅子再次無端捲入是非。小馬被迫用惡法懲治惡人，再抬起頭時表情驟變，不再是任何人認識的小馬，眼睛狠狠地直盯著吳添才。

「看什麼看？小鬼頭你也不撒泡尿照照，在大爺前耍狠，你玩錯對象了。我給你的時間夠多了，你可以走了。」

收音機裡傳來女聲，清脆如鈴地唱著：「Moon river, wider than a mile, I'm crossing you in style someday. Oh dream maker, you heart breaker. Wherever you're going, I'm going your way.」

「啊！對對對，就是這首，你應該對這首歌不陌生吧！」小馬揚起一邊嘴角，上下打量著吳添才，然後跟著哼。

「我說得很清楚了，你可以走了，麻煩請我的律師進來。」吳添才不懂小馬為什麼這麼問，也不想跟他繼續胡鬧。

「啊，真虧王美齡到死都記得那麼清楚，結果你卻忘了。沒關係，我幫你回憶一下，好像是你和王美齡初次約會時，你在餐廳為她點的歌，而且你最喜歡用『Wherever you're going, I'm going your way』來討好王美齡，不是嗎？」

吳添才一聽小馬說完，不敢置信地看著他。

「受人之託，總是要把事辦完才能讓你走。」小馬將左手伸到吳添才眼前，繼續說：「你看得到我手上這條線嗎？」

「什麼線？哪裡有線？你少裝神弄鬼。」吳添才不耐煩地對小馬吼。

「在這裡，你看，我手上有一條線，不摸摸看怎麼知道沒有呢？」

吳添才像被催眠，手不自主地探過去摸，兩人手指稍稍碰觸到，小馬立即將手收回，笑著說：「時間到，王美齡交辦的任務完成，那條線我確實交到你手上了。很抱歉我不得不走，還要去台東一趟，手邊還有你父親拜託我的事在等著完成，先祝你好運。忘了告訴你，不要亂許諾言，『Wherever you're going, I'm going your way』。」

「把我叫進來老半天只為這個？有病嗎你？」吳添才再次被激怒。

小馬表情猙獰、眼睛血紅地走出偵訊室，心想吳添才說得對，最可怕的不是鬼，是人。不過吳添才說錯一點，誰說只有人能殺人？只是時機未到。

阿哲見小馬神情異樣，趕緊向前問，「兄弟，你還好吧！」

小馬站在原地全身顫抖，兩手使勁握拳，大口用力吸氣吐氣。他不後悔自己剛剛所做的事，如果要雅子再次受到危險，寧可先將沿途荊棘給徹底剷除燒毀。

他違背了自己的正義，決定做一天惡人。

小馬離開後，吳添才忍不住將右手置於黑色桌面上，有了明顯對比色才發現，確實有條細線在小指上，他認定是根淡色毛髮，試著用左手摸，但摸不著，想拔，也拔不掉。他冷靜地回想是不是被那個臭警察給催眠？是滴答聲？還是那首歌？偵訊室裡為什麼要擺收音機？他沒有任何線索，一心想拔掉那條線，但摸不著的東西任誰也拆不掉。

一個人的偵訊室裡，牆上的滴答聲依舊，聽起來卻逐漸刺耳，像誰逼近的腳步聲。而收音機裡傳來的音樂，不知何時開始一直沒變過，不斷重複播放〈Moon River〉。吳添才仔細聽，才察覺只有女聲幽幽唱著，沒有樂器伴奏聲，也沒有其他雜音，彷彿唱者就在身旁，為他一人而唱。

■二〇一五年九月二十日二十三時整
●電視台棚內

「『深夜十一點，新聞深一點』。今天我們要探討的社會事件是幾天前發生而轟動全台的鬼殺人案件，案情已經撥雲見日，確定是凶嫌吳添才故布疑陣。先以鬼殺人誤導警方將犯案者鎖定在黃玉茹，至於吳添才怎麼設計那些靈異機關，也會在今天上半段節目中為大家揭露。下半段則邀請專業的心理醫師、心理諮商師、催眠師還有專業律師來談談利用催眠來犯罪的可能性，以及法律上怎麼看待催眠犯罪。今天節目之精彩可以預見，也不容各位錯過。好，話不多說，首先歡迎我們的特別來賓胡言兌。」紀姓主持人說。

「主持人、各位觀眾朋友大家好。」胡姓名嘴說。

「特別來賓侯賈文。」

「主持人、各位觀眾朋友大家好。」侯姓名嘴說。

「特別來賓呂芙娉。」

「主持人、各位觀眾朋友大家好。」呂姓名嘴說。

「各位觀眾應該印象深刻，國內台光金控總裁吳添才的妻子王美齡死後曾流出數段靈異影片，警方證實一切都是故弄玄虛罷了，還記得櫥櫃裡碗盤瞬間飛出破裂的靈動畫面嗎？現場我們準備了相同的道具，要請言兌來示範並破解這個機關。」紀姓主持人說。

「保杰你好，各位觀眾大家好，請大家仔細看，這不過是個平凡無奇的櫥櫃，裡面擺了一些碗盤。為了讓觀眾看清楚，所以特地在櫥櫃底下裝輪子，可以做三百六十度展示。等一會，在完全沒人觸碰櫥櫃的情況下，放在裡頭的碗盤會飛出，讓我們重現影片中的畫面。準備好了嗎？電視機前的觀眾和我一起數到三。一、二、三。」

一喊到三，櫥櫃內的碗盤果然全往外飛。言兌撿起其中一塊碎片，走到鏡頭前，讓畫面可以對準碎片，說：「這個原理很簡單，有人在這些碗盤內混入磁粉，然後再以強烈的電磁鐵通電後設定電流強度，將櫥櫃內的碗盤給吸出來，製造這起假的靈動畫面。」

言兌示意鏡頭拍攝櫥櫃前方，鏡頭帶到的畫面是台機器隆隆發著低頻，言兌將手上的碎片擺在機器前幾公分的位置，手一放，碎片就被緊緊吸牢，言兌又花了好大的力氣才將碎片取走。接著從口袋拿出鐵製的剪刀，手才靠近機器，剪刀瞬間被吸附上去。

「謝謝言兌為我們做那麼詳細的解析，相信觀眾也清楚知道這是人為機關。至於鬼穿牆的畫面又該怎麼解釋呢？這次我們請賈文來為大家說明。」

「保杰你好，各位觀眾朋友大家晚安，在說明鬼穿牆影片是怎麼一回事前，我們先來看一下『OK GO』這個團體的MV，〈The Writing On the Wall〉這首歌。」賈文說罷，電視畫面隨即轉成MV內容，四個團員在一個攝影棚的大小來去，以服裝、道具和背景結合出視覺上的趣味性，顛倒觀看者的正常邏輯世界。

影片結束後，鏡頭回到剛剛賈文說話的位置，卻不見賈文，過了幾秒鐘才發現畫面右端的椅子像變形金剛一樣活了起來，原來是賈文的西裝背面畫了和背景一樣的圖案，讓他像忍者施展隱身術教人難以發覺。

賈文轉過身繼續說著，「剛剛的隱身術，說穿了就跟枯葉蝶擬態成葉、藏身於林的道理一樣，人的大腦很容易被眼睛所騙，鬼穿牆就是眼睛成功騙過大腦的一個例子。電視機前的觀眾如果有注意，剛剛MV從兩分十六秒開始，『I THINK』、『I understand you』、『but i don't』出現在箱子內，只有從某個角度來看，才知道顯示什麼字。現在我們看看鬼穿牆是怎麼辦到的，請將道具推出來。」

一片四方白牆被推出來，賈文從白牆左方走進，他的身體缺了一角，再往更右走，整個人消失不見，接著賈文半個身體出現，最後在白牆右方又完整現身。賈文請工作人員將牆的正面朝鏡頭原地繞一圈，機關立刻就被看穿，不過是幾片白色隔板放在裡頭，就能造成人消失又出現的效果。

「在鬼穿牆影片中，鏡頭定格在一片牆，所以很難找出破綻，但利用眼睛騙過大腦這手法，人人就可以輕鬆拍出這樣的影片。我們可以合理推測吳添才拍這影片的目的，是要讓看到影片的王美齡心生畏懼，讓原本精神狀態就不好的王美齡更加失序。吳添才利用那麼多怪力亂神的手法企圖矇騙警方和社會大眾，實在可惡萬分。」

「謝謝賈文破解這鬼穿牆的戲碼，最後關於有鄰居表示曾看過王美齡住家陽台出現透明的鬼又消失，就來聽聽芙娉的意見。」

「保杰你好，這個部分就簡單多了，在日本有一名叫初音未來的虛擬歌手開過許多場 3D 立體演唱會，在日本國內和海外都有，還有不少粉絲購票觀賞，先讓觀眾看今年六月初音未來在上海所開的演唱會片段。」

畫面裡頭髮兩側綁起、翡翠色頭髮長過膝蓋，眼睛水汪汪的可愛動畫女子載歌載舞，聲音像日本偶像女團 Perfume 般都是電子合成音，底下聽眾手持綠色螢光棒隨之起舞歡呼。

結束影片後，鏡頭對著芙娉，她站在特別設計過的小舞台中間，說：「雖然初音未來很忙，我們還是把她請來節目。」

說完，初音未來走進舞台與芙娉同台，並朝觀眾揮手，接著瞬間從小舞台上消失。

「拜現代科技所賜，讓電視機的觀眾同時看到兩個我也沒問題。」現場燈光暗了下來，兩台投影機燈光投射下來集中在芙娉的旁邊白板子，另一個芙娉就動了起來，兩人像站在一前一後的位置。

若燈光再暗些、距離再遠些，誰也說不準哪個是真的芙娉。

「那如果要看到鬼呢？」

白板上另一個芙娉的臉開始變得猙獰，發出恐怖叫聲，並且雙腳離地且頭髮飛散飄在半空。

「鄰居所看到王美齡住家陽台的鬼就是這樣創造出來的。」

「謝謝芙娉的示範，也就是說這些影片都是人為設計過的，在此提醒所有的觀眾不要迷信，更不要被吳添才這樣的惡人所騙，科學才是一切的根本。下段節目我們會揭開王美齡遭到吳添才催眠的傳言，到底是真有其事還是子虛烏有，如果吳添才真的懂得將人催眠，那麼利用催眠犯罪到底算不算犯法呢？廣告過後請繼續鎖定『深夜十一點，新聞深一點』。」

■二〇一五年九月二十日二十三時四十四分

●看守所監視器畫面

吳添才從看守所床上滾落下來，背部著地，明明沒人在他身後，卻被拖行到牆角位置，只能像溺水般用力擺動四肢試著掙脫，同牢房的犯人後退好幾步不敢靠近，最後縮到另一側角落。

畫面錄到吳添才大喊：「美齡，美齡，是我不對，我不對，我不應該殺了妳，對不起，對不起，美齡，原諒我，原諒我好不好。」

吳添才的身體瞬間像被捆住無法動彈，頸部出現被繩子箍住的勒痕，彷彿被逐漸吊拉上半空，他用不符合人體工學的角度站立卻不倒地，表情痛苦卻發不出聲音，這時像是有人突然鬆開繩子，吳添才筆直往後倒。

「不要，拜託不要，我沒想過……」吳添才話還沒說完，自己卻使勁的將後腦勺往地板撞擊，一下兩下三下，吳添才不再開口，似乎昏迷了。身體卻沒停止動作，像有人揪緊他的頭持續往地板撞去，叩、叩、叩的聲音持續不斷，直到多名管理員趕來壓制才停止。

■二〇一五年九月二十一日十二時整

●警局外

「欸，中午不一起吃飯？」小馬問。

「我和我的醫生約好了。」阿哲說。

「你哪裡生病了？」

「我戀愛了，掰掰。」阿哲邊想著陳佩心邊露出愉快的微笑。

「和誰談戀愛啊？」小馬在後頭大喊問著。

■二〇一五年九月二十一日十四時十分

●警局內

「事事事情就這樣結束，不不不知道算好還還是不好，原原以為吳添才會會會受到法法律重罰。」李坤原說。

「是啊，那也要沒有其他外力介入之下，以他的財力和人脈還有去醫院的就診紀錄，一切都很難說。只有犯案工具，無法證實下手的是吳添才，就算影片的詭計被拆穿，只要他堅持不認罪，也很難將他入罪。行車記錄器錄到的對話，也不一定會被法官採信，他在頂樓對鄭杏雅下手也僅是殺人未遂。沒料到吳添才竟然會走得那麼突然……」洪智多說。

「你你你有有聽說？」李坤原興奮地接話。

「我知道，吳添才昨晚不知道是撞邪還是因為兩個月沒有回診拿藥，所以自殘發生意外而亡。嫌疑人只剩黃玉茹，她的那套口供就能保她平安無事，算是不幸中的大幸。」洪智多抱怨著：「你冷氣真的有夠冷。」

「洪大，說說說出來你你不要笑，做做這行的遇遇遇怪事的機會很多，那那那些案發現場都都很冷，早早早點習慣冷冷，才才才才不會怕怕得直發抖。」

過了好久洪智多才說：「這我懂，有時連做夢都是別人的故事。」

李坤原也附和地點頭。

■二〇一五年九月二十一日十九時十分

●小馬家客廳

「我回來了。」小馬一進門，邊脫鞋邊對著以為空無一人的屋內喊。

才踏進玄關，就看見廚房餐桌上擺滿菜飯，「先去洗澡，等你出來就開飯。」

「妳……」

「妳什麼妳，我想了很久，如果你像阿哲說的原本就那麼衰，那麼和我在一起也……還有我想你警察當了那麼久應該不怕鬼。如果看得到我妹，幫我跟她打聲招呼。」雅子自顧自地說。

小馬只能苦笑，對餐桌旁的一把空椅子揮手。

雅子問：「你老實說，是不是記起什麼？還是恢復以前的能力了？」

「什麼能力？沒有啊！」小馬搖頭。

「對了，你蹉跎了我十四年的青春，是不是該負起責任？」雅子看著小馬說。

「我先去洗澡了，不要在我飯菜裡下毒。」小馬害羞地走進房間後又探出頭說：「我會用一輩子陪在妳身邊來償還。」

雅子摀著臉，又笑又哭，滴落的眼淚，讓桌上的飯菜更鹹了。

失落的檔案

■二〇一二年一月三十一日二十三時三十分
●老舊公寓門外

一群警察在外頭持槍準備進入逮捕犯人，門內的通緝犯持槍準備拚搏。李坤原吩咐小馬走前面，通緝犯準備朝門開槍，誰知屋內不明原因發生氣爆，通緝犯被炸飛破門而出，倒在小馬腳底下，因而束手就擒。

■二〇一三年四月十七日十四時零七分

●馬路上

小馬和阿哲駕駛車子追逐煙毒犯，輪胎一時打滑，車子原地轉了一大圈，小馬握緊方向盤才將車子穩住。前方犯人的車子卻遭到快速駛越馬路側邊的貨車衝撞，直飛了出去，車子翻滾了幾圈才停。

小馬和阿哲大口喘著氣，互看一眼沒有說話。

■二〇一四年一月一日二十一時十五分

●私人賭場

小馬假裝賭客下注，有人走到門邊跟圍事說話，圍事右手往西裝內的槍緊握著，慢步逼近小馬。此時木頭裝潢的天花板卻崩塌下來把圍事給砸傷，外頭的警察以為是槍響，全部衝了進來。

李坤原對小馬喊著：「你這個衰神，以後做內勤，不准你再出任務。」

■二〇一六年十月八日十六時十五分

●警局內

小馬專注地滑著手機，玩一款找出凶手的解謎遊戲，有聲音從背後傳來，「我我我說你也注注意一點，等等等等會民眾進進來，看看到警察執執勤時玩玩遊戲，你若被投投訴，我就跟跟著倒楣。」

小馬沒有回頭，說：「阿哲大隊長，別再學老大的聲音嚇我，不會再被你騙了。」

「你你你這臭小子。」李坤原捏著小馬的耳朵，小馬痛得轉過身，才發現阿哲大隊長站在副局長李坤原身旁。

「別別別以為我我不在就可以偷懶，要做做做的事情還還多得很，還還有時間在在在這裡打打混啊。」李坤原說的時候，站在身後的阿哲也張大嘴型，無聲地誇張模仿。

李坤原對身後的阿哲說，「還還還還有你，都都都升大隊長了，還還那麼幼幼稚。把把你兄弟看看看好，不要讓他他亂跑，聽聽聽到沒。」

「是的，副局長。」阿哲立正站好大聲回答。

李坤原離開警局後，阿哲在小馬耳朵旁小聲問著：「為什麼之前老大在醫院時說話都不不不不結巴？老大從以前就是這樣說話嗎？」

「想知道喔？」小馬問。

「廢話。」

「想知道喔？」

「你還不說？想違抗大隊長命令是不是？」
「想知道喔？」
「好啦！我投降，你要我做什麼來交換這個祕密。」阿哲說罷立即又改口，「可不要又要我帶你去現場，去年你逃過一劫，再讓你身陷危機，老大一定會從總局殺來我們這。」
「你不說，我不說，天高皇帝遠，他哪會知道。」
「不行不行。」
「老大他以前說話從不結巴，我記得在我高中還是大學時發生了一件事……」小馬又把眼神移回到手機遊戲上。
「吼，別再吊我胃口，我認了。這次又要我做什麼？」
「讓我參與調查鄭新村立委因為收到詛咒信而死亡的那起案件。」
「不行。」阿哲嚴正拒絕著。
「聽說鄭新村立委有參與一個新興的宗教組織？能帶我一起去嗎？那裡又不是案發現場。老大只有說不准我靠近案發現場，但沒說我不能靠近嫌疑地點，是不是？帶我一起去，我就把老大為什麼會說話結結結結巴的事情跟你說。此外若大隊長的運氣好能順利破案，說不定很快就又過關斬將，跳跳跳到總局做副局長。」
阿哲還在遲疑，小馬繼續說著，「副局長、副局長，阿哲副局長。還有，那故事很精彩喔！不想知道嗎？」
「好吧，我認輸，就讓你陪著去那個宗教組織看看。記住，不准發問、不准蒐證、不准亂跑、不准……」
「停停停，我會像木頭一樣動也不動。」

「那你可以開始說老大為什麼會變成現在這樣的故事了吧？」

「走！出發。回程的路上跟你說。」小馬拉起椅子上的外套，催促著阿哲趕緊出門。

國家圖書館出版品預行編目 (CIP) 資料

鬼計 / 徐嘉澤 作 -- 初版 . -- 臺北市 : 大塊文化 , 2016.09
面 ; 公分 . -- (R ; 73)
ISBN 978-986-213-726-0 (平裝)

857.81 105014687

LOCUS

LOCUS

LOCUS

LOCUS